KB239326

유광현 新무협 판타지 소설
FANTASTIC ORIENTAL HEROES

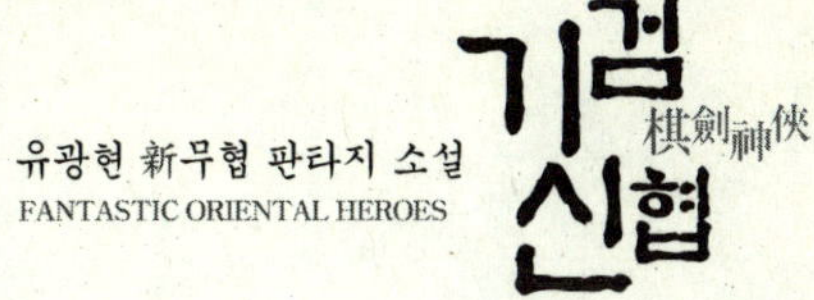

유광현 新무협 판타지 소설
FANTASTIC ORIENTAL HEROES

기검신협 2

유광현 新무협 판타지 소설

초판 1쇄 찍은 날 § 2008년 8월 25일
초판 1쇄 펴낸 날 § 2008년 8월 29일

지은이 § 유광현
펴낸이 § 서경석

편집장 § 문혜영
편집책임 § 문정흠
편집 § 이재권

펴낸곳 § 도서출판 청어람
등록번호 § 제1081-1-89호
등록일자 § 1999. 5. 31
어람번호 § 제2-1565호

주소 § 경기도 부천시 원미구 심곡1동 350-1 남성B/D 3F (우) 420-011
전화 § 032-656-4452 팩스 § 032-656-4453
http://www.chungeoram.com
E-mail § eoram99@chollian.net

ⓒ 유광현, 2008

ISBN 978-89-251-1450-7 04810
ISBN 978-89-251-1448-4 (세트)

유광현 新무협 판타지 소설
FANTASTIC ORIENTAL HEROES

2. [기협(棋俠) 무한]

기검신협

棋劍神俠

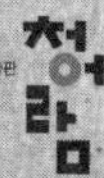
도서출판 청어람

目次

第一章 음모 7

第二章 빈환의 선택 43

第三章 투견(鬪犬)들 73

第四章 음모의 그림차 115

第五章 떠나는 자와 남는 자 149

第六章 월하기객(月下棋客) 177

第七章 꿈속의 노인과 혜명(慧命) 223

第八章 천상(天上)의 기보 253

第九章 귀환 283

第十章 명국(明國)의 사신(使臣) 323

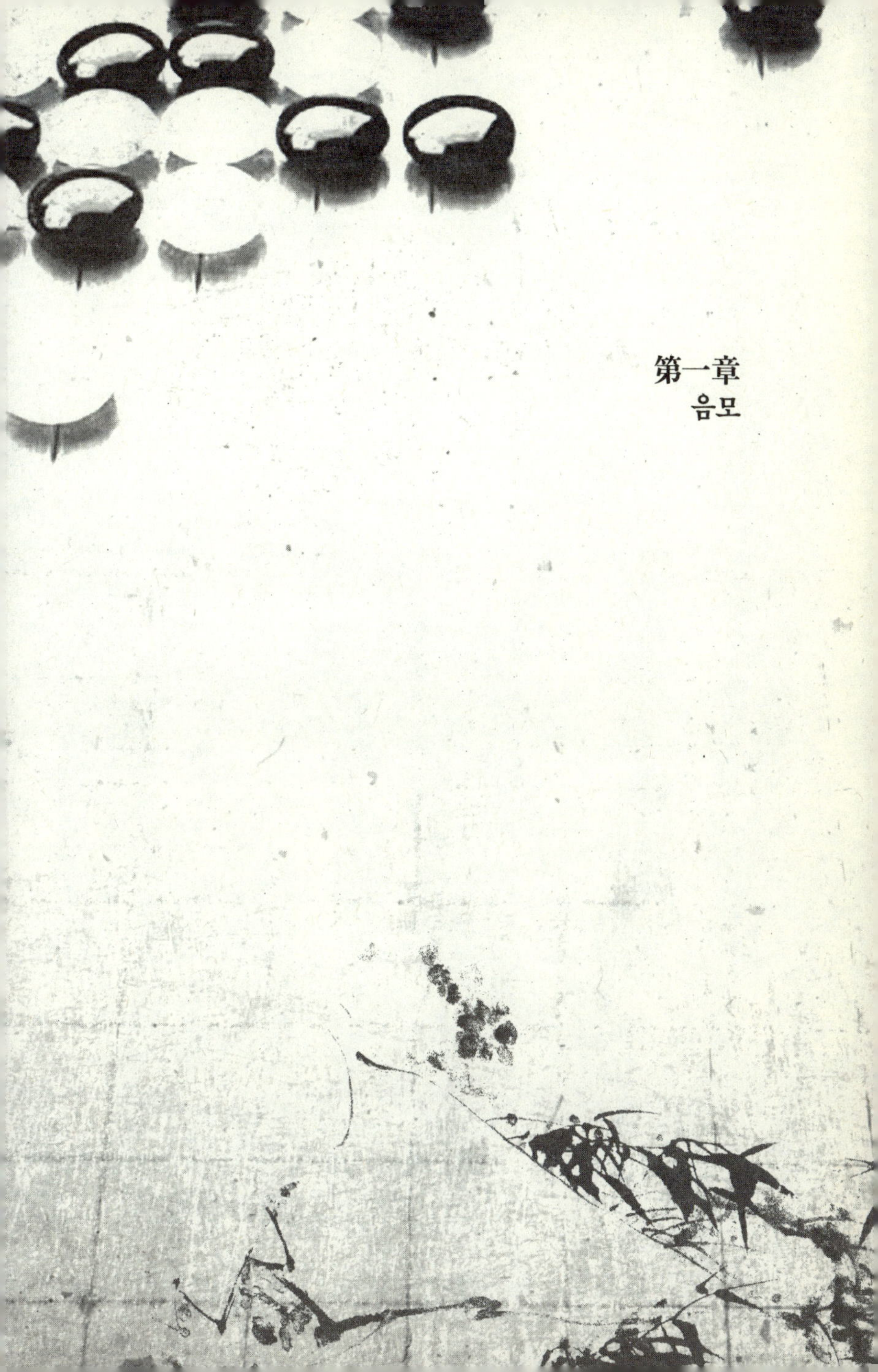

第一章
음모

음모 1

　오관지회는 무한의 대활약 속에 청학무관의 우승으로 막을 내렸다. 무한의 존재가 커다란 반향을 일으킨 일대 사건이었다면, 무한의 그늘에 가려 크게 주목받지는 못했지만 박위의 궁술 부문 우승은 청학무관의 또 한 가지 경사였다.

　오관지회를 마치고 청학무관으로 돌아온 지 나흘째 되던 날 밤, 습관처럼 관사를 벗어나 연무장으로 나왔다. 무한은 검상이 아물지 않은 탓에 수련이 불가능해 댓돌 위에 앉았다.

　붕대 감긴 가슴팍을 바라보며 생각에 잠겼다. 피할 수 있었음에도 일부러 허용한 상처였다. 조금만 더 깊었으면 생사를 장담할 수 없을 정도로 무모한 짓이었지만 기꺼이 감수했다. 조산의 팔을 자를 명분을 얻기 위해서는 그 정도의 희생은 불가피했으니까.

그러나 마음이 마냥 편치만은 않았다. 조영규가 무슨 수작을 부릴지 알 수 없는 일이다. 지금까지는 잠잠했지만 마치 폭풍전야의 고요함 같아 가슴이 답답했다.

다음날 오후.

무한과 박환이 바둑을 두고 연향이 기보를 그리고 있을 때였다.

"아버님, 소자입니다."

"한창 관원들 수련을 지도할 시간에 어인 일이냐?"

"이함 대감께서 찾아오셨습니다."

"뭐라? 명나라에 갔던 이함 그 친구가 돌아왔단 말이냐?"

박환이 얼굴이 환해져서 버선발로 뛰어나간다. 대단히 막역한 사이인 듯싶었다. 곧 박환이 비쩍 마르고 꼬장꼬장하게 생긴 노인의 손을 잡고 들어왔다.

이함이 좌정하자마자 연향이 날아갈 듯 절한다.

"어르신, 그간 강녕하셨습니까."

"허허, 갈수록 미색을 더하는구나. 그래, 바둑은 늘었더냐?"

연향에 대한 소문을 들어 알 터인데 전혀 내색을 않는다.

"아닙니다. 미욱하기 짝이 없어 항상 제자리걸음인 것을요."

손녀의 겸양에 박환이 미소 지으며 말했다.

"나와 두 점 바둑을 두고 있네. 열 판에 서너 판은 내가 지고 있지."

"역시 영민한 아이라 다르구먼. 사내로 태어나지 못한 것이 안타까우이."

연향의 볼에 홍조가 드리운다.

"과분한 칭찬이십니다."

박환이 한쪽에 서 있는 무한을 가리키며 말했다.

"내 제자일세. 무한아, 인사 올려라. 전 예조참판을 지내신 이함 대감이시다. 나와는 막역지우(莫逆之友)니라."

무한이 박환을 대하듯 공손히 절했다.

"무한이라 합니다."

이함이 탐색의 시선으로 무한을 훑는다. 무한은 오관지회의 활약으로 한양성 내에 소문이 자자했지만 명나라에서 막 귀국한 이함은 무한에 대해 알지 못했다.

"눈에 총기가 서린 것이 꽤나 영특해 보이는군."

"허허, 그리 보았는가?"

무한을 보는 박환의 시선에 정이 담뿍 들었다. 이함은 박환의 입가에서 미소가 떠나지 않는 것을 보고 기이히 생각했다.

"그래, 뉘 집 자식인가?"

박환이 밝히기 곤란해할 걸 알고 무한이 자신의 입으로 말했다.

"관주님께서 오갈 곳 없는 저를 거둬주셨습니다."

무한의 말을 들은 이함이 박환을 바라본다.

"저 아이가 말한 그대로일세."

"허허, 신분을 고려치 않고 제자로 삼았다는 소린가?"

박환이 끄덕이며 말했다.

"진흙에 묻히기에는 아까운 아이일세."

이함은 박환을 잘 알고 있었다. 실없는 소리를 하지 않을 뿐 아니라 웬만해서는 이렇듯 칭찬을 하지 않는 사람이었다.

"허! 자네가 그리 말할 정도라니 더욱 궁금해지는군."

이함은 새삼스럽게 무한을 꼼꼼히 살폈다. 이목구비가 제법 또렷하고 눈동자가 맑다. 하지만 그뿐이었다. 평범함을 넘는 비범함은 찾아볼 수 없었다.

이함은 이내 무한에게서 관심을 거두며 말했다.

"이럴 게 아니라 바둑이나 한판 두세. 연향이 바둑이 얼마나 늘었는지 궁금해서 참을 수가 있어야지."

박환이 껄껄 웃는다.

"허허, 그렇지 않아도 그 말이 왜 안 나오나 했네."

박환과 무한이 지켜보는 가운데 이함과 연향이 바둑을 시작했다.

"무한은 곁에서 잘 봐두어라. 수가 높은 바둑이니 배울 점이 많을 것이다."

“예, 관주님.”

무한은 참으로 오랜만에 붓을 들고 기보를 그릴 준비를 했다.

연향이 여덟 개의 화점을 모두 채우고 석 점 더 놓았다.

연향은 특유의 부드러운 바둑으로 판을 엮어나갔다. 무한이 보기에도 연향의 바둑은 마냥 부드럽기만 한 예전과는 달랐다. 수의 깊이가 제법인데다, 이제 사석의 묘리까지 터득해 결코 만만치 않은 바둑이었다.

칠십 수가 지났을 때 이함이 미소를 지으며 감탄했다.

“허허, 참으로 많이 늘었구나.”

“아닙니다. 벌써 석 점의 기세가 많이 약해져 버렸는걸요.”

연향의 말대로다. 이함은 건실한 수비만으로도 교묘하게 판세를 자신 쪽으로 당겨놓고 있었다. 연향은 모르고 있었지만 무한은 바둑이 이렇게 변한 원인을 알아보았다.

그것은 공수의 일체였다. 수비와 동시에 상대가 웬만해서는 알아채지 못할 공세를 은밀히 실어 보내니 연향이 알아보지 못했던 것이다.

바둑은 어떤 크나큰 전기도 없이 물 흐르는 대로 흘러갔다. 하지만 그렇게 진행된 바둑이 백오십 수가 지났을 때는 연향이 손써볼 수도 없는 지경에 이르러 있었다. 연향은 어안이 벙벙했다. 딱히 실책을 한 것도 아니고, 크게 잃었다는 기분을 느낀 적도 없었으니 그녀의 입장에서는 귀신에 홀린 기분 이리라.

"역시 자네의 바둑은 언제 봐도 무섭구먼."

이함이 박환의 감탄에 고개를 젓는다.

"무섭기는, 참으로 재미없는 바둑이지."

"본래 바둑이란 것이 수가 높을수록 흥이야 덜 나는 법이 아닌가. 은연중에 젖어드는 가랑비 같은 자네의 바둑이 놀라 울 따름일세."

"하하, 그게 또 그런 것인가?"

무한도 이함의 바둑을 보고 크게 배운 부분이 많았다. 단순 히 수의 높고 낮음을 떠나 이함의 바둑은 특이했다.

이함의 바둑은 무기로 비유하자면 암기와도 같았다. 암기 의 무서움은 드러나지 않는다는 것에 있다. 잘 벼려진 검(劍) 이나 무지막지한 도(刀)는 정신을 바짝 차리고 피하면 그만이 지만 부지불식간에 찌르고 들어오는 작은 비수는 피하기 어 려운 법.

연향이 꼼짝 못한 이유가 그것이었다.

무한이 내심 중얼거렸다.

'비수와 같은 바둑이…… 이러한 바둑도 있구나.'

이함은 연향과의 대국을 마치고 박환과 마주 앉았다. 박환 은 정선바둑으로도 이함을 이기지 못했다. 두 점 차이로 패한 박환이 고개를 설레설레 젓는다.

“도무지 못 당하겠군.”

박환이 기보 작성을 막 끝마친 무한에게 물었다.

“네가 느끼기에는 어떻더냐?”

“어찌 감히 어르신의 바둑을 평가할 수 있겠습니까?”

무한이 어려워하는 것을 본 이함이 지나가는 투로 말했다.

“난 괜찮으니 말해보거라.”

무한이 자세를 바로 하고 조심스럽게 말했다.

“저로서는 처음 접해보는 바둑이었습니다. 확실히 강한 바둑이란 생각이 듭니다. 하지만…….”

잔잔한 미소를 띠고 있던 이함이 하지만이라는 말에 눈을 가늘게 떴다.

“계속 말해보아라.”

“의외로 우직한 바둑을 만나면 힘든 바둑이 될 것 같습니다.”

이함도 자신의 바둑을 잘 알고 있었다. 무한의 말마따나 기교가 뛰어난 바둑을 만나면 쉽게 이기는 데 반해, 소처럼 우직한 기사와는 번번이 고배를 들었다. 약점을 깨닫고 여러 차례 고치려 했지만 실패한 부분이기도 했다.

한데 여기서 다시 그 약점을 지적당하니 무한이란 아이의 바둑을 보는 안목에 놀라면서도 치부가 드러난 것 같아 기분이 썩 좋지만은 않았다.

“말로야 누가 못할까.”

벗의 언짢은 기색을 읽은 박환이 은근히 승부욕을 충동질
했다.

"어떤가, 이 아이와 바둑을 한판 둬보겠는가?"

무한은 박환의 말에 잔뜩 굳어졌다.

양반의 신분으로 일천한 자와의 바둑이 내킬 리 없다. 대번
에 얼굴을 붉히고 노발대발해도 이상치 않은 일이었다.

하지만 이함은 달랐다. 일말의 망설이는 기색도 없이 끄덕
인다. 바둑판 앞에서 신분의 귀천을 따질 것이 무에 있냐는
태도다.

"자네가 그리 칭찬하니 어디 한번 그릇을 보도록 하지."

무한이 진정 존경의 염을 담아 깊이 고개를 숙였다. 박환의
막역지우라더니 과연 남다른 데가 있는 분이 아닌가.

"예는 거두고 돌을 한번 놓아보아라."

스승의 벗이다. 그에 맞는 예우를 해야 할 터. 흑돌 여덟 개
를 놓고 손을 뗐다.

"무슨 뜻이냐?"

"선수를 취하십시오."

무한의 말에 박환과 연향은 눈을 크게 떴다. 무례가 아닌
가. 이함 또한 언짢은 기색이 역력했다.

"지금 백을 쥔 내게 선수를 취하라고 하였느냐?"

"그렇습니다."

"허! 나를 정선으로 상대해 주겠다는 것이냐?"

"어르신은 제가 스승으로 모신 관주님의 친우(親友)십니다. 저와 같이 마주 앉아 대국을 하는 것에 거리낌이 없으시니 진심으로 상대해 드리는 것이 예의라 생각했습니다."

박환이 굳은 안색을 지우고 끄덕인다. 그도 무한이 실력을 감추고 있다는 것을 느끼고 있었던 차다.

"무한은 자네가 썩 마음에 든 것 같군. 기분 상한 것은 이해하나 한번 둬보시게. 무례는 그때 가서 꾸중해도 늦지 않을 것일세."

이함이 언짢은 기색을 약간 누그러뜨린다. 하지만 아직도 썩 내키지 않는 표정이었다.

"흐흠, 자네까지 그리 말한다면야."

이함이 여덟 개의 화점을 채우고 천원을 점했다. 바야흐로 백이 선수를 잡은 이색적인 바둑이 시작된 것이다.

이함은 타고난 성정답게 선수를 잡았지만 크게 욕심은 내지 않았다. 더없이 냉철한 판단을 하며 차차 세를 넓혀갔다. 상대가 크게 욕심을 내지 않으니 무한으로서는 틈을 찾기가 쉽지 않은 바둑이었다.

난전으로 몰아가는 바둑보다 오히려 더 큰 압박으로 다가왔다.

박환은 제삼자의 시선으로 반상을 주시했다. 이함의 공격은 너무도 은근해서 받아야 이득인지 무시해야 득인지조차도 헷갈릴 때가 한두 번이 아니었다.

딱!

그러나 정작 당사자인 무한은 망설임이 없었다. 이함 또한 수읽기라면 둘째가라면 서러운 사람. 순식간에 칠십여 수가 지나갔다.

이함은 그쯤에서 숨을 골랐다. 시선을 멀리 잡고 바둑판을 한눈에 쓸어보았다. 이함의 눈에 적잖은 놀람이 스친다. 분명 아직도 선수의 묘가 살아 있기는 한데 이상하게 판세가 좋아 보이지 않았다. 좋기는커녕 오히려 불리하게 돌아간다는 생각마저 들었다.

심기일전 바둑에 몰입했다.

딱! 딱!

고요함 속에 한동안 돌 놓는 소리만 울렸다.

이함은 백여 수가 넘어갔을 때 다시 한 번 형세를 살폈다.

"이럴 수가!"

아연실색하고 말았다. 몇몇 곳에서 손해를 본 감이 없지 않아 있었다. 그래도 아직 유리하겠거니 했는데 자신의 불리함이 확연히 드러나 있지 않은가? 이함의 시선이 무한을 향한다.

시종일관 표정 변화가 전혀 없었다. 도무지 무슨 생각을 하는 것인지 짐작조차 되지 않았다. 바둑이란 자고로 표정마저도 절제하고 또 절제해야 한다. 수의 의도를 상대에게 들키지 않아야 하기 때문이다. 그 무표정마저도 이토록 자연스럽다니.

왜 이제야 보이는가. 어린 녀석의 몸에서 완연한 고수의 기세가 줄기줄기 뿜어진다.

그 후로 이십여 수가 더 지나갔다. 수읽기가 한층 복잡해지면서 이함의 돌 놓는 속도가 눈에 띄게 느려진다.

'어허, 어쩌다 이리 되었을까. 참으로 갑갑한 바둑이다.'

무한이란 녀석은 자신이 수세를 취하면 끈적끈적하게 달라붙었다. 그러다가도 함정을 파면 귀신같이 알아채고 그쪽으로는 눈길조차 주지 않는다. 또 활짝 웃다가 회심의 비수를 들이밀면 안개 저 너머로 꼬리를 감춰 몸체가 보이지 않았다. 우직한 소 같더니 그럴 때면 마치 영악한 여우가 되어버린다.

놀라운 것은 그뿐만이 아니었다. 어찌나 수읽기가 빠른지 숨 두어 번 쉴 시간이면 어김없이 반상에 돌이 놓였다. 그것은 초반이나 중반이나 한결같았다. 그러면서도 정확하기가 명궁(名弓)의 화살과 같았으니…….

결국 이함은 백오십 수가 가기 전에 돌을 던지고 말았다. 허탈한 표정의 그가 말했다.

"허허! 참으로 고약하다. 약점을 찾기 힘든 바둑이로다."

약점이 없는 바둑.

극찬(極讚)이었다. 약점 없는 바둑이 세상에 어디 있으랴만, 적어도 이함으로서는 무한의 바둑에서 빈틈을 찾을 수가 없었던 것이다.

이함이 무한에게 패하고 돌아간 그날 이후, 사람들의 발길이 끊이지 않고 이어졌다. 박환이 정계에서 발을 뺀 후로 절친한 몇몇을 빼면 찾는 자가 거의 없다시피 했던 것을 생각하면 이상한 일이었다.

그들이 걸음을 한 이유는 무한의 바둑 때문이었다. 무한의 바둑은 오관지회에서 이미 드러난 바 있다. 그런데 왜 오관지회가 끝난 지 한참이 지난 지금에서야 관심을 보이는 것일까.

분명 무한이 오관지회에서 보여준 기예는 탁월했다. 세간에는 무한의 바둑이 천하에 적수가 없는 것처럼 소문이 날 정도였다. 그러나 정작 양반들이 주름잡고 있던 조선의 바둑계는 무한을 크게 주목하지 않았다.

오관지회 이후, 한때 오관지회에서 펼친 무한의 대국을 기록한 넉 장의 기보가 양반들 사이에서 은밀히 떠돌았다. 그런데 손에 꼽히는 기예를 소유한 사람들은 기보를 보고 하나같이 고개를 저었다.

열일곱 살이라는 나이를 감안할 때, 앞으로 가능성이 충분하다는 데에는 다들 이견이 없었다. 그러나 당장 자신들과 겨루기에는 태부족하다는 것이 중론이었다.

당연했다. 무한은 조산을 상대하기 이전까지는 이렇다 할 수준의 바둑을 선보이지 않았다. 게다가 조산을 상대할 때도 다 진 바둑을 대마를 잡는 행운으로 역전한 것으로 비쳐졌던 탓이다.

물론 마지막 대마를 잡을 때 보여준 군더더기없는 행마는 양반들이 보기에도 심상치 않았다. 그러나 바둑을 그토록 어렵게 몰아간 것 자체가 큰 점수를 주기에는 무리가 있었던 것이다.

그랬던 것이 이함이 다녀간 뒤로 확연히 달라졌다. 청학무관에 조선 최고의 바둑이 있다는 소문이 은밀히 퍼져 나갔다. 이함이 청학무관을 나서면서 들고 나간 기보. 그것이 사람들에게 전해졌다. 조선의 바둑계는 비로소 무한의 진면목을 이함과의 대국에서 본 것이다.

고수들의 방문은 밤중에 은밀히 이루어졌다. 그들은 박환과의 친분을 핑계로 찾아와 이런저런 이야기를 나누다가 에둘러 무한에게 대국을 신청했다.

고수의 바둑을 견식하려는 순수한 의도가 아니었다. 그랬더라면 대낮에 찾아와 당당히 대국을 요청했을 것이다. 그들은 다만 항간에 퍼진 조선의 국수 무한이라는 존재를 인정할 수 없어 찾아온 자들이었던 것이다.

무한은 승부를 피하지 않았다.

그들은 거리낌없이 무한과 마주 앉아 대국을 나눴던 이함과는 달랐다. 그토록 무한의 대국을 원하면서도 막상 마주 앉아 두기를 극히 꺼렸다. 그들이 택한 방법은 무한 대신 박환과 마주 앉는 것이었다.

　무한은 그 곁에서 기보를 작성했는데, 실제 바둑보다 기보가 한발 앞서 그려졌다. 무한이 돌을 그리면 박환이 그것을 보고 돌을 놓는 형식이었다. 바둑판의 수를 보고 기보를 적는 것이 아니라, 반대로 기보를 보고 바둑을 놓는 꼴이었다. 양반들의 알량한 자존심이 사상 유래 없는 대리 바둑을 탄생시킨 것이다.

　무한은 모든 기력을 개방했다. 청학무관을 떠나는 사람들 중에 처음의 신색을 유지하고 있는 자는 아무도 없었다. 무한의 한 수 한 수는 마치 폭발하는 활화산 같았고, 항거할 수 없는 해일과도 같이 도전자들의 바둑을 휩쓸었다.

　한 시진이면 바둑판 여기저기에 맹폭의 흔적이 남는다. 상대가 저항하면 할수록 진득한 혈향이 퍼지고 재기 불능의 상처만 남을 뿐이었다. 도전자들은 반상에 돌이 반도 채워지기 전에 땀에 절어 고개를 떨어뜨렸다.

　조선 바둑계는 겉으로는 더없이 평온했다. 하지만 그 속은 이처럼 용암보다도 뜨겁게 절절 끓고 있었다. 그중의 절정은 자타 공인 조선 최고의 바둑 이필의 청학무관 방문이었다. 이필의 방문 또한 전격적이면서도 은밀히 이루어졌다.

　이필의 방문은 박환으로서도 천만뜻밖의 일이었다. 이필은 그만큼 거목이었다.

　도합 세 판을 겨루었다. 첫판은 무한이 선수를 취했다. 두

번째 판은 이필이 선수를 취했으며, 마지막 판은 놀랍게도 이
필이 두 점을 깔고 두었다.

　단 세 판을 두는 데 꼬박 하루 열두 시진이 걸렸다. 첫 두
판은 무한의 불계승이었다. 손도 써보지 못하고 참패한 이필
은 두 점을 깔고 둔 마지막 판마저 무한의 한 집 차 승리였다.
이함이 다녀간 지 보름 만의 대격변이었다.

　이필은 땅이 꺼져라 한숨만 쉬다가 백짓장 같은 얼굴로 돌
아갔다. 믿었던 양반 최고 바둑 이필마저 처참하게 무너지자
바둑계는 일대 충격에 휩싸였다. 무한에 의해 자존심 드높은
사대부의 바둑이 초토화된 것이니.

　이필은 시름시름 앓았다. 시도 때도 없이 바둑돌을 놓아가
던 무한의 투박한 손이 떠올라 식욕은 천리만리 달아나고 가
슴이 벌렁거려 잠도 오지 않았다.

　최고라는 자존심이 무너졌다. 그 때문이 아니라도 그의 패
배는 남달랐다. 처음 선수를 내주고 패했을 때 모자람을 깨닫
고 물러섰다면 그나마 나았을 것이다. 괜한 고집을 부리다 두
점을 깔고도 졌으니 어찌 얼굴을 들 것인가.

　차라리 지난번처럼 모른 척할 것을 그랬다. 상민(常民) 최
강 바둑이라 불리던 전립이라는 자가 설칠 때도 잠자코 있었
다. 동료들이 줄줄이 나가떨어졌을 때도 코웃음 치며 상대하
지 않았다. 그런데 이번에는 무슨 바람이 불어 단걸음에 달려

갔던가.

밥알을 씹어도 모래알 같고 국물을 마셔도 사약 같더니 결국 몸져눕고 말았다. 이필의 와병(臥病) 소식에 그의 지인들이 속속 찾아들었다.

먼저 청룡무관의 관주 조영규가 모습을 보였다. 이어서 도총관 윤하상, 우부승지 김관, 홍문관 부제학 이철민 등 전, 현직 고위급 관리들이 총망라되었다. 조영규를 제외한 모두가 무한과의 대국에서 패한 전력이 있었다.

우부승지 김관은 이필의 퀭한 눈을 보노라니 탄식이 절로 나왔다. 그는 무한에게 패하고 돌아와 잠을 이루지 못했었다. 그렇다고 다시 덤벼볼 엄두도 나지 않으니 미칠 노릇이 아닌가. 결국 생각해 낸 것이 이필로 하여금 무한을 꺾게 하는 것이었다.

"허어! 자네마저 패할 줄이야! 내 이럴 줄 알았으면 놈에 대한 얘기를 하지 않는 것인데, 하릴없이 자네를 충동질하여 이 꼴을 만들었군."

"흐음."

머리에 흰 띠를 동인 이필은 침음을 삼킬 뿐이었다.

"그나저나 큰일이 아닙니까."

윤하상의 걱정 어린 말에 이철민이 어두운 안색으로 답했다.

"그 어린놈의 입이 걱정입니다. 무용담이랍시고 떠벌리고 다니지나 않을지."

이들이 모인 이유는 한 가지였다. 자신들이 무한에게 패했다는 사실이 세상에 알려질까 두려워하고 있는 것이다.

"허허! 어떻게든 막아야지 않겠습니까?"

"무슨 수로요?"

조영규는 고민하는 이들을 보며 잠시 조산을 생각했다. 홀어미 밑에서 부친의 사랑 한번 받지 못하고 커온 것이 못내 가슴 아파 애지중지한 손자이다. 그 금지옥엽이 목숨과도 같은 오른팔을 잃었다. 잃은 팔만큼이나 걱정인 것은 마음의 상처다.

비통에 잠겨 치료마저 거부하고 죽어버리겠다고 난리를 부리는 손자를 죽더라도 복수는 해야 하지 않겠느냐며 간신히 다독여 놓고 나온 길이었다.

잡종 놈 하나 때문에 장래가 총망한 손자가 그 지경이 된 것이다.

'버러지, 그리고 그 버러지를 키운 박환. 너희 둘 다 용서하지 않겠다!'

조영규가 살기를 서리서리 뿜으며 증오에 찬 음성으로 말했다.

"내게 좋은 생각이 있네."

조영규의 지략이 남다름은 다들 알고 있었다. 기대에 찬 시선이 한데 모이자 조영규가 주위를 쓸어보며 천천히 입을 열었다.

"자네들이 한 가지 잊고 있는 것이 있네. 자네들의 패배를
아는 사람이 진정 그 녀석 하나뿐이던가? 박환 그 사람도 곁
에 있지 않았느냔 말일세."

좌중은 조영규의 말에 서로를 마주 보았다.

"물론 그렇습니다만, 박환 대감은 그런 것을 떠들 사람이
아닙니다."

윤하상의 말에 조영규가 비웃었다.

"과연 그럴까? 박환 그는 누구보다 내가 잘 아네. 따지고
보면 이번 사단의 원인이 박환이야. 그가 애초에 천한 녀석을
제자로 삼아 기예를 전수하지만 않았어도 어찌 이 같은 일이
벌어졌겠나?"

좌중은 끄덕이면서도 박환의 대쪽 같은 행실을 아는 터라
미심쩍은 표정을 지었다. 누워 있던 이필이 몸을 일으키며 말
했다.

"그건 그렇지만, 그분이 우리 이야기를 떠들고 다니겠습니
까?"

"그 녀석을 자랑하고 싶어서 오관지회까지 끌고 와 대회에
참석시킨 자일세. 자네들이 전전긍긍하고 있는 지금도 그는
자신의 제자에게 패한 자네들을 비웃고 있을지도 모르는 일
이란 말일세!"

이필의 안색이 더욱 어두워졌다. 이미 조선 최고 바둑이라
는 명성은 깨졌다. 하지만 그 사실이 외부에 알려지는 것만은

사양하고 싶었다.

"하면 어찌하여야 합니까?"

"우선 무한이란 녀석에게서 박환이라는 방패막이를 제거해야 하네. 일단 그놈이 무관 밖으로 나오면 옭아맬 계책이 있네."

"박환 대감은 어쩌실 생각이십니까? 속담에 털어서 먼지 안 나는 사람은 없다지만, 여간해서 약점을 찾기 힘들 텐데요."

"약점이야 만들면 그만. 그는 믿었던 도끼로 인해 발등이 찍힐 것일세."

믿었던 도끼라니, 아마도 무한을 지칭하는 말인 듯했다. 한동안 조영규의 설명이 이어진다. 의문을 품었던 자들의 얼굴이 점차 감탄의 빛으로 뒤바뀐다.

살기 젖은 눈빛들이 오가길 한참. 다들 만족해하며 각자의 집으로 돌아갔다. 음모의 밤은 그렇게 깊어만 간다.

3

이필이 패배의 눈물을 삼키고 돌아간 지 열흘. 그간 사람들의 발길이 뜸하던 청학무관에 한 무리의 손님이 찾아들었다. 이문후의 부친 우참찬 이운정과 권필의 부친 권상호 등 십여 명이었다. 그 다음날도 한 무리의 사람들이 청학무관을 다녀갔다.

다음날, 또 그 다음날도 그런 일이 계속되었다. 그렇게 사나흘 사이 거의 모든 관원의 부모들이 무관을 방문했다. 하나같이 못마땅한 얼굴로 들어온 그들은 분기탱천한 모습으로 돌아갔다.

무관 분위기는 벌집을 쑤셔놓은 듯 뒤숭숭했다. 닷새째 되던 날 오후, 무한은 부름을 받고 박환의 처소에 들었다.

연향이 다소곳이 앉아 먹을 갈고 박환은 난을 치고 있었다. 언제나처럼 곧게 뻗은 난이건만 어딘지 모르게 산만하다. 무한은 관주의 심경에 커다란 변화가 있음을 직감했다.

닷새 만에 대면한 무한이 깊이 절한 후 꿇어앉자 관주가 치던 난을 접어두고 바둑판을 끌어다 놓는다.

말없이 수가 오간다. 오십여 수가 지나갔을 때, 박환이 침묵을 깨뜨렸다.

"무한아."

"예, 말씀하십시오."

박환이 뜬금없는 물음을 던진다.

"너는 혹시 천하에서 가장 무식한 중을 아느냐?"

무한이 집어 든 돌을 돌통에 넣고 되물었다.

"배우지 못한 중이라 하셨습니까?"

"오냐. 배움이 너무 커서 오히려 아는 것이 없는 돌중을 말하는 것이니라."

"학문이 없다. 혹시 무학 대사(無學大師)님을 말씀하시는지
요?"

"대사는 무슨. 허허, 그냥 돌중이니라."

무학은 불법이 높기로 이름 높은 스님이다. 조선 개국 당시
한양 천도에 결정적인 역할을 할 정도로 나라에 끼친 영향 또
한 지대했다. 그런 분을 돌중이라 칭하다니?

의아해서 바라보니 박환의 얼굴에 드리웠던 수심은 저 멀
리 사라지고 잔잔한 미소가 걸렸다. 그 웃음에 사람을 그리워
하는 마음이 고스란히 전해진다. 절친한 사이라는 것일까.

"네 짐작대로 그 돌중은 나의 몇 안 되는 벗 중 하나다."

"그러셨군요."

"들어보아라. 내 그 친구에 대해 얘기해 주마."

무한이 허리를 곧게 펴 경청할 자세를 취했고, 연향도 귀를
쫑긋 세웠다.

"그 친구가 오관지회에 참석한 적이 있었다. 아마 그게 이
회째였을 게다."

박환이 옛일을 회상하며 천천히 이야기를 시작했다.

제이회 오관지회의 모든 일정이 끝난 날 만찬(晚餐) 자리였
다.

청룡무관이 오관지회 원년 우승에 이어 또다시 우승을 차
지한 날이었다. 한껏 고무된 조영규가 득의만면한 얼굴로 거

드름을 피워댔다. 특히 그의 맞수였던 박환을 핀잔했고, 노골적인 모욕도 서슴지 않았다.

하지만 박환은 그에 응대하지 않고 시종일관 담담한 모습을 유지했다. 그때만 해도 조영규와의 악연에 연향이 얽혀 있지 않았던 터라 담대히 넘길 수 있었던 것이다. 조영규는 박환이 꿈쩍하지 않자 흥이 나지 않는지 관심을 무학에게 돌렸다.

조영규가 곡차를 권하며 은근한 투로 물었다.

"허허, 대사, 오늘 우리 아이들을 어찌 보셨소이까? 아직 설익은 아이들이라 눈에 차지 않으셨을 테지요?"

무학은 조영규의 물음에 어두운 표정으로 대답했다.

"아미타불, 그렇소이다."

"하하, 내가 뭘 잘못 들은 것 같은데. 대사, 지금 뭐라고 하시었소?"

"빈승은 오늘 확실히 실망했소이다."

잘못 들은 것이 아니다. 듣기 좋은 공치사나 덕담을 기대했던 조영규는 어리둥절한 표정을 짓는다. 박환을 비롯한 다른 관주와 초청된 여타 고관대작들의 시선도 무학에게 몰렸다.

조영규가 돌변한 안색으로 묻는다.

"그래, 대사께서는 우리 아이들의 어느 면이 가장 미흡하다고 보셨는지……?"

무학이 기다렸다는 듯 조금도 망설이지 않고 대답했다.

"창술, 검술, 기에 어느 것 하나 기대에 미치지 못했소. 허허, 그나마 궁술만은 보아줄 만하더이다.”

무학은 찬물을 끼얹고는 할 말을 다 했다는 듯 눈을 감아버린다. 무학의 신랄한 비판에 장내는 순식간에 싸늘해졌다. 무학과 절친한 박환은 평소와 다른 무학의 태도에 의아함을 품었다.

“이보게, 돌중! 곡차 몇 잔에 벌써 취했나?”

무학이 감았던 눈을 번쩍 떴다. 그리고는 강렬한 안광으로 박환을 쏘아보며 말했다.

“취했냐고? 허허, 그래, 이 돌중은 자네 말대로 취해야겠네.”

무학은 술병을 집어 들고 병째 벌컥벌컥 들이켰다.

무학의 무례에 기분이 상할 대로 상한 조영규가 벌떡 일어서며 무학을 찢어 죽일 듯 노려보며 소리쳤다.

“내 그대의 인품이 드물게 훌륭하다 들었다. 게다가 불심이 높아 능히 하늘에 닿았다 들었거늘, 이제 보니 숫제 미친 중이로구나!”

무학은 과거 자신과 눈도 제대로 마주치지 못했던 조영규가 면전에 대고 큰 소리치는 것을 보자니 격세지감을 느낀다. 예전이라면 조영규 따위가 어찌 자신에게 미친 중이라 손가락질할 수 있었으랴.

조영규의 막말은 현 세태를 반영하고 있었다. 숭유억불 정책. 이전에는 과거제도에 문과, 무과, 승과, 잡과가 있었다.

한데 지금은 중을 뽑는 승과를 폐지할 정도로 중을 업신여기는 풍조가 사회 전체에 만연되어 있었다.

게다가 무학의 인품을 흠모해 늘 가까이하던 태조 이성계까지 유명을 달리하자 무학의 위세는 전에 비해 미비하기 짝이 없었다.

꽝!

무학은 마시던 술병으로 상을 거칠게 내리찍으며 일어섰다.

"이 돌중 또한 그대의 무력(武力)과 배포가 조선에서 별로 따를 자가 없다고 들었다!"

"그런데 어쨌단 말이냐!"

"귀를 씻고 경청하라! 그대는 천성이 음흉해 결코 대인(大人)의 상이 아니다! 애초에 대인과는 한참이나 거리가 멀어 소인배라 칭해야 마땅하겠다! 무예 또한 닭 목이나 겨우 비틀 수준에 이르고서 기고만장하는 꼴이 가소롭기 짝이 없도다! 그대는 저 초원을 달리는 몽고 정예병을 한 번이라도 본 적이 있느냐!"

"뭣이라! 소인배? 닭 모가지나 겨우 비틀어?"

조영규는 분노로 목덜미까지 벌게진다. 더운 콧김을 뿜으며 급기야 소매를 동동 걷어붙였다. 둘이 마주 섰는데, 무학의 체구는 들소를 연상시키는 조영규에 비해 전혀 뒤지지 않는다.

하지만 하나는 평생토록 무예를 연마한 무관이요, 하나는 불경만 파온 중이다. 그럼에도 불구하고 무학은 전혀 물러설 기미가 없다. 물러나기는커녕 오히려 조롱까지 한다.

"내 그대가 얼마나 우물 안 개구리였는지 똑똑히 보여주겠다!"

분기를 참지 못한 조영규가 주먹을 내질렀다.

무학은 주먹이 가슴을 스치는 순간, 원래 그쪽으로 가려고 했던 사람처럼 좌측으로 스르륵 미끄러졌다. 그리고는 허공을 가르는 조영규의 소매를 번개같이 잡아챈다. 그 즉시 조영규의 힘을 역이용해 힘껏 밀어버렸다.

와장창!

조영규는 걸게 차려진 주안상 위에 나뒹굴었다. 딴에는 날렵하게 일어서긴 했으나 이미 온몸에 온갖 찬을 뒤집어쓴 뒤였다.

"이런 때려죽일 자가 있는가!"

조영규에게서 분기를 넘어 뭉클 살기가 피어오른다.

박환은 과거를 회상하며 도리질쳤다.

"당시 조영규는 무예로 나와 호각을 이루는 몇 안 되는 자였다. 검이 장기이기는 했지만 주먹질도 결코 남에게 뒤지는 자가 아니었지. 한데 무학은 그런 조영규를 아이 다루듯 했다. 도무지 상대가 안 되는 싸움이었지."

무한이 고개를 절레절레 젓는다.

“상상이 되지 않습니다. 불도를 닦는 분께서 그러한 힘을 가지고 계시다니.”

“나 또한 보면서도 믿어지지 않았다. 승포 자락에 숨겨진 손이 불쑥 튀어나올 때면 조영규는 어김없이 나동그라졌다. 뻔히 보이는데도 피하지 못했다. 더군다나 슬쩍 닿기만 한 것 같은데도 조영규 같은 거구가 견뎌내지를 못했다. 나였더라도 그와 다르지 않았을 테지.”

이야기는 계속 이어졌다.

손 한 번 못써보고 연이어 음식 더미 위를 나뒹군 조영규는 화가 머리끝까지 치솟았다. 분노가 이성을 집어삼키는 지경에 이르자, 급기야 벽에 걸어놓은 진검을 뽑아 들기에 이르렀다.

챙!

“죽인다! 죽이고 만다!”

조영규가 이성을 잃어버렸다. 그가 분노해 날뛰자 무학의 안위가 걱정된 박환이 싸움을 말리려 했다. 그러나 무학은 한마디 말로 박환의 걱정을 일축했다.

“내 걱정은 할 것 없네! 자네 또한 눈을 크게 뜨고 보도록 하게!”

무학의 호언장담을 비웃기라도 하듯 검을 든 조영규의 기세는 살벌하기 그지없었다. 검을 든 조영규는 영판 딴사람이 된 것 같았다.

검을 든 조영규. 그 앞에 두 주먹만으로 버티고 선 무학.

"그냥 맨주먹이 아니었다. 딱히 눈에 보이는 것은 아니었지만 무학의 두 주먹에 어떤 힘이 어려 있음을 어렴풋이 느낄 수 있었지."

정체불명의 힘이라니! 무한은 마른침을 꿀꺽 삼켰다. 그러나 박환은 이야기는 그것으로 끝이었다.

무한과 연향은 호기심에 애가 닳았다.

"그래서 어떻게 되었죠?"

연향의 물음에 박환은 딴청이다.

"무학은 하루아침에 그만한 무예를 지닌 것이 아니었다. 힘을 품고 있는 것을 세상이 몰랐을 뿐이지. 심지어 그의 절친한 벗이었던 나마저도 까맣게 모르고 있었으니."

연향이 눈동자를 이리저리 굴리며 생각해 보더니 묻는다.

"어떤 무예기에 맨손으로 검을 상대할 수 있었을까요?"

"그것은 일반의 궤를 벗어난 상식 밖의 무예. 그의 스승 혜명으로부터 물려받은 불문(佛門)의 무예라 했다. 그는 무학(無學)이 아니라 무학(武學)이라 불려야 마땅한 사람이다."

무한의 머릿속에 조영규와 무학의 대결이 그려진다. 서슬 퍼런 검을 들고 살기를 흩뿌리는 조영규. 그 앞에 선 무학. 가슴이 뜨겁게 달궈졌다. 무한에게 있어 그것은 마치 타는 갈증과도 같았다.

"그에게서 놀라운 얘기를 들었다. 그가 이르기를, 자신에 못지않은 고수가 조선 땅 도처에 은거해 있다고 했다."

연향이 고개를 갸웃하며 고운 입술을 벌렸다.

"그런 대단한 무예를 익힌 분들이 많다면 어찌 이제껏 한 번도 사람 눈에 띄지 않았을까요?"

"그들은 산속에 들어가 세상에 간섭하려 들지 않는다고 했다. 심신을 닦는 데 매진할 뿐, 현 세상이 누구의 왕조인지도 신경 쓰지 않는다더구나. 무학은 항상 그 점을 안타까워했다. 하지만 무학 본인조차도 사문의 계율에 묶여 무예를 일반에 전수하지 못했더니라."

무한은 꿈꾸는 얼굴로 박환의 이야기를 듣고 있었다. 박환의 말대로라면 여태껏 알지 못했던 또 다른 세상이 어딘가에 존재하고 있는 것이다.

무한의 표정이 들떠갈수록 박환의 얼굴에는 아픔이 스친다.

"무한아, 너도 그런 무예를 배우고 싶더냐?"

"예, 저도……."

무한은 무심결에 그렇다고 대답하려다가 그 말이 스승을 욕보이는 일임을 깨닫고 얼른 입을 다물었다. 하지만 이미 마음의 끝을 내보인 뒤였다.

무한은 죄인마냥 고개를 푹 숙였다. 스승 앞에서 다른 스승을 섬겨 지고(至高)한 무예를 익히고 싶다고 말하다니 이보다 큰 불경이 없었다.

“나는 괜찮으니 무학에게 그 길을 물어라.”

무한은 박환의 음성이 어딘지 모르게 차갑다고 느낀다.

“혹시 대사께서 무관에 오시는 것입니까?”

박환은 침중한 얼굴로 고개를 저었다.

“그를 찾아가 직접 물어 알아보란 말이다.”

무한의 얼굴에 박환의 말을 이해하려고 애쓰는 빛이 역력하다.

“아직도 모르겠느냐? 흐음, 무관을⋯ 떠나거라.”

무관을 떠나라니? 너무도 급작스러운 퇴관 명령이었다.

무한은 자신이 뭔가 잘못 들었나 싶어 눈만 깜빡인다.

연향은 창백해진 얼굴로 손끝을 파르르 떤다. 붓이 손에서 떨어져 화선지 위를 구른다. 까만 먹물이 화선지에 깊이 스며들어 기보를 못 쓰게 만든다.

여리고 얇은 화선지처럼 연향의 마음도 까맣게 물들어간다.

한참 만에 무한이 무겁게 입을 열었다.

“제게⋯ 떠나라 하셨는지요.”

“가거라. 너는 내가 감당할 수 있는 범주를 넘어섰다.”

“그 말씀은⋯ 소인은 아직 배울 것이 많습니다.”

박환의 불호령이 떨어진다.

“멍청한 놈! 내치는 것이 아니라 놓아주는 것이다. 네놈은 바둑이나 검 그 무엇도 내게서 더 이상 배울 것이 없단 말이다!”

서리가 하얗게 내린 수염이 파르르 떨었다.

박환은 무한이 아니라 자신에게 화내고 있었다. 뛰어난 제자 하나 품지 못하는 무능함을 자책하고 있는 것이다.

적막이다. 마치 죽음 같은 답답함이 방 안에 휘몰아쳤다. 얼마 후, 한결 담담해진 박환의 음성이 정적을 깬다.

“말미를 주겠다.”

연향이 어디서 그런 용기가 났는지 당돌하게 나선다.

“할아버지, 하지만 무한에게는 아무런 준비가…….”

“무학 그 친구의 행방을 찾아야 하니 시간의 여유를 주겠다. 지금부터 차근히 준비하도록 해라.”

박환의 의지는 이미 차돌같이 굳다. 조부가 한 번 아니라면 세상이 끝나도 아닌 것이다. 마음을 돌릴 수 없음을 깨달은 연향은 눈물을 뿌리며 자리를 박찬다.

연향이 나간 후, 박환은 꿇어앉은 무한에게 갈 길을 제시했다.

“정체되어 있는 물은 썩기 마련이니라. 무학은 네가 둥지를 틀어 나래를 활짝 펴도 남을 만큼 그 품이 넓다.”

무한이 넋 나간 얼굴로 힘없이 되뇐다.

‘무학 대사…….’

“그가 네게 새로운 세상을 보여줄 것이다.”

‘새로운 세상…….’

"나는 무학 그 친구에 비하면 태부족한 사람이다. 무예, 기예, 인품 어느 것 하나 그를 따르지 못한다."

덧없는 눈물이 뺨을 타고 흐른다. 무한은 피를 토하듯 외친다.

"아닙니다. 제게는 관주님이 하늘이십니다!"

"허허, 나로 하여금 낯을 들지 못하게 만들 참이냐."

"하지만……."

문득 한 가지 생각이 스쳐 입을 다문다. 무한의 눈동자가 깊이 잠긴다. 왜 잊고 있었을까. 그간 연이어 찾아온 관원들의 부친.

'나를 내보내지 않으면 관원들을 퇴관시킨다고 했을까? 아니면 다른 무엇으로 관주님을 압박한 것일까?

어쨌든 관주가 갑작스런 퇴관을 명한 이유는 그들과 관계가 있을 것 같았다. 정말 자신 때문에 관주가 곤경에 처한 것이라면 퇴관밖에 다른 도리가 없었다.

"얼마 전 얘기했던 전립이라는 자를 기억하느냐?"

무한은 박환의 물음에 잠시 생각을 접어두고 대답했다.

"저처럼 낮은 신분으로 기예의 높은 경지를 터득한 사람이라 하지 않으셨습니까."

박환이 끄덕인다.

"사람들은 그를 상민 중 제일가는 기객이라 칭한다. 하지만 나는 안다. 양반 중에서도 그와 기예를 논할 만한 자는 거의 없음을."

"그의 바둑을 직접 보셨는지요."

"보지 않아도 알 수 있다. 나는 그의 스승의 바둑을 알기 때문이다."

무한의 까만 동공이 반짝 빛난다.

"그분은……?"

"짐작대로다. 전립은 무학의 제자다. 너는 감히 짐작할 수 없을 것이다. 무학이라는 사람의 깊이를."

"관주님……!"

"흐흠, 더는 나를 실망시키지 마라."

추상같은 노기가 느껴진다. 더는 어쩌지 못함을 느낀다.

"그분은 어디에 계십니까?"

무한의 착 가라앉은 음성에 박환이 고개를 젓는다.

"그와 연락이 끊어진 지 벌써 이태가 넘었다. 바람 같고 때로는 유수(流水)와도 같은 친구니라. 천 리 밖에 있을 수도 있겠고, 어쩌면 지척에 있는지도 모르지. 내 그간 무학의 소식을 수소문할 터인즉."

"하면… 그리 알고 있겠습니다."

"그만 물러가거라."

절하고 물러서는 무한의 등에 박환의 눈길이 닿는다. 얼마간의 아픔과 그만큼의 좌절이 깃든 눈이다.

'내 너를 품을 그릇이 아니거늘… 욕심이 과했구나.'

어쩌면 진즉 무학에게 보내야 했던 무한이다.

권상호 등이 다녀간 것은 역시 조영규의 사주를 받은 때문이었다. 무한의 짐작대로 그들은 무한을 당장 내칠 것을 요구했다. 그렇지 않으면 관원들을 모두 퇴관시키겠다고 으름장을 놓았다.

하지만 박환이 무한을 품에서 떠나보내려 하는 것은 그 때문이 아니었다. 결코 그들의 협박 따위에 굴할 박환이 아닌 것이다.

바로 눈앞에서 자신보다 두 수는 높은 이함이 무한에게 무너졌다. 까마득한 조선 최고의 바둑 이필이 침몰하는 것을 보면서 박환은 기뻤다. 자신의 품에서 저토록 크게 성장한 무한이 자랑스러웠다.

하지만 다른 한편으로는 마음이 무거웠다. 무한의 배움에 대한 열의를 능히 채우지 못하는 안타까움에 가슴이 아렸다.

무한의 그릇은 광대(廣大)했다. 박환은 그 큰 그릇을 채우기에는 자신의 역량이 부족함을 절실히 느꼈다. 부족함을 알면서도 어떻게든 품어 안으려 했다. 그러나 욕심을 부릴수록 괴로움만 가중될 뿐이었다.

고민이 깊어진 그때, 권상호 등이 무한의 퇴출을 종용했다. 박환은 그제야 깨달았다.

무한을 보내는 것이 순리라는 것을.

第二章
박환의 선택

연향은 언제부턴가 무한만 생각하면 가슴이 먹먹했다. 조그맣게 싹튼 연모는 무럭무럭 자라 아름드리 나무가 되어버렸다. 심장에 뿌리 깊이 박혀 버렸다. 아무리 딴마음을 품으려 애써도 소용이 없었다.

연향이 박환과 수상전을 벌이던 그날, 기보를 적던 무한이 무심결에 찍은 화선지 위에 맥점은 단순히 화선지가 아니라 그녀의 심장에 낙인처럼 찍혀 버렸다.

몇 해 전 남정네와 정을 통했다는 소문이 나돌았다. 혼삿길이 막히고 가문의 죄인이 되어버렸던 그때, 그녀는 수치심에 혀를 깨물고 싶었다. 하지만 그녀는 한편으로 안도하는 자신

을 발견했다. 마음에 품은 남자를 두고 다른 이의 품에 안기
지 않아도 된다는 안도감이었다.

연향은 연을 맺을 수 없는 사이라면 이대로 늙어 죽어도 좋
다고 생각했다. 그런데 이제 무한이 떠나려 하고 있다. 왜 바
보같이 이런 날이 올 것을 생각하지 못했을까. 그렁그렁 맺힌
눈물이 볼을 적신다.

창가에 놓인 시들시들한 난초가 눈에 들어온다. 난초에 물
을 주며 착잡한 심정을 달래고 있을 때였다.

"아유, 신경질 나!"

얼른 눈물을 닦고 짜증을 부리며 들어오는 양화에게 물었
다.

"무슨 일인데 그렇게 투덜대?"

"있잖아요, 무한이……. 아휴, 됐어요."

연향의 안색이 변한다. 난초에서 손을 아주 떼고 돌아선다.

"뭔데 그래? 무한이 또 왜? 어서 말해봐."

연향이 정색하고 묻자 양화가 망설임 끝에 털어놓는다.

"휴, 여자가 생겼나 봐요. 아니, 생긴 것이 틀림없어요."

"말도 안 돼!"

"저도 처음에는 말도 안 된다고 생각했죠. 하지만 생각해
보세요. 그제도 외박을 하더니만 어제도 어디서 날을 보내고
오늘에야 겨우 왔다고요."

조부에게서 퇴관 명령을 받은 것이 벌써 닷새 전이다. 이제

얼마 후면 무한은 떠난다. 무한이 밖으로 나도는 것은 무학 대사를 수소문하고 다니는 때문일 것이다. 무한의 퇴관 사실을 아직 모르고 있는 양화는 쓸데없는 걱정을 하고 있었다.

"무한이 돌아왔다고?"

"왜 아니겠어요? 어떤 년인지 걸리기만 하면 그냥 확!"

양화가 살쾡이처럼 손톱을 곤두세운다.

"지금 어디에 있니?"

"관주님 방으로… 아, 이제 전 관주님이지?"

양화는 제 머리를 콩 쥐어박는다. 박환이 하루 전 급작스럽게 관주 자리에서 물러난 것이 기억에 미친 것이다.

"그러니까, 무한이 할아버님께로 갔다고?"

"가는 걸 보고 오는 길이에요. 아가씨, 이런 부탁 하기 뭐하지만……"

"알았어. 무슨 일인지 알아보고 올게."

연향은 잰걸음으로 조부의 처소를 찾았다. 문밖에서 심호흡을 하고 들어갔다. 둘 사이에 무슨 이야기가 오고 갔는지 분위기는 썩 좋지 않았다.

무한이 나직한 음성으로 말했다.

"아직 대사님의 행방을 찾지 못하셨다니 아무래도 멀리 계신 것이 아니겠습니까?"

"아마도 그런 것 같다."

"그분의 행적을 찾지 못하더라도 근시일 내에 무관을 떠나겠습니다."

"어디로 갈 작정이냐?"

"딱히 정해놓지는 않았습니다. 세상을 주유하며 대사님을 찾아다닐 생각입니다."

말을 마친 무한이 깊이 절하고 물러났다.

"또 밖에 나가려느냐?"

"예. 내일쯤 다시 나가봐야 할 것 같습니다."

"그래, 그만 가 쉬어라."

나가는 무한의 등을 연향의 복잡한 눈동자가 쫓는다.

"무슨 할 말이라도 있어서 온 것이냐?"

"저, 그냥……."

"긴한 얘기가 아니라면 너도 나가보아라."

연향이 기다렸다는 듯 절하고 물러난다. 가녀린 손녀의 등을 보노라니 박환의 눈시울이 붉어진다.

걸음마를 배우기 전부터 무르팍에 앉혀놓고 키워온 손녀인데 무한을 향한 그 마음을 왜 모르랴.

'허허, 불쌍한 것. 한 쌍의 원앙이겠으나 태생이 다르니 어찌할꼬.'

별이 총총한 밤이었다. 먼저 나간 무한을 뒤따라간 연향이 무한을 불러 세운다.

"무한, 잠깐만!"

돌아선 무한의 낯빛은 서리라도 내린 듯 더없이 차갑다. 연향이 옷고름을 매만지다 간신히 한마디 한다.

"요즘 뭐가 그렇게 바빠? 양화 말대로……."

"……?"

"밖에… 마음에 드는 여자라도 생긴 거야?"

연향은 무한이 밖에서 무엇을 하고 다니는지 알면서 괜히 그렇게 말해본다. 그런데 말하고 나니 그렇게 민망할 수가 없다.

무한은 연향의 홍조 띤 얼굴을 보고 있자니 심장이 제멋대로 요동쳐 애써 마음을 다스려야만 했다.

"못 들은 것으로 하겠습니다."

심장은 쇠망치로 두드리는 것처럼 약동하는데 무한은 얼굴에는 서리가 한 겹 더 내린다. 연향은 그런 얼굴로 돌아서는 무한을 차마 잡을 엄두가 나지 않는다.

저녁나절임에도 늘 관원들로 북적대던 관사가 쥐 죽은 듯 조용했다. 바로 어제, 조영규의 사주를 받은 자들이 청학무관에 맡겼던 자제들을 일제히 퇴관시킨 때문이었다.

삼경이 가까운 시각이었다.

"자느냐?"

박환의 목소리다. 벽에 기대 있던 무한이 벌떡 일어나 촛불을 살랐다.

"늦은 시간에 어인 걸음이십니까?"

“먼저 앉아라. 너에게 할 말이 있다.”

무한이 앉은 후에도 한참 동안 눈을 감고 있던 박환이 어렵게 이야기를 꺼냈다.

“떠나는 길에 연향을 제 외가(外家)에 데려다 주거라.”

무한은 소스라치게 놀라고 말았다. 분위기로 보아 외가에 한번 다녀오라는 것이 아니다.

“외람된 말씀이오나, 묻겠습니다. 설마 아씨를 내치시려는 것입니까?”

“으음… 그 아이에게도 그 편이 나을 것이다.”

무한의 안색이 창백해진다. 역시 그랬다. 그냥 두고 보기도 불쌍한 그 여인을…….

“소문이 모두 거짓이라는 것을 알고 계시지 않습니까. 제발 다시 상량(商量)하여 주십시오.”

무한의 간곡한 부탁에도 박환은 무심하게 고개를 젓는다.

“사실과는 상관없이 세상이 그 아이를 그리 보고 있지 않느냐.”

“관주님!”

“이미 여러 날 생각하고 내린 결정이다. 내 미리 그 연향에게 일러놓겠다. 내일 밤 어둠을 틈타 그 아이를 데리고 떠나거라.”

무한은 박환이 나간 후에도 멍하니 앉아 있었다. 연향의 초췌한 얼굴이 떠올랐다.

“휴우…….”

방바닥이 꺼져라 한숨을 토했다. 무관을 떠나는 것도 괴로운데, 연향의 문제까지 불거지자 머리가 터질 것 같았다.

바람이나 쏘이려 나온 걸음이 어느새 연무장에 닿았다. 연무장은 한없이 고즈넉했다. 흐드러지게 피었던 벚꽃도 모두 지고 없었다.

달빛을 받아 신비로운 광경을 자아내던 연향. 문득 연향이 보고 싶어 미칠 것 같았다.

“무한…….”

그녀는 거짓말같이 나타나 등 뒤에서 그의 이름을 불렀다.

“아가씨.”

무한의 상기된 표정을 본 연향이 근심 가득한 음성으로 묻는다.

“대체 무슨 일인 거야? 말해줘. 무관을 나가는 것 말고 또 다른 고민이 있지?”

고민? 많았다. 며칠 사이에 고민이 아니라 번민이라 할 만큼 머릿속이 복잡했다.

무관을 떠나야 했고, 어디 있는지도 모르는 무학 대사를 찾아 산야를 떠돌아야 했다. 그리고…….

“관주께서 아씨를 외가로 보내려 하십니다.”

“말도 안 돼! 어디서, 어디서 무슨 말을 들은 거야?”

“사실입니다. 불과 반 시진 전에 관주께서 그리 분부하셨습니다. 저에게 아씨를 외가로 모시라고."

"나는……."

연향이 뭐라 하려다가 입을 다문다. 연향의 표정이 시시각각 변했다. 얼굴에 온갖 감정이 폭풍처럼 나타났다가 사라진다.

"정말 할아버지께서 그리 말씀하셨어?"

무한은 말없이 끄덕인다. 연향이 주저앉아 울음을 터뜨렸다. 서럽게 우는 연향의 모습에 무한은 가슴이 미어진다.

"아씨, 고정하시고……."

부축하려 다가서자 연향이 그를 덥석 안아버렸다. 떼어내려는데 연향이 꼭 끌어안고 도무지 놓아주지를 않는다.

"무한, 잠깐만… 잠깐만 이대로 있어줘."

무한의 팔에 힘이 스르르 풀린다. 그렇게 둘은 한동안 굳어졌다.

연향은 한참 만에 무한의 가슴팍을 축축이 적셔놓고야 살포시 떨어졌다. 볼이 연지를 발라놓은 듯 연한 홍조를 띠고 있다.

무한은 지금의 상황이 잘 이해되지 않았다. 자신을 향한 연향의 마음은 이미 짐작하고 있었다. 하지만 가문에서 축출되느냐 마느냐 하는 상황에서 품에 안기는 것은 뭐며 수줍어하는 것은 또 뭔가.

연향은 무한의 의문 섞인 시선을 받으며 말했다.

“무한, 내 얘기 잘 들어.”

연향은 수줍은 얼굴을 하고선 어디서 그런 용기가 났는지 무한의 눈을 뚫어져라 응시한다. 그 눈빛이 하도 진지해 무한은 무심코 끄덕였다.

“내 외조부님과 외조모님 두 분은 일찍 돌아가셨어. 그리고 어머니는 무남독녀 외동딸이셔.”

무한이 눈을 크게 떴다.

“그럼 외가라는 것이?”

“그래. 난 가고 싶어도 갈 외가가 없어.”

연향의 말은 틀림없을 것이다. 그렇다면 왜 관주가 연향을 있지도 않은 외가로 데려다 달라고 했을까?

“……!”

무한은 망치로 머리를 얻어맞은 기분이었다. 연향도 같은 생각을 하고 있는 것일까? 얼굴이 홍조를 띠다 못해 새빨갛게 물들어 있었다.

2

무한이 다음날 찾은 곳은 하역 물품이 수북이 쌓인 인주(仁州) 선착장이었다. 인주는 태종의 지방 제도 개편으로 인천으로 명칭이 바뀌었다. 하지만 불과 일, 이 년 전의 일이라 사람들은 여전히 인주라고 불렀다.

쉼없이 뱃길을 따라 팔도를 오가는 사람들. 그들이라면 대사님의 소식을 알지도 모른다. 비록 오래전 일이었지만, 어쩌면 아버지의 옛 동료들을 만나 아버지가 돌아가시게 된 경위를 들을 수 있을지도 몰랐다.

해가 저물기 얼마 남지 않은 시간이었다. 상단에 속한 인부들은 물품을 배에 싣는 작업을 서두르고 있었다.

무한은 큰 짐을 낑낑대며 나르고 있는 삼십대 후반의 털보에게 다가갔다. 털보가 들고 있는 짐을 떠받치며 물었다.

"배는 언제 출발합니까?"

"휴우, 제미랄, 더럽게 무겁네."

털보가 무한 덕에 일이 수월해지자 걸쭉한 욕을 뱉는다. 한숨을 돌린 그가 그제야 무한의 물음에 답한다.

"내일 출발하오. 한데 그건 왜 묻소?"

"상인들에게 물어볼 것이 좀 있습니다."

"물어볼 것이 뭔데 그러쇼? 나도 이 바닥에서 십수 년을 굴러먹었소. 덕분에 들은풍월이 적지 않으니 어디 한번 말해보쇼. 혹시 아오. 도움이 될지?"

말투만 툭툭했지 도와주겠다는 말이다. 털보의 마음을 읽은 무한이 입을 뗐다.

"찾고 싶은 사람이 있습니다."

"누군데 그러쇼? 혹시 여편네가 바람나서 도망이라도 갔소?"

털보가 커다란 짐에 가린 무한의 얼굴을 보지 못한 탓에 황당한 물음을 던진다.

"제가 찾는 분은 유명한 스님이십니다. 무학이라는 분이시지요."

"무학 대사라는 중은 나도 들어서 알고는 있소. 한데, 어디 있는지는 모르겠는데?"

무한이 약간 실망스러운 기색으로 말했다.

"그렇군요."

"끙차! 덕분에 편하게… 으응?"

물품을 실을 배 근처에 도착해 짐을 내려놓은 털보가 눈을 휘둥그레 뜬다. 그제야 짐에 가려서 보지 못했던 무한의 얼굴을 확인한 것이다.

"소년 장사였군? 이거야 원, 잘해야 열예닐곱 살밖에 안 되어 뵈는데……."

무한이 빙긋이 웃으며 말했다.

"예, 올해로 열일곱입니다. 편히 말씀하십시오. 혹시 그분의 행적을 알 만한 분이 없겠습니까?"

털보가 생각할 것도 없이 바로 답했다.

"나 같은 인부들이야 항상 이곳을 벗어나지 않으니 들은풍월이 적을 수밖에. 하지만 상단에 속한 호위무사들은 다르지."

털보는 장사치들보다 호위들을 추천한다.

"상인들이 아니라 호위들이 더 많이 알고 있을 거라는 말씀이십니까?"

"왜 아니야? 장사꾼들은 배를 정박시키자마자 일하느라 눈코 뜰 새 없어. 하지만 호위들은 화물을 하역하고 선적할 때까지 자유 시간이지. 그 시간 내내 싸돌아다니거나 주막에 들러 술이나 마시겠지. 주막이야 어중이떠중이 다 몰려드는 곳이니 주워듣는 것이 많을 수밖에."

생각해 보니 일리있는 말이다.

배는 다음날 아침이나 되어야 출발하고, 호위들은 배 출발 시간에 맞춰 나온다고 했다.

바다가 해를 꿀꺽 삼키는 것을 끝까지 바라보던 무한은 근처 객방에서 밤을 보내고 꼭두새벽에 일어나 선착장을 찾았다. 그보다 일찍 일어난 일꾼들이 어제 못다 한 선적 작업이 한창이었다.

어제 안면을 튼 털보가 반갑게 맞는다.

"뭐 하러 이렇게 일찍 나와? 호위들은 아직 두세 식경은 있어야 기어나올 텐데."

"원래 이쯤 해서 일어나니 괜찮습니다."

무한은 웃으며 털보의 일을 도왔다.

"허허, 이거 미안해서……."

짐 나르는 것을 도우며 이것저것 물었다.

"배 한 척에 호위들이 몇이나 딸려 있는 겁니까?"

"상단마다 조금씩 다르지만 이 정도 규모면 척당 다섯씩 맡지. 왜, 해보게?"

"글쎄요."

털보는 무한의 애매한 대답에 정색했다.

"정말 그런 뜻이 있다면 일찌감치 포기해라."

"일이 고됩니까?"

"고되기는, 순 한량 놀음이지. 일 년에 잘해야 서너 번 왜선(倭船)이 출몰하는데 고될 것이 뭐가 있겠냐?"

무한은 고개를 모로 누였다. 이해가 되지 않았던 것이다. 일전 상단의 호위였던 아버지는 일만 나갔다 들어오면 크고 작은 상처로 도배하다시피 했던 것이다.

생각해 보니 그사이 해적들이 줄었을 수도 있겠다 싶어 그냥 넘겼다.

"일이 적으니 보수도 적겠군요?"

털보가 분통 터진다는 듯이 가슴을 친다.

"적어? 흥, 모르긴 해도 나보다 열 배는 많을 거다."

"그런데 왜 호위가 되는 것을 말리십니까?"

"힘 좀 쓴다고 다 되는 것이 아니니까 하는 소리다."

"다른 뭐가 필요합니까?"

털보가 팔뚝을 걷어붙이고 알통을 만들며 말했다.

"나도 소싯적에는 힘 좀 썼지. 근동에 나를 당해내는 자가 별로 없었으니까. 그런데도 도전했다가 개망신만 당했다."

“그렇게나 대단합니까?”

“대단하다기보다 살벌하다고 해야지. 완력은 필요없어. 무조건 칼을 잘 써야 돼. 왜놈들을 만나면 무조건 목을 뎅강 따야 하니까.”

“그렇군요. 그런데 왜 호위를 그리 싫어하시는 겁니까?”

“말도 마라. 저희들도 쌍놈 겨우 면한 주제에 어찌나 재수없게… 아, 저기들 오는구나. 제미랄, 저것들은 죽어도 양반은 못 될 팔자다.”

말은 그렇게 해도 두려운지 털보의 목소리는 기어들어 간다.

아닌 게 아니라 칼을 찬 여남은 명의 사내들이 기세를 풍기며 빠른 걸음으로 오고 있었다. 그들을 곁눈질로 바라보던 털보가 속삭이듯 말했다.

“그나저나 네가 묻는 말에 대답이나 해주려나 모르겠다. 퉁명스럽게 나오거든 미련 버리고 돌아서라. 괜히 어디 한 군데 부러지면 너만 손해다.”

무한은 걱정해 주는 털보를 뒤로하고 호위들에게 다가갔다.

“저, 말씀 좀…….”

앞서 걷던 자가 말을 끝마치기도 전에 다짜고짜 무한을 밀어붙인다.

“꺼져라!”

무한은 간신히 넘어지는 것만은 모면했지만, 저들의 무례한 행동에 부아가 치밀었다.

"이보십시오! 잠시 한마디 물으려 했을 뿐인데……."

무한을 밀어붙였던 자가 힐끗 돌아보며 쏘아붙인다.

"네 녀석 눈에는 이 어르신들이 마냥 한가해 보이느냐? 경을 치기 전에 썩 꺼져라!"

무한의 눈썹이 송충이처럼 꿈틀 요동친다. 무를 배운 자들이 어찌 저리도 무례하단 말인가. 배운 것은 없어도 항상 예를 중시하던 부친인데 이들은 어찌 된 자들인가.

"무(武)를 배웠으면 예(禮)를 알 텐데… 영 못 배운 사람들이군!"

무한의 말에 배를 향하던 호위들이 일제히 돌아선다.

"꼬마, 방금 뭐라고 했느냐?"

무한을 밀쳐 냈던 자가 딱딱하게 굳은 얼굴을 하고서 큰 걸음으로 다가온다. 사내가 풍기는 살벌함에 공기가 순식간에 얼어붙는다.

무한은 눈썹 하나 깜짝하지 않는다.

"용기가 가상하다. 무릎을 꿇고 잘못을 빈다면 용서해 주겠다."

"도통 사리 분별을 못하는 분이시군. 용서는 내가, 비는 것은 당신이오!"

멀찍이서 힐끔거리며 보고 있던 털보의 안색이 사색이 된다.

“애송이!”

사내가 무한에게 주먹을 날리려는데 누군가 고래고래 악쓰며 달려온다.

“멈춰! 잠깐만 멈추십시오!”

털보다.

“웬 놈이냐!”

“아이고, 호위님, 이놈은 제 조카녀석인데 정신이 오락가락합지요.”

사내의 입꼬리가 씰룩 올라간다.

“사실이냐?”

언뜻 보아도 털보가 한참 연배인데 호위의 말은 에누리없이 반 토막이다.

“사실입죠. 진짜고말고요.”

호위에게 굽실거린 털보가 무한의 팔을 틀어쥔다. 무한이 팔을 빼려 하자 털보가 눈을 찡긋거리며 제발 가만히 있으라는 신호를 보냈다.

무한은 자신을 걱정하는 털보의 마음을 읽고 팔에 힘을 풀었다. 털보가 안도하며 무한을 끌고 호위들로부터 벗어나려는데.

“잠깐! 누가 보내준다고 했느냐?”

털보가 잔뜩 긴장한 얼굴로 돌아선다.

“예에? 그럼……?”

"병신이 잘못을 저질렀으면 응당 보호자가 벌을 받아야 하지 않겠느냐?"

"하지만 이 아이는 천지 분간을 못하는……."

"그러니까 사리 분별을 할 줄 아는 네놈이 대신 맞으란 말이야!"

호위가 단숨에 거리를 좁혀온다.

퍽!

둔탁한 소리와 함께 호위의 주먹이 털보의 턱에 작렬한다. 털보가 매서운 공격을 이기지 못하고 비명을 지르며 나뒹군다.

"으악!"

"풰, 아침부터 재수 옴 붙었군. 가세나."

대응할 틈도 없이 벌어진 일이라 손도 써보지 못한 무한이 서둘러 털보를 살폈다. 입술이 터지고 이가 두 개나 부러졌다.

그 모습을 보고 있자니 피가 뜨거워진다. 울컥 분노가 치민다.

으드득!

"서라!"

"이런 미친놈이……?"

털보에게 주먹을 날렸던 자가 성난 몸짓으로 돌아서자, 곁에 선 체구가 다부진 사십대 초반의 사내가 말린다.

"아문, 그냥 간다. 아침부터 덜떨어진 것을 상대할 것 없
다."

"예, 대장! 카악, 퉤! 이놈아, 운 좋은 줄 알아라!"

아문이라는 녀석이 가래를 퉤, 뱉고 돌아선다. 무한이 버럭
소리쳤다.

"아문! 서라고 했다!"

아문은 미친놈이 자신의 이름을 부르자 분기탱천해서 돌
아섰다.

다다닥—!

수장 떨어져 있던 미친놈이 불과 세 걸음 밖에서 붕 떠오르
는 것이 보였다. 순간적으로 미친놈의 발이 시선을 가득 메웠
다. 그리고…….

"헉!"

빠각!

무한의 묵직한 돌려차기에 아문의 턱이 경쾌하게 돌아간
다. 대뜸 누런 이가 잇몸을 박차고 한 움큼 우수수 비산한다.
동료들이 기겁해서 눈을 까뒤집고 있는 아문을 살핀다.

"기절했습니다."

"이런 개새끼! 간이 배 밖으로 나온 놈이구나!"

무한이 멀리서 끙끙대며 일어나고 있는 털보를 가리켰다.

"당신들의 동료가 저지른 짓이니 저분께 사과하시오. 또한
응분의 배상도 해줘야겠소."

호위들의 중심에 섰던 자가 한 걸음 나서며 되묻는다.

"사과? 거기다가 보상을 하라?"

무한은 풍기는 분위기로 나선 자가 이들의 우두머리임을 짐작했다.

"그렇소."

호위들은 기가 찬다는 표정들이다.

"칠석! 냉큼 치우지 않고 뭐 하는 것이냐!"

우두머리의 명이 떨어지자마자 칠석이라는 자가 득달같이 달려든다.

팍!

대비하고 있던 무한은 칠석이라는 자의 주먹을 늦지 않게 피해냈다.

팍! 파, 팍!

일권, 이권, 묵직한 주먹을 단 한 대도 허용하지 않고 연달아 피해낸다.

"이놈 보게?"

칠석은 소매를 걷어붙이고 본격적으로 주먹을 쓸 태세다.

파파파팟—!

무한은 칠석의 매서운 공격에 신경을 곤두세웠다.

일일이 막아내며 기회를 엿보던 무한은 칠석이 발차기하는 틈을 놓치지 않았다. 칠석의 발이 머리를 향하는 순간 급히 주저앉아 공격을 흘리고, 다리를 풍차처럼 돌려 디딤 발

정강이를 사정없이 쓸어버렸다.

"아악!"

칠석이 찢어지는 비명과 함께 나동그라진다. 무한은 벌떡 일어서서 놈의 머리를 발로 갈겨 버렸다. 힘을 다한 공격은 아니었지만 충분히 기절하고도 남을 정도의 매서운 일격이었다.

칠석이 정신을 잃고 축 늘어진다. 기다렸다는 듯 다리가 유난히 긴 사내가 성난 표범처럼 몸을 날려왔다.

부웅!

사내의 발길질이 귀를 아슬아슬하게 스치고 지나간다. 귓가가 서늘하다.

휘잉, 휘잉!

현란한 발길질이 파공음을 동반한다. 무한이 난생처음 대하는 발차기 고수다. 상대의 하체가 일반인보다 한 뼘은 길다. 그 덕에 타격 거리가 상대적으로 차이가 있어 피하기에 바쁘다. 언뜻 상대할 방도가 떠오르지 않았다.

귓불을 스치는 바람만으로도 발차기에 실린 힘을 충분히 짐작할 수 있었다. 권으로 막자니 다리의 힘을 감당할 수 있을 것 같지 않았다.

스팡!

잠시 망설인 사이에 발끝이 앞가슴을 스치고 지나갔다. 단추가 댕강 떨어져 멀리 날아간다. 연이은 발차기가 이번에는 얼굴을 스친다. 상처가 났는지 화끈하다.

'언제까지 피하기만 할 것인가.'

흐르는 피를 쓰윽 닦아내며 이를 악문다. 오기가 불끈 치솟는다. 이런 자들에게 지려고 밤낮없이 무예를 익힌 게 아니다.

"좋다, 누가 이기나 해보자!"

팔 힘으로 막지 못하면 다리로 막는다.

빠각!

정강이끼리 정면충돌했다. 통증이 뒷골까지 스민다. 무한은 고통을 즐기며 오히려 미소를 지었다.

아픔이라면 매일 같은 관원들의 구타에 시달려 이골이 난 터, 참는 것이라면 자신있다.

녀석을 보니 아픔을 참는 티가 역력하다. 녀석은 다리가 긴 대신 상대적으로 가냘프다. 이렇듯 막무가내로 덤비는 상대는 만나보지 못했을 것이다.

빠각, 빠각!

뼈 부서지는 소리가 쉼없이 울려 퍼진다.

털보는 무한과 사내의 무식한 결투를 넋을 놓고 바라본다. 그의 곁으로 인부들이 하나둘 몰려들어 화끈한 대결을 마음껏 감상했다.

빡!

"크윽!"

수십 차례의 충돌. 기동은 견디다 못해 신음을 흘린다. 움직임이 눈에 띄게 줄어들고 발차기의 힘도 처음에 비해 반도 안 된다.

무한 또한 온전할 리가 없다. 옷에 가려 보이지 않았지만 그의 다리는 시퍼런 멍투성이였다. 그러나 이까짓 참지 못할 바도 아니다.

기운 빠진 놈을 몰아붙인 무한은 기어이 놈의 턱에 돌려차기를 선물했다.

휘익, 퍼퍽!

쿵!

숨 돌릴 틈도 없이 다른 호위가 연이어 달려든다. 두 녀석을 더 바닥에 늘씬하게 눕혔다.

호위들의 대형(大兄) 이풍은 쓰러진 아우들과 무한을 번갈아 바라보았다.

무기를 뽑지는 않았지만 다들 칼밥을 먹고산 지 여러 해 되는 아이들이다. 대체 어디서 나타난 놈이기에 저 어린 나이에 다섯을 연이어 때려눕히는가.

주위는 수십 명이 넘는 인부들이 몰려들어 무술대회를 방불케 했다. 이미 자존심도 체면도 구겨질 대로 구겨진 바.

'여기서 저 아이를 제압한다면 오히려 꼴만 우스워질 것이다.'

챙!

“거기까지다!”

이풍이 생각에 잠긴 짧은 순간 비쩍 말라 멀대 같은 자가 검을 뽑아 들고 무한을 겨누었다. 서늘한 기세에 무한의 안색이 굳어진다.

왜구들을 상대한다더니, 기세가 장난이 아니다.

‘좋지 않다.’

이미 다섯을 상대하느라 많은 힘을 소진했다. 특히 세 번째 녀석과 부딪쳤던 다리에 피로가 밀려와 걷기도 지난(至難)한 터다. 검을 들면 누구에게도 지지 않을 자신이 있었다. 하지만 지금은 적수공권(赤手空拳)이 아닌가.

바짝 긴장하고 있을 때, 이풍이 성난 음성으로 소리쳤다.

“정표 이놈! 마지막 자존심까지 내팽개치려는 게냐!”

“대장! 그것이 아니라…….”

이풍이 칼을 뽑아 든 자를 제지하며 앞으로 나섰다. 그는 지쳤음에도 끝까지 기세를 잃지 않고 있는 무한을 보며 눈을 빛냈다.

‘저런 녀석이 밑으로 들어오면 오늘의 치욕은 웃어넘길 수 있을 터.’

“어린 나이에 대단하다. 나 금영상단의 호위대장 이풍이다.”

호위대장이 손을 불쑥 내민다. 흠칫 망설였던 무한은 곧 적의가 없음을 느끼고 이풍의 손을 마주 잡았다.

“무한입니다.”

이풍은 무한이라는 이름이 어쩐지 귀에 익었지만 대수롭지 않게 넘어갔다.

“호위 일을 해보고 싶어 온 것이라면 환영한다. 우리 금영상단은 대규모는 아니라도 조선 팔도 어딜 가도 꿀리지 않는……”

“뭔가 오해하신 듯합니다. 저는 그저 여쭐 말이 있었던 것뿐입니다.”

이풍의 눈썹이 꿈틀 치켜 올라간다.

“물을 말이 있다?”

“그렇습니다.”

이풍이 기절해 누워 있는 아문이란 녀석을 쏘아본다. 고작 몇 마디 물어볼 말이 있었던 녀석을 건드려 이런 사단을 만들었단 말인가? 이풍이 떫은 감 씹은 표정으로 물었다.

“궁금한 것이 뭐냐?”

“무학 대사님을 찾고 있습니다. 혹시 그분의 행적에 대해 들으신 것이 있습니까?”

이풍은 모르겠는지 아우들을 바라본다.

“너희들은 그분의 행적에 대해 들어본 적이 있느냐?”

무한을 노려보고 있던 그들은 냉랭한 표정으로 고개를 젓는다. 이풍이 얼굴을 찌푸리며 말했다.

“혹시 저 아이가 마음에 안 들어 알면서도 모른다고 하는 것이 아니냐?"

정표라는 자가 억울한 표정으로 말했다.

"정말 모릅니다. 집 나간 여편네 소식도 모르는 판에 방랑벽 있기로 소문난 양반 소식을 어찌 안답니까?"

이풍이 다소 실망하는 표정을 하고 있는 무한을 바라보며 말했다.

"그분을 왜 찾는지 알 수 있을까? 중요한 일이라면 내가 도와줄 수도 있다."

잠시 고민하던 무한이 사실대로 말했다.

"그분께 일신을 의탁하려 합니다."

이풍이 놀라 눈을 크게 뜬다.

"중이 되겠다는 말이냐?"

"입적하려는 것이 아니라 그분께 기예를 전수받으려는 것입니다."

이풍은 바둑을 하릴없는 양반네들의 신선놀음쯤으로 생각해 왔다. 그러니 고작 바둑이나 배우겠다고 사람을 찾아 헤매는 무한을 이해하지 못하는 건 당연했다.

"썩 내키지는 않지만 이미 돕겠다고 했으니 약속은 지키마."

"감사합니다."

"내 조선의 크고 작은 상단을 두루 알고 있으니 돌아가서 기다려라."

　무한은 진심으로 고개를 숙였다. 돌아서려던 무한은 문득 부친이 생각에 미쳤다.

　"저, 한 가지 더 여쭐 일이 있습니다. 혹시 무생이라는 분을 아십니까?"

　이풍이 곰곰이 생각해 보고는 고개를 젓는다.

　"무생… 무생……. 모르는 이름이다."

　"다시 한 번 잘 생각해 보십시오."

　이풍은 무한의 간곡한 부탁에 수하들에게 묻는다.

　"혹시 너희들은 무생이라는 이름을 들어본 적이 있느냐?"

　무한을 노려보고 있던 그들은 냉랭한 표정으로 고개를 젓는다. 이풍이 실망하는 표정을 하고 있는 무한에게 묻는다.

　"그건 그렇고, 무생이란 사람이 누구기에 우리에게 묻는 것이냐?"

　"돌아가신 제 부친이십니다. 적어도 육 년 전까지는 호위 일을 하셨던 분입니다."

　아비를 호위로 두었다는 말에 냉랭하던 호위들의 표정이 조금 풀린다.

　"상단 호위의 자식이라……. 그렇다면 남이 아니지. 그런데 네 부친은 어떻게 돌아가신 것이냐?"

　"제가 알고자 하는 것이 바로 그것입니다. 저희 부친께서는……."

　무한은 무생의 죽음을 간략히 설명했다. 죽음에 얽힌 경위를 알고 싶다는 뜻도 전달했다.

"내 조선의 크고 작은 상단들을 두루 알고 있으니 네 부친을 아는 사람이 있는지 수소문해 보마. 혹시 가명을 썼을 수도 있으니 네 부친의 특징이 있으면 그거나 말해주고 가거라."

무한은 부친의 생전 용모를 상세히 설명했다.

"좋아, 그 정도면 됐다. 전라도를 거쳐서 돌아올 참이니 닷새 후에 인주여곽을 찾아라."

무한이 예를 표하고 돌아서는데 이풍이 그를 불러 세운다.

"아, 잠깐. 몸놀림이 예사롭지 않던데 무예는 누구에게 배웠느냐?"

이풍은 무한이 혹시 유명한 자의 제자이기라도 하면 구겨진 체면이 조금이나마 펴질까 싶어 물었다. 속 깊은 무한이 이풍의 뜻을 모를 리 없었다.

"청학무관에서 배웠습니다."

호위들뿐만 아니라 싸움 구경에 열을 올렸던 사람들이 눈을 휘둥그렇게 뜬다.

이풍이 새삼스럽게 무한을 샅샅이 훑는다. 무한이란 이름이 어딘지 모르게 귀에 익다 싶더라니, 근래 들어 소문이 자자한 자가 아닌가.

"하하, 이런, 몰라봤군. 오관지회 검술대전 우승자를 여기서 만날 줄이야."

이풍이 시원하게 웃어젖힌다. 수하들이 줄줄이 나가떨어
져 체면이 말이 아니었는데 그 상대가 검술대전 우승자라니
구겨졌던 자존심이 단번에 회복된 것이다.
"운이 좋았을 뿐입니다. 그보다……."
"걱정 마라. 닷새 후 저녁나절에 인주여곽을 찾아라. 반드
시 좋은 소식을 가지고 가마."

第三章
투견(鬪犬)들

투견(鬪犬)들 1

닷새는 순식간에 지나갔다.

무한은 약속한 시간에 맞춰 인주여곽을 찾았다. 수하들과 함께 술잔을 기울이고 있던 이풍이 건너편 의자를 가리킨다.

"일단 거기 앉아라."

무한은 이풍과 탁자를 사이에 두고 마주했다.

"알아보셨습니까?"

이풍이 고개를 끄덕였다.

"어떤 것부터 듣고 싶으냐?"

"대사님 소식부터 말씀해 주십시오."

이풍이 잔에 술을 채우며 말했다.

"보름 전쯤에 강원도에서 그분을 봤다는 사람이 있다. 그분을 본 사람이 한둘이 아니니 헛소문은 아니지 싶다."

만족할 만한 대답이었다. 무한은 떨리는 마음을 다잡고 부친에 대해 물었다.

"제 부친을 아신다는 분은 만나보셨습니까?"

이풍이 대답에 앞서 독한 화주(火酒)를 단숨에 들이켰다.

"무생… 네 아버지라는 사람 말이다."

무한은 떨리는 마음을 추스르고 대답했다.

"말씀하십시오."

"호위를 한 것이 맞긴 하느냐?"

"그게 무슨 말씀이십니까?"

"먼저 대답부터 해라."

"당연히 맞습니다. 소속은 모르지만 분명 상단의 호위셨습니다."

무한의 확고한 대답에 이풍이 고개를 젓는다.

"호위 중 무생이라 불리는 자는 없었다."

"어쩌면 가명을 썼을 수도……."

"가명을 쓴다고 신체 특징이 사라지는 건 아니지 않느냐."

"그 말씀은……."

"등에 큰 상처가 있는 사람도, 오른손 새끼손가락이 잘린 사람을 아는 자 또한 없었다."

"확실합니까?"

무한의 물음에 맞은편 탁자에 앉아 술을 마시던 호위가 벌떡 일어선다. 무한의 돌려차기 한 방으로 가장 먼저 나가떨어졌던 아문이란 자다.

"이놈! 우리 대장이 허언을 할 분으로 보이느냐!"

그러거나 말거나 무한은 이풍의 입만 바라본다. 이풍이 재차 확인해 준다.

"성격상 한 번 하기로 한 일은 철저히 한다. 이곳을 왕래하는 모든 상단을 샅샅이 알아보았다. 육 년… 아니, 십 년 이전까지 조사했지만 무생이란 사람도, 네가 말한 특징과 일치하는 사람을 아는 자도 찾을 수가 없었다."

다른 뜻은 없었다. 그저 부친을 아는 사람에게서 그날 있었던 일을 듣고 싶었을 뿐이다. 그런데 이건 뭔가? 호위 중에 그런 사람이 없었다니.

무한은 정신이 하나도 없었다. 어떻게 나왔는지도 모르고 비틀거리며 여곽을 빠져나왔다.

"저런 싸가지없는 자식 같으니라고!"

감사 인사 한마디 없이 간다며 정표라는 자가 무한의 등에 대고 욕을 퍼붓는다. 넋이 나간 무한은 아무 소리도 들리지 않았다.

'아버지, 뭡니까. 그럼 그 상처들은 뭐였습니까! 대체 무슨 일을 하신 겁니까!'

정처없는 걸음이 외딴 객주(客酒)에 닿았다. 주모가 무한의

위아래를 훑는다. 곧 등에 매달린 검을 보고는 피식 웃으며
묻는다.

"젊은 검객 양반, 뭘 드실라우?"

"술!"

저도 모르게 튀어나온 말이었다. 주모가 같잖다는 얼굴로
엉덩이를 살랑거리며 술상을 보러 간다.

처음 마시는 술이다. 무슨 맛인지도 모르고 한 잔을 들이켰
다. 목이 싸하다 싶더니 배가 후끈하다. 한 잔에 머리가 핑 돈
다. 두 잔, 세 잔……. 병째로 쏟아 부었다. 술상이 돌고 세상
이 돈다.

무한이 잠이 깬 곳은 객주의 작은 방이었다. 주독(酒毒)이
풀리지 않아 머리가 깨질 것 같았다. 문살이 새까만 것을 보
니 아직 밤이다.

정신이 돌아오니 아버지 생각이 고개를 쳐든다.

거듭 따져 보아도 아버지는 호위가 아니었을 가능성이 컸
다. 선착장 짐꾼 털보가 말했다. 호위는 완력이 필요치 않다
고, 무조건 칼을 잘 써야 된다고.

서당비로 다 날리기 전까지만 해도 사람 잡는 칼이 아니라
삽과 괭이를 쥐고 농사를 짓던 분이다. 덩치가 크고 힘이 좋
았지만 정식으로 칼 다루는 법을 배우지 못한 아버지가 어떻
게 호위를 할 수 있었겠는가.

호위가 아니었다면 아버지는 어떤 일을 한 것일까. 무슨 일

을 했기에 매일 상처를 입고 돌아왔단 말인가.

의문이 구름처럼 피어오른다.

'혹시 해적질이라도 하신 것일까? 그도 아니면 도둑?'

온갖 상상이 꼬리에 꼬리를 문다. 말도 안 된다. 어디 아버지가 그럴 분이었던가.

그때 옆방에서 어렴풋이 사람 소리가 들려왔다.

"이번에도 소치라는 놈만 참가하지 않으면 되는데 말이야."

"쉿, 조용히 하게."

"쯧, 간도 작군. 지금 이 객잔에는 우리 말고는 없네. 아! 머리에 피도 안 마른 녀석 하나가 진탕 퍼먹고 뻗어 있는 것을 빼면 말일세."

"그러고 보니 들어올 때 주모가 콧노래를 흥얼대던데, 혹시 그 엉큼한 여편네가 어린 녀석을 노리고 있는 거 아냐?"

둘의 음탕한 대화에 무한의 얼굴이 붉게 물들었다.

"흐흐, 어쨌거나 이번에는 자네 차례일세. 운이 좋아 우리 둘이 싸우게 된다면 아프지 않게 꺾어줄 테니 미리부터 겁먹지 말게."

"젠장, 부러진 팔이 이제 간신히 나았는데 또 부러지게 생겼군."

"그래도 이 짓거리로 벌어들인 돈으로 먹고살지 않는가?"

"누가 뭐라나? 엽전 두 냥은 우리 같은 사람에게는 적은 액수가 아니지. 그나저나 아까 말했던 소치라는 자에 대해 마저

애기 좀 해주게. 그자가 그리도 무섭나?"

"무섭지, 무섭고말고. 이 년 전 이맘때 딱 한 번 놈이 싸우는 것을 봤는데, 어휴, 상상만 해도 끔찍하군."

벽에 가로막혀 보이지는 않았지만 진저리치는 사내의 몸짓이 눈에 선하다.

"왜, 놈이 어쨌기에? 속 시원히 말해보라니까."

"놈이 가장 먼저 이 바닥에 모습을 보인 것은 구 년 전일세. 녀석은 단 이 년 만에 한양을 평정하고 이곳 인주에 모습을 드러냈지. 그때까지만 해도 놈은 그리 지독한 놈이 아니었어. 이 년 동안 놈이 치른 이십 전 중에 죽은 자는 다섯에 불과했으니까."

꿀꺽 하는 침 삼키는 소리가 무한의 귀에까지 들려온다.

"세상에, 다섯의 목숨이 불과란 말인가?"

"물론 개미 새끼가 아니라 사람의 목숨이니 다섯도 적지 않은 숫자지. 하지만 놈이 치른 나머지 싸움에 비하면 새 발의 피이기에 하는 소리네."

"대체 얼마나 죽였기에?"

"차라리 살려준 자가 몇이냐고 묻게."

"몇이나 살았는데?"

"스물둘 중에 셋!"

"저런……!"

굉장히 놀란 모양인지 한동안 말이 없다. 한참 만에 다시 대화가 이어졌다.

"산 자들도 눈이 파이고 사지가 제멋대로 꺾여 살았다고 볼 수도 없다더군."

"그럼 구 년 사이에 스물넷이나 죽인 건가?"

"구 년이 아니라 칠 년이지. 지난 이 년 동안 한 번도 모습을 보이지 않았으니."

"휴, 사실이라면 녀석은 숫제 인간 백정이 아닌가?"

"그렇지 않아도 놈의 별명이 그거야. 인간 백정! 돈을 벌기 위해서가 아니라 익힌 기술을 시험해 보기 위해서 개싸움에 뛰어들었다는 소문이 나돌 정도였으니 말 다했지."

"에이, 설마?"

"설마가 아니야. 나도 그 말을 믿고 있네. 생각을 해보게. 그 실력으로 팔자 편한 호위무사 노릇을 하지 왜 투견판에 몸을 던졌겠는가?"

"상단의 호위무사는 아무나 하나?"

"이 사람이 또 뭘 모르는군. 녀석이라면 호위 서넛 정도는 찜 쪄 먹고도 남지."

"설마?"

"쯧쯧, 놈은 비도(飛刀)의 달인이야. 칼을 귀신같이 던진단 말일세. 던졌다 하면 여지없이 눈알에 꽂히는데 어느 장사가 놈을 당해내?"

"저런, 놈이 대체 어디서 그런 귀신같은 비도를 익혔을까?"

"이래저래 말들이야 많지. 그중에 가장 그럴듯한 얘기가 있긴 한데 말이야, 청룡무관에서 쫓겨나서 심산유곡에서 어느 도인에게 무술을 전수받았다는 거야."

무한은 청룡무관이란 말에 귀를 쫑긋 세웠다.

"행, 청룡무관? 거기다 도인에게 뭘 해?"

도무지 믿지 못하겠다는 말투다.

"아, 거참, 그냥 소문이 그렇다는 거야. 그래도 소치 놈이 술 먹고 떠들어댄 말이란 소리가 있으니 어쩌면 진짜일지도 모르지."

짜증 섞인 투로 말하는데 숫제 믿고 싶으면 믿고, 말고 싶으면 말라는 식이다.

"그렇다고 화낼 건 뭔가. 청룡무관에 입관할 정도면 반가의 자식이란 소린데 설마 그럴까 싶어서 그런 것이지. 어쨌든 마저 얘기 좀 해보게. 웬만한 옛날이야기보다 낫구먼."

성질을 냈던 자는 친구의 은근한 구슬림에 본격적으로 이야기를 시작했다.

"녀석이 양반은 양반이었다지. 그런데 그 아비가 종팔품인가 구품인가 하는 말직에 한직이었던 터인데다 다른 녀석들은 죄 난다 긴다 하는 집안 자식이니 이래저래 얼마나 치였겠나. 거기다 타고나기를 왜소하게 태어나서 검을 휘두르는 것도 남만 못했다네."

"죽을 맛이었겠군?"

상대가 맞장구쳐 주자 더욱 신이 나 얘기한다.

"자존심은 죽어라 센데 배경도 남만 못해, 그렇다고 검술도 안 되니 녀석이 많이 괴로웠던 모양이라. 그래서 고심 끝에 생각해 낸 것이 비도였던가 보네. 남몰래 밤이면 밤마다 칼 던지는 연습을 해서 날아가는 파리까지 맞출 정도가 되었다네. 그런데 그게 어떻게 해서 발각이 됐던 모양이야."

"그래서?"

"그래서는 뭐가 그래서야? 관주가 노발대발해서는 그 길로 쫓아냈지."

"쫓아내? 왜?"

"왜긴 왠가? 양반이나 돼서 추잡하게 칼이나 던지고 있으니 쪽팔린다 그거겠지."

"그게 또 그런 건가?"

"생각해 보게. 우리야 좋은 게 좋은 거지만 양반네들이야 어디 그런가? 곧 죽어도 체면이 우선인 족속들인데."

"그나저나 소치 그 녀석이 나타나면 잔인할수록 좋아하는 변태 늙은이들이 좋아서 아주 발광들을 하겠는데?"

"그렇지 않아도 하도 모습을 보이지 않아서 찾느라 난리라는 소문이 있네. 흐흐, 자네와 나처럼 짜고 하는 자들이 부지기수라 판이 영 맹탕이지 않은가?"

"그도 그렇군. 그나저나 녀석이 어디서 술이라도 진탕 처먹고 접시 물에 코 박고 뒈진 거면 좋겠는데, 이거 언제 나타

날지 불안해서 살겠나?"

"누가 아니래."

"그래도 녀석이 한양에서 활동할 때는 그 정도로 악독한 녀석은 아니었네. 안주에서 변해 버렸지."

"갑자기 왜"

"녀석의 잠재되어 있던 살기를 폭발시킨 자가 있었네."

"오! 녀석과 대등하게 맞상대한 자가 있었단 말인가?"

"대등했는지 운이었는지는 몰라도 소치를 외눈박이에 짝귀로 만들고 소치에게 유일한 패배를 안긴 자라는 것은 확실해."

"소치보다 더 무서운 놈이 또 있었어? 그자는 어찌 됐는데?"

"몰라. 그 대회 이후로 모습을 보이지 않았으니까. 죽었을지도 모르지."

둘의 대화를 처음부터 끝까지 엿들은 무한은 괜스레 가슴이 답답했다.

'대체 저들은 무슨 일을 하는 사람들일까?'

덜컹, 쿵!

그때 옆방에서 문 여닫는 소리가 들렸다. 사람 하나가 더 들어간 것이 분명한데, 그 때문인지 대화가 뚝 끊겼다. 시간을 두고 한 사람 두 사람 옆방으로 들어가는 기척이 일었다.

대화가 일절 없는 것을 보면 동료가 아닌 것이 분명한데 대체 뭐 하는 사람들이기에 한방에 일곱이나 들어갈까.

덜컹, 쿵!

여덟 번째 사람이 들어가는 소리가 들렸다. 여태껏 그랬던 것처럼 얼마간 정적이 흐른다 싶더니 잠시 후, 오랜만에 사람 말소리가 들렸다.

"보는 사람 참 답답하네. 거, 웬만하면 벙거지 좀 벗읍시다."

톡 쏘아붙이는 말투. 귀에 익은 목소리다. 소치 얘기를 하던 자다.

"흐, 벗으면 후회할 텐데……?"

니글니글하면서도 어딘가 서늘한 음성이다. 무한은 괜스레 모골이 송연해진다.

"거참, 되게 겁주네. 씨펄, 싫으면 벗지 마쇼. 니미럴 것. 신비한 척하기는."

다시 정적…….

반 식경쯤 되었을까?

또다시 나타난 누군가가 옆방 문을 벌컥 열어젖혔다.

"시간 다 되었소. 준비들 하시오."

무미건조하고 사무적인 말투였다.

그 말이 있은 직후 부스럭거리는 소리가 들리고 옆방과 연결된 쪽마루가 삐거덕삐거덕 신음을 토했다. 방 안에 있던 자들이 하나씩 나가는 모양이었다.

무한은 방문을 빠끔히 열고 내다보았다.

건장한 사내들이 한줄기 횃불에 의지해 어둠 속으로 사라지고 있었다.

'따라가 볼까?'

왠지 망설여진다. 하지만 이대로 접어두기에는 처음 방에 들었던 둘의 대화가 심상치가 않았다. 청룡무관 얘기까지 나온 것을 상기하고 사내들 뒤를 밟기 시작했다.

무한이 객주를 떠나자마자 짙은 음영 속에서 흑의(黑衣)를 입은 두 사람이 모습을 드러냈다. 방문 틈으로 새는 빛에 한 사람의 얼굴이 희미하게 드러난다. 곰보였다. 다른 하나는 어둠에 가려 몸의 윤곽만 어렴풋이 보였다.

"정말 쥐새끼가 겁도 없이 뒤쫓는군요."

어둠에 가린 사내가 곰보의 말에 조용히 답했다.

"제 아비를 닮아 죽을 자리인지 살 자리인지 분간을 못하는 게지."

어둠에 가려진 의문의 사내는 무한에 대해 잘 알고 있는 듯했다. 곰보가 놀란 얼굴로 묻는다.

"놈의 아비를 알고 계십니까?"

"알 것 없다."

사내의 냉담한 목소리에 곰보가 다른 것을 묻는다.

"오늘이 마지막이라 들었습니다. 그것이 사실입니까?"

"사실이다. 오늘 경기를 마지막으로 당분간 판을 접는다."

"이해할 수 없습니다."

사내가 무한이 사라진 어둠을 응시했다.

"자세한 사정이야 어찌 알겠느냐. 경기가 끝나면 모든 것을 깨끗이 지워라.”

“예!”

“일을 실수없이 처리한다면 응분의 대가가 있을 것이다.”

곰보의 얼굴이 환해진다.

“감사합니다.”

“결코 적지 않은 액수일 것이다. 그걸 가지고 당분간 쥐 죽은 듯 살아라. 조만간 널 다시 부를 날이 있을 것이다.”

“명심하겠습니다.”

“좋아, 그만 가라.”

곰보가 어둠에 몸을 묻는다. 곰보가 떠나고 얼마 후, 갈라진 구름 틈으로 달이 얼굴을 내밀었다. 사내의 모습이 달빛에 드러났다.

눈매가 사납고 턱이 뾰족해 대체로 표독스러운 얼굴.

청학무관의 기마 사범 장승일이었다.

한편 무한은 자신의 추적이 이미 누군가의 계획에 의한 것인지도 모른 채 의문의 사내들을 뒤쫓았다. 달조차 구름에 가려 캄캄한 밤이었지만 앞서가는 자들이 횃불을 들고 있었기에 추적은 어렵지 않았다.

찬바람을 맞으니 남아 있던 주독이 풀리면서 더없이 상쾌했다. 얼마나 쫓았을까?

사내들은 대궐 같은 집들이 즐비한 골목으로 들어섰다. 언뜻 보아도 이름깨나 있을 법한 고관대작들의 장원이었다.

딱! 딱!

멀리서 통금 순찰을 나온 야경꾼이 딱따기를 쳐댄다.

후로도 한 식경을 넘게 미행했다. 녀석들이 드디어 목적지에 다다랐는지 사람 키 서너 배가 넘는 높은 담이 둘러쳐진 집으로 줄지어 들어갔다. 규모에 비해 문 크기가 터무니없이 작은 것으로 보아 후문(後門)인 것 같았다.

무한은 놈들이 모두 자취를 감춘 후 주위를 살폈다. 인적이 없음을 확인하고 담을 넘었다.

척!

땅에 발을 딛자마자 시커먼 사내들이 저마다 몽둥이를 들고 무한을 에워쌌다.

"쥐새끼가 죽으려고 뛰어들었군."

침착함을 유지하며 수를 헤아렸다. 건장한 사내가 여섯 명이었다. 사내들 뒤쪽에서 다른 한 사내가 다가오더니 무한의 얼굴에 횃불을 들이댔다.

"웬 놈이 따라온다 했더니 애새끼였군. 쯧, 호기심이 명을 재촉했구나."

무한을 에워싼 자 중 하나가 묻는다.

"어찌할까요?"

"어쩌긴 뭘 어째! 죽여!"

횃불을 든 사내가 죽이라 말하고 돌아서자 둘러쌌던 무리가 득달같이 달려들었다.

펙!

무한은 단숨에 맨 앞선 자의 가슴을 내질러 쓰러뜨렸다. 발차기로 한 놈을 더 저지하고는 등에 멨던 검을 끌러냈다. 그 사이 나머지 놈들이 내지른 몽둥이가 턱밑까지 들이쳤다.

“느리다!”

따악! 퍼억—!

“악!”

검을 뽑아 들지도 않았다. 집째로 휘두르는 간결한 동작에 약속이라도 한 듯 각기 다른 부위를 움켜쥐며 자지러진다. 뒤이어 달려드는 놈들도 수준이 떨어지는 건 마찬가지.

퍽, 퍽—!

“크윽!”

“아악!”

더도 덜도 말고 일인당 한 대씩. 섭섭지 않게 골고루 갈겨서 바닥에 눕혀주었다.

무한을 부하들에게 맡기고 돌아서 가던 자가 끊이지 않는 부하들의 비명에 놀라 돌아섰다. 놈이 개처럼 뻗어 있는 수하들을 보고 눈을 치켜뜬다.

“허! 이놈 봐라?”

무한이 무미건조한 말투로 말했다.

“나는 돈을 벌고 싶소.”

사내가 의심쩍은 눈으로 무한을 훑었다.

“무슨 소리냐? 돈을 벌려면 선착장에서 인부 노릇을 하는 것이 빠를 것이다.”

무한이 이죽거렸다.

“재미없게 구는군!”

모든 사정을 알고 있는 듯 보이는 무한의 말에 사내의 안색이 일그러진다.

“어떻게 알았느냐?”

“산 너머 명천주객에서 우연히 듣고 오는 길이오.”

사내 뒤에서 다른 자가 다가오는 것이 보였다. 횃불에 얼굴이 비친다. 무한이 주막을 떠나는 모습을 지켜보던 곰보였다.

“달수, 왜 이리 늦는 거냐? 쥐새끼는?”

곰보는 자신이 말한 쥐새끼는 멀쩡히 서 있고 수하들만 늘씬하게 뻗어 있는 걸 보고 눈을 크게 뜬다. 횃불을 든 달수라는 사내가 곰보에게 말했다.

“저 쥐새끼가 투견이 되고 싶어합니다. 어떻게 하는 것이 좋을지……?”

무한에게서 시선을 뗀 곰보가 달수를 죽일 듯 쏘아보았다.

“죽고 싶으냐?”

“제가 아닙니다. 녀석은 이미 모든 걸 알고 왔습니다.”

“뭐? 이미 알고 있어?”

“주막에서 멍청한 것들이 떠드는 걸 들은 모양입니다.”

곰보가 신경질적으로 발을 구른다.

“이런 병신 같은 놈들!”

곰보가 크게 노한 표정을 지으며 심각하게 고심하는 척을 한다. 잠시 후,

“노출된 이상 할 수 없다. 죽여라!”

달수가 곰보를 설득한다.

“나이가 어린 게 약간 걸리기는 하지만 실력이 썩히기 아까운데요?”

달수의 말에 곰보가 무한의 전신을 훑는다.

“네놈 혼자서 저 아이들을 다 치운 것이냐?”

“믿기지 않는다면 시험해 봐도 무방하오.”

“배짱이 두둑한 놈이군. 키우면 물건이 될지도 모르겠어.”

이제 됐다. 무한은 바짝 틀어쥐고 있던 검을 내렸다.

“이제야 말이 통하는군.”

“이름이 뭐냐?”

“무한.”

“좋다, 나이는?”

“열일곱”

“좋다. 예서 있었던 일을 발설하면 어찌 되는지 알겠지?”

“죽겠지.”

“좋아, 잘 알고 있군. 따라와라.”

돌아서는 곰보의 얼굴에 비릿한 웃음이 깃든다.

무한은 곰보 등을 따라 지하 광장에 들어섰다.

비릿하고 텁텁한 공기가 콧속으로 와락 파고들었다. 냄새뿐 아니라 질식할 것 같은 긴장감이 감돈다.

무한의 시선이 저절로 환히 밝혀진 광장 중앙으로 이동했다.

"……!"

사방 열 평쯤 되는 공간에 가시 철망이 둘러쳐져 있다. 그 안에서 참담한 광경이 연출되고 있었다. 상체를 드러낸 두 사내가 뒤엉켜 치고받는데 둘 다 온통 피투성이다.

곰보가 낮은 음성으로 말했다.

"지옥에 온 것을 환영한다."

곁으로 다가선 달수가 으르렁거리듯 말했다.

"투견이다. 개싸움이지."

달수는 사람을 아무렇지도 않게 개 취급한다.

"……"

곰보가 광장 한편을 손가락으로 가리켰다.

"미리 경고해 두마. 언제라도 저곳은 굳이 보려 하지 마라."

어두워서 아무것도 보이지 않았지만, 무한은 누군가 여럿 있다는 느낌을 받았다.

"저들은 누굽니까?"

"이름만 대면 알 만한 사람들이다. 은퇴한 고관대작부터

나라의 근간을 움켜쥐고 있는 거상(巨商)들까지. 흐흐, 그렇
게만 알아두어라."

우두둑!

뼈 부러지는 소리가 섬뜩하게 울린다.

"아악!"

싸우던 자 중 밑에 깔렸던 자가 너덜너덜해진 팔을 붙잡고
비명을 질렀다.

"헉헉, 이제 그, 그만 하겠소!"

상대의 팔을 꺾은 자가 공격할 의사가 없음을 전하자 곰보
가 쓰게 웃었다.

"쯧, 역시 싱겁군. 움직이지 말고 여기서 보고 있어라."

곰보가 결투장으로 내려가 승패를 선언했다.

"제일전, 오팔 승!"

장내가 정리되고 두 번째 싸움이 시작되었다.

달수가 곁으로 다가와 말했다.

"도통 재미가 없어. 예전에는 이렇지 않았는데 말이야. 흐
흐, 하지만 너는 운이 좋았다."

"운이 좋다……?"

"무슨 말인지는 조금만 두고 보면 안다."

둘째 판과 셋째 판이 끝났다. 두 판 모두 피가 튀고 살이 떨
어져 나간 처절한 승부였다. 그런데 달수는 여전히 재미가 없
다며 혀를 찬다.

그런 달수였는데 넷째 판이 되자 눈을 빛낸다. 달수의 달라진 태도에 무한은 경기장에 선 둘을 유심히 살폈다. 곰보를 사이에 두고 두 사내가 마주 서 있었다.

우람한 덩치의 사내가 팔을 동동 걷어붙인다. 상대는 상대적으로 왜소한 체격이었는데 특이하게 수숫대를 엮어 만든 커다란 벙거지를 쓰고 있었다. 벙거지가 거의 턱까지 내려와 용모를 전혀 파악할 수 없었다.

'저자가 객방에 여덟 번째로 들어온 자구나.'

덩치 큰 자가 침을 뱉으며 벙거지 쓴 자를 손가락질했다.

"지미, 씨펄! 대가리에 쓴 것 좀 벗으라니까 끝까지 안 벗네."

덩치 큰 자가 걸쭉한 욕을 쏟아낸다. 그 목소리가 어쩐지 귀에 익다. 가만 생각해 보니 객방에서 소치란 자에 대해 설명하던 자다.

"이걸 벗으면 네 명줄도 오늘로 끝이다. 그래도 상관없나."

벙거지 쓴 자의 으름장에 덩치가 배를 잡고 웃는다.

"크크! 미친 새끼, 아주 지랄을 해라. 오냐, 네놈 손에 죽어도 좋으니 어디 낯짝이나 보자."

왜소한 자가 느릿하게 벙거지를 벗는다.

"헉!"

얼굴이 드러나자마자 덩치가 헛바람을 들이켰다. 그뿐만이 아니다. 고양이를 발견한 쥐처럼 바르르 떨더니 급기야 창백해진 얼굴로 뒷걸음질까지 친다. 곰 같은 덩치가 무색할 지경.

대체 용모가 어떻기에 저럴까.

무한은 이상한 생각이 들어 용모를 드러낸 왜소한 사내를 자세히 살폈다.

가장 먼저 검은 안대가 시선을 끌었다. 그러고 보니 왼쪽 귀도 보이지 않는다.

외눈에 짝귀라…….

"소치?"

무한이 무심코 중얼거리자 곁에 있던 달수가 박수를 치며 끄덕인다.

"흐흐, 너도 들은 건 있구나."

"정말 그자입니까?"

"맞다. 놈이 바로 인간 백정 소치다."

달수의 음성은 어딘지 모르게 들떠 있었다.

반면 덩치는 사색이 되어 물러나기에 바쁘다. 곰보가 경기 시작을 알리려 하자 덩치가 곰보의 팔을 잡고 매달렸다.

"자, 잠깐! 나, 나는 이 경기를 포기하겠소."

덩치가 덜덜 떨며 싸울 의사가 없음을 밝혔다. 곰보의 낯이 일그러진다.

"불가(不可)! 이미 경기 출전 수당이 선불로 지급되었다! 경기를 속개하라!"

"선 지급한 금액의 두 배, 아니, 세 배를 물겠소. 그러니 제발 시합을 멈춰주시오. 아까 주막에서 당신에게 받은 돈까지 돌려주겠소. 그러니 제발!"

덩치의 눈은 공포에 질려 있다. 싸울 의지를 완전히 잃은 자다. 싸움을 강행시켜 봐야 볼거리가 생길 리 없다. 잠시 고민하던 곰보가 어둠을 응시하며 의향을 물었다.

"어떻게 할까요?"

어둠 속에서 늙수그레한, 그러면서도 고집스러운 음성이 울렸다.

"그대로 속행하라!"

"알겠습니다. 시작해라!"

곰보가 급히 경기 시작을 선언하고 도망치듯 문 쪽으로 달린다.

"아, 안… 돼! 나, 난 절대로 이 싸움을 할 수 없어."

목소리에 살고 싶다는 절박함이 절절히 묻어난다. 덩치가 공포를 이기지 못하고 곰보가 나간 문 쪽으로 달음질친다.

드르륵, 철컹!

덩치가 사력을 다해 뛰었지만 한발 앞서 나간 곰보가 밖에서 빗장을 걸어버렸다.

꽝! 꽝!

"열어줘! 제발… 곰보! 제발! 곰보 이 개새끼야! 열어! 열란 말이야!"

덩치가 절규하듯 철문을 주먹이 부서져라 두드렸다.

"크크, 병신."

덩치는 뒤에서 들리는 스산한 목소리에 굳어진다. 뻣뻣한 자세로 천천히 돌아섰다.

"사, 살려줘."

"얼굴을 보이면 죽어도 좋다고 했던 놈은 어디 있나?"

소치가 잔인한 미소를 지으며 소도를 꺼내 핥고 있었다. 녀석의 행동에 덩치가 공포에 질려 바들바들 떤다. 바지 아래로 누런 물이 줄줄 흘러내린다.

"아까는 내가 아무것도 모르고……."

"어쨌든 말에 책임을 져라!"

탁!

소치는 대답 대신 손을 가볍게 털었다.

쉬익!

"아악!"

뭔가 번쩍하더니 덩치가 찢어지는 비명을 지르며 얼굴을 감쌌다. 손가락 사이로 검붉은 핏물이 줄줄 흐른다.

무한은 진저리쳤다.

방금 전까지 소치의 손에 들렸던 소도가 덩치의 왼쪽 눈에 깊이 박혀 있었다. 피의 색이 검붉었던 것은 터진 눈동자 때문이었다.

쉬익!

"크악!"

잠깐 사이 나머지 한쪽 눈마저 소도에 꿰뚫렸다. 눈 뜨고 볼 수 없을 정도로 처참했다. 정말이지, 살 떨리도록 잔인한 손속이었다.

곰보가 보지 말라던 어둠 속에서도 씩씩대는 가쁜 호흡 소리가 들린다. 잔인한 모습에 흥분한 모양이었다.

소치는 덩치를 한순간에 소경으로 만든 것으로 만족하지 않았다. 쓰러져 바들바들 떨고 있는 덩치에게 다가가 팔을 발로 짓밟는가 싶더니 관절을 반대 방향으로 꺾어버렸다.

우두둑! 우두둑!

"으악! 아악!"

무자비한 장면에 무한이 이를 악물었다.

"이건 너무한 것 아닙니까!"

"흐흐, 물론 너무하지. 그래서 재미있는 것이 아니냐."

말하는 중에도 달수의 눈은 철망을 향하고 있었다. 마치 한순간도 놓치기 싫다는 듯.

"이건 대체……!"

달수의 눈은 흥분으로 번들거리고 있었다. 그가 침을 꿀꺽 삼키며 말했다.

"기다려라. 아직 멀었으니. 사지를 차례로 부러뜨리고 목까지 꺾어야 비로소 소치의 싸움이 끝나는 것이다."

달수의 희열에 들뜬 목소리. 무한은 달수가 인간으로 보이지 않았다. 일격에 베어버리고 싶은 충동에 휩싸였다.

'이건 미친 짓이다. 소치 저자는 미쳤다. 여기 있는 모두가

미쳤다.'

우두둑!

"으악!"

그 순간에도 덩치의 비명이 도저히 들을 수 없을 만큼 처절하게 울려 퍼졌다.

"당장 멈춰!"

무한은 버럭 소리치며 중앙으로 달려갔다. 막아서는 곰보를 밀어젖히고 빗장을 풀었다. 안으로 들어섰을 때 덩치는 두 팔과 다리 하나가 꺾인 채 게거품을 물고 있었다.

남은 한쪽 다리마저 부러뜨리려고 준비 중이던 소치가 들어서는 무한을 힐끗 보았다.

"그 다리를 놓으시오!"

"카악, 퉤! 내 더러워서. 이제 애새끼까지 출전시키나? 이 바닥도 갈 데까지 갔군."

걸쭉한 가래를 뱉은 소치가 하던 짓을 계속한다.

"그만두라고 했소!"

"빌어먹을 애새끼야, 찍찍대지 말고 거기 잠시 서서 기다려라."

"그만! 당신도 당하는 자의 그 고통을 알잖소!"

소치가 눈썹을 꿈틀 비튼다.

"고통? 난 천하무적이다. 고통 따위는 모른다."

"시치미 떼도 소용없소. 당신도 한때는 약자였다는 걸 아니까.”

으드득!

“어디서 무슨 헛소리를 들었느냐!”

무한은 소치의 격한 반응에 객주에서 들었던 애기가 사실일지도 모른다고 생각했다. 어쩌면 정말 청룡무관의 관원이었을지도 모른다.

“그 헛소리가 어떤 헛소린지는 당신이 더 잘 알잖소.”

“이런 개 같은!”

소치가 덩치의 다리를 놓고 무한을 향해 돌아섰다.

“이쯤에서 그만두시오. 당신은 지금 옳지 않은 길을 가고 있소.”

“네놈이 뭘 안다고 지껄이느냐!”

“다른 사람은 몰라도 난 알고 있소. 당신이 왜 이런 생활을 하는지. 당신은 사람을 죽이면서 당신을 내친 사람에게 강함을 증명해 보이고 싶은 것이오.”

“이이……!”

“하지만 그건 잘못된 생각이오. 그 사람이 당신이 강해진 모습을 보고 내친 걸 후회할 것 같소? 천만에! 오히려 미쳐 가는 모습을 보며 비웃고 있을 것이오.”

배를 잡고 웃던 소치가 갑자기 싸늘한 얼굴로 이를 갈았다.

“크크, 하하하! 건방진 애송이! 이것으로 네놈의 죽음은 확정되었다!”

소치가 살기를 끌어올리며 다가왔다.

곰보는 둘 사이의 감정이 극으로 치닫는 것을 보며 느긋하게 팔짱을 끼었다. 이제 무한이 처참하게 죽는 모습을 감상한 후 은밀히 대기하고 있던 자들을 불러 이곳을 청소하면 그의 임무는 끝나는 것이다.

철컥!

빗장 거는 소리가 섬뜩하다. 정말 싸우는 수밖에 다른 두리가 없는 것이다.

스르릉!

무한은 소매에 들어간 소치의 손에 온 신경을 집중하며 검을 뽑아 들었다. 그가 보고 느낀 소치의 비도는 단순히 감각만으로 피할 수 있는 것이 아니었다.

"흐흐, 어느 쪽 눈부터 터뜨려 주랴? 왼쪽? 오른쪽?"

소치가 어깨를 움찔움찔하며 바짝 긴장한 무한을 놀린다. 그러나 무한은 심리전에 놀아날 생각이 전혀 없었다.

"기고만장하군. 그래 봐야 쇳조각이나 던지는 주제에."

무한의 시기적절한 도발에 소치의 낯이 와락 일그러진다. 비도는 옛적부터 그의 자랑이었지만, 놀림거리이기도 했던 것이다.

"애송아! 모르면 닥쳐라! 이 어르신에게 소랑은 수족과 같은 것이니라!"

소랑. 소도의 이름인 모양이다.

"입만 살았군."

무한의 격장지계에 소치가 즉시 반응했다.

"빌어먹을 자식, 죽여 버리겠다!"

쉭!

번쩍하는 순간 소도가 코앞에 이른다. 재빨리 고개를 돌리
자 눈 옆을 아슬아슬하게 스치고 지나갔다. 살갗이 따끔거리
나 싶더니 뜨듯한 피가 얼굴을 타고 흘러내렸다. 스친 정도에
불과했지만 간담이 서늘했다.

한편 소치는 무한의 기민한 반응에 눈살을 찌푸렸다.

"운이 좋구나."

그로서는 무한이 소랑을 보고 피했다고는 생각할 수 없었
다. 지금껏 사십 전을 넘게 치르는 동안 소랑을 피해낸 자가
몇이던가. 아무도 없었다.

"운인지 아닌지는 두고 보면 알겠지."

"애새끼가 입만 매섭구나! 이것도 피해봐라!"

쉭, 쉭—!

번쩍!

무한의 눈이 연달아 날아오는 두 자루의 소도를 쫓는다.

'오른쪽 눈과 심장!'

찰나에 소도의 방향을 감지했다. 검으로 막는 것은 힘들다
고 판단하고 허리를 활처럼 뒤로 접었다. 마치 뼈가 없는 사
람처럼 낭창낭창하게 휜다.

팅! 팅!

땡그랑!

소도는 이번에도 아슬아슬하게 스쳐 지나갔다. 철망에 부딪쳤다가 요란한 소리를 내며 바닥에 떨어졌다.

그사이 무한은 허리를 곧게 세웠다.

"아!"

정적에 묻혀 있던 어둠 속에서 탄성이 터졌다.

"피… 피해?"

이쯤 되면 운이 아니다. 소치가 믿을 수 없다는 표정으로 소도를 연달아 날려댔다.

셋, 넷, 다섯!

"윽!"

다섯 번째 소도가 어깨를 베고 지나갔다.

여섯, 일곱, 여덟!

"으윽!"

여덟 번째 도가 허벅지 안쪽을 쓸고 지나갔다. 뜨거운 피가 종아리를 타고 발바닥을 적셨다. 정타는 피했지만 상당히 깊이 베였음을 알 수 있었다.

대체 녀석은 몇 개의 도를 숨기고 있는가. 거리를 좁혀야 어떻게든 해볼 터인데 피하는 것만으로도 진땀이 날 지경이다. 다가서는 것은 엄두조차 나지 않았다. 소도가 전부 떨어질 때까지 기다리는 수밖에 없다고 판단했다.

그러나 무한의 바람과는 달리 소치의 소매는 마르지 않는 화수분처럼 꾸역꾸역 소도를 토해냈다. 무한의 몸에 상처가 하나둘 늘어가던 어느 순간, 소치가 동작을 멈추고 딱딱하게 굳은 표정으로 무한을 노려보았다.

"예사 꼬마가 아니었구나!"

"……."

무한은 소치의 분위기가 이전과는 달라졌다고 생각했다. 시선이 소치의 손에 못 박혔다.

소치는 손가락 사이에 소도의 날을 끼워 잡고 있었다. 헤아려 보니 한 손에 다섯 개씩 총 열 개나 되는 소도를 한 번에 들고 있었다.

무한은 소치의 비장한 표정과 갑작스레 늘어난 소도의 숫자를 보고 짐작했다.

'저것이 마지막이구나. 저것만 피하면 기회가 온다!'

비장의 수인만큼 결코 간단치는 않을 것이다. 무한의 이마가 땀으로 흥건해진다. 부릅뜬 눈도 붉게 충혈되었다.

피하는 것으로는 안 된다. 소도를 던져 내는 속도를 감당해낼 수 없었다. 구석으로 내몰린 무한은 돌고 돌아 결국 처음의 생각에 이르렀다.

'검! 역시 이것밖에 없는 것인가?'

이게 가능할까? 소도가 사정권에 들어선 순간 단 한 점을 노려 쳐내야 한다. 그것도 열 개나 되는 소도를 동시에.

‘그래, 한다. 할 수 있다!’

늘어뜨리고 있던 검을 가슴 높이로 바짝 곧추세웠다. 호흡을 가다듬고 온몸의 세포를 하나하나 일깨웠다.

쿵쿵, 심장이 거세게 박동한다. 근육 줄기줄기에 팽팽한 긴장감이 감돌았다.

“죽어라!”

쉬쉬쉬!

소치의 손을 떠난 소도는 피할 수 있는 전 방위를 차단하며 빠르게 압박해 왔다. 도무지 피할 공간이란 없어 보였다.

섬전같이 쏘아지는데 어떤 것은 빙글빙글 돌면서, 또 어떤 것은 곧게 날아온다. 그것은 눈을 현혹시키고자 하는 소치의 의도였다. 그러나 그 때문에 소도는 실낱같은 차이로, 제각각 다른 속도로 날아들었다.

그 미세한 차이가 누군가에게는 사(死)를 생(生)으로 바꿀 커다란 틈이었다. 무한의 검이 무한의 생로를 개척하기 위해 그 틈을 비집고 들었다.

스스스!

거센 물살을 박차고 오르는 연어처럼 소도의 진로를 일순간 꿰뚫었다.

챙, 챙, 챙!

“아!”

억눌린 탄성 속에 소도 열 자루가 바닥에 나뒹굴었다. 모든 소도를 완벽히 막아낸 것처럼 보였다. 그런데……!

무한은 검을 늘어뜨리고 부르르 떨었다. 분명 완벽히 막아냈다. 그런데 검으로 소도가 맞부딪친 짧은 순간, 검을 든 손이 찌르르 울렸다. 작디작은 소도를 쳐냈을 뿐이다. 한데, 쇠몽둥이로 바위를 힘껏 두드린 충격이라니!

쩌릿쩌릿한 느낌은 팔을 타고 온몸으로 퍼져 나갔다. 구역질이 솟을 찰나, 명치끝이 콕콕 쑤신다 싶더니 그런 느낌이 씻은 듯 사라졌다.

소치는 불신의 빛이 가득 서린 눈으로 무한의 안색이 정상을 되찾는 것을 지켜보았다. 무한의 혈색이 정상을 되찾아갈수록 소치의 얼굴은 딱딱하게 굳어갔다.

"이놈! 내력(內力)을 쌓았구나!"

"……?"

"넌 누구냐? 사부께서 보내서 왔느냐? 그, 그가 나를 죽이라고 시켰더냐?"

무한은 횡설수설하는 소치를 보며 고개를 저었다.

"난 할 말이 없소."

소치는 무한의 애매한 대답에 버럭 소리쳤다.

"말해라!"

"당신이 어찌 생각하든 그건 당신의 자유요."

"이것을 맞고도 그리 말할 수 있는지 두고 보겠다!"

쉭쉭!

소치가 버럭 소리치며 소도 두 자루를 날렸다. 열 자루도 막아낸 자신인데 겨우 두 자루를 막지 못할까. 무한은 간단하게 생각하며 검을 휘둘렀다.

소도와 검이 맞닿을 찰나, 소치가 오른손을 먼지라도 털 듯 간결하게 저었다. 그 단순한 행동이 빚어낸 결과는 놀라웠다.

휘리릭!

소도의 방향이 미세하게 틀어졌다. 검의 궤적을 벗어난 소도가 곧장 들이쳤다. 깜짝 놀란 무한은 경악성과 함께 몸을 뒤틀었다. 하지만 이미 때 늦은 대응이었다.

"크윽!"

소도가 양어깨에 나란히 꽂혀 버렸다. 무한은 눈을 질끈 감았다. 소도에 담겼던 서늘한 기운이 어깨를 타고 내려왔다. 그 기운에 반발하듯 명치끝에서 뜨거운 기운이 솟았다. 명치에서 솟은 기운이 등줄기에 이를 때쯤, 소도에서 흘러든 힘이 심장에 닿아버렸다.

"쿨럭!"

쨍그랑!

무한의 손에서 검이 떨어져 내린다. 입가로 선홍색 피가 주르륵 흘러내렸다. 아픔에 앞서 의구심이 일었다.

이게 어찌 된 일인가. 어떻게 한번 힘을 실어 날린 도가 중간에서 방향을 바꿀 수 있는가. 놀람은 그것뿐만이 아니었다. 소도에 실린 정체불명의 힘에 피까지 토하지 않았나.

소치의 무표정한 모습에 무한은 간담이 서늘해지고 말았다.

"크크, 그래, 공포에 떨어라. 최대한 고통을 주며 죽여줄 테니……."

소치가 사악한 웃음을 흘리며 달려든다.

파팟!

무한은 천근만근 무거워진 팔을 들어 공격을 막아냈다. 간신히 막긴 했는데 팔에 충돌이 있을 때마다 어깨의 상처에서 피가 꾸역꾸역 솟아나왔다.

소치는 싸움에 능한 놈이었다. 소도뿐 아니라 주먹 쓰는 실력도 예사롭지 않았다. 주먹에 실린 힘이 일격필살의 맹렬함과는 거리가 있었지만 힘의 약점을 충분히 메우고도 남을 만큼 노련하고 빨랐다.

파파팟!

부상으로 인해 움직임이 극단적으로 느려진 무한이다. 그의 눈에는 소치의 공격이 눈에 부실 지경이었다.

점점 팔에 힘이 빠져나갔다. 출혈이 심해 시야도 조금씩 흐려졌다.

휘릭, 파파팟!

퍽!

안면에 소치의 굳은살 박힌 주먹이 틀어박힌다. 무한이 충격으로 서너 걸음 물러서자, 소치가 그림자같이 따라붙어 연타를 날린다.

팡, 파파팡!

쉴 새 없이 쏟아지는 소치의 공격. 반 이상이 무한의 몸에 꽂혀들었다. 무자비하게 작렬하는 주먹과 발. 무한의 몸은 금세 피투성이가 되고 말았다.

쿵!

수많은 공격을 꿋꿋이 버텨내던 무한은 소치의 계속된 공격에 결국 쓰러지고 말았다.

"헉! 허억!"

무력감이 무한의 온몸을 지배했다. 출혈이 너무나 많았다. 두 팔에 온전한 힘이 실리지 않는 것은 돌이킬 수 없을 만큼 치명적이었다.

백지처럼 텅 빈 머릿속에 아버지의 얼굴이 그려진다. 이어 연향의 단아한 모습이 떠오른다. 연향이 눈물을 뿌리며 애타게 손짓하고 있었다.

그날 밤 연무장에서 품에 안긴 연향이 흐느끼며 속삭였다.

"난 외가가 없어. 할아버지께서 날 네게 부탁하신 거야. 나를 네게 주신 거야……."

"아버지… 연향……."

무한은 일어나려고 애썼다.

소치는 무한이 버둥거리자 안면을 휴지 조각처럼 일그러

뜨렸다. 겉보기에는 멀쩡한 그였지만, 두 번에 걸쳐 소도에 내력을 실어 날린 때문에 기력이 바닥을 치고 있었다.

소치가 진득한 가래를 뱉어냈다.

"하아, 하아! 지독한 놈! 그 빌어먹을 자식을 생각나게 하는 놈이군."

무한은 끝내 몸을 일으켰다.

"자, 잔소리는 집어치우고… 와라!"

"오냐! 무생… 그 개자식처럼 철저히 짓밟아 으깨주마."

무생!

그 한마디가 머릿속을 온통 뒤흔들었다. 덕분에 먹먹했던 정신이 얼음물을 뒤집어쓴 듯 별안간 맑아져 버렸다.

"네, 네가 그분을 어떻게 알지?"

소치가 달려들다 말고 고개를 갸웃한다.

"호오? 그 늙은이의 제자인 네가 그놈을 안다? 그러고 보니 아까 곰보 녀석이 네놈에게 무한이라고 했던 것 같은데."

가만 생각해 보니 무생… 무한. 비슷하다.

"그분은 내 아버지시다."

소치가 눈을 크게 뜨고 반문한다.

"뭐? 놈이 네 아비라고?"

무한은 정말 소치가 아버지를 아는 듯하자 불길한 예감에 휩싸였다.

"그분을 어떻게 알지?"

"흐흐, 으하하하! 이거 정말 일이 재밌게 돌아가는구나."

소치는 마치 미친 사람처럼 눈물까지 흘리며 좋아한다.

무한의 기억이 과거로 치닫는다. 추운 겨울날 새벽, 피투성이로 돌아온 아버지. 한쪽 눈이 깊게 파여 있던 그 모습이 생생하다. 한줄기 피눈물이 무한의 볼을 타고 흘러내렸다.

아버지는 호위가 아니었다. 이 개 싸움판에 뛰어든 투견이었다.

'대체 무엇 때문에?'

무한은 그 답을 알았다. 은 닷 냥, 일 년치 관비. 결국에는 자신 때문이었다. 머리털에서 발끝까지 참을 수 없는 분노가 무한을 관통했다.

"놈은 어찌 됐느냐? 흐흐, 괜한 걸 물었구나. 당연히 뒈졌겠지."

그 말이 기폭제가 되었다.

"으아악!"

다 죽어가던 무한이 괴성을 지르며 소치에게 돌진했다. 소치는 기다렸다는 듯 피하며 턱에 일격을 먹인다.

무한은 비틀비틀 물러섰지만 쓰러지지 않고 버텨냈다.

"죽여 버린다!"

소치는 무한의 집념 어린 살기에 섬뜩한 느낌을 받았다. 방심했다가 한쪽 귀와 눈을 잃은 경험이 아직도 생생했다. 호랑이는 토끼를 잡을 때도 사력을 다한다. 그는 입을 다물고 공격에만 매진했다.

"컥!"

악착같이 달려들던 무한은 소치의 무릎 공격에 명치를 허용하고 말았다. 복부를 붙잡고 거꾸러진다. 등을 소치가 사정없이 밟아댄다.

퍽퍽!

'일어나야 해!'

자꾸만 처지는 몸뚱이에게 명령한다.

하지만 손가락 하나 까딱할 힘도 없다. 남은 것은 몸을 불사르고도 남을 만큼 커다란 분노뿐.

뭔가가 가슴을 꽉 막는다. 숨도 제대로 쉬어지지 않는다. 무한의 얼굴이 샛노래진다. 머릿속이 먹먹하다. 윙윙 쇠바퀴 구르는 소리가 귀를 먹먹하게 만든다.

모든 것이 멀어진다. 복수도, 아버지도, 연향도.

'이게 죽음이라는 것일까.'

시야가 온통 암흑으로 뒤덮였다. 온몸에 기가 빠져나가고 죽음이 코앞에 닥친 순간이었다.

찌릿.

갑자기 배꼽 위를 바늘로 찌르는 통증이 느껴졌다. 너무 맞아서 감각이 사라진 상황인데도 통증이 느껴지다니, 이상한 노릇이었다.

바늘에 찔린 작은 구멍에서 차가운 기운이 뭉클 솟았다. 틀림없다. 박영과 싸울 때 잠시 고개를 들었다가 사라진 그 힘. 벌써 오늘만 세 번째 나타난 기운이다.

무한은 본능적으로 그 힘에 의지를 집중시켰다. 한줄기 기운은 의지를 가진 것처럼 제멋대로 뱃속을 한바탕 휘젓더니 곧장 척추를 따라 달음질쳤다.

등을 지나던 힘은 가슴께에서 길이 막히자 거칠게 부딪쳤다.

쿵, 쿵!

두 번, 세 번.

"컥, 컥… 쿨럭!"

가슴을 막고 있던 핏덩이가 힘에 밀려 토해진다. 연거푸 피를 뿜어내고서야 가슴이 뻥 뚫린 듯 개운하다. 신비한 힘은 기어이 막혔던 길을 뚫고 펄떡이는 심장을 어루만졌다.

소치는 무한이 피를 뿜자 밟는 것을 멈췄다.

"질긴 놈. 심장이 터진 게로군."

무한이 완전한 전투 불능 상태가 되었다고 판단한 그는 사지를 꺾기 위해 팔뚝을 거머잡았다.

팔꿈치가 위로 보이도록 단단히 움켜쥐고는 다리를 치켜든다. 이대로 밟으면 팔이 수수깡처럼 쉽게 부러질 것이다.

그 순간 무한의 심장을 다독인 힘은 양어깨를 차례로 휘돈다. 손도 대지 않았는데 소도가 저절로 빠져나온다. 목뼈로 치고 올라간 기운은 힘을 잃고 연기처럼 사라졌다.

어깨에 흐르던 피가 거짓말처럼 멎는다. 동시에 빈사 상태에 빠졌던 무한은 퍼뜩 정신을 차렸다. 모든 감각이 순식간에 돌아왔다. 바닥에 처박혔던 얼굴을 돌려보니 소치가 팔을 부러뜨리려 하고 있었다.

소치가 찍어 밟는 순간 바닥을 차고 빙글 돌아 팔을 빼냈다.

"억?!"

소치가 새된 소리를 지른다.

'지금이 기회다!'

튕겨지듯 일어난 무한은 미친 들소처럼 소치의 가슴을 들이받았다.

피하려던 소치가 흠칫 떤다. 불을 켜고 덮쳐오는 무한의 모습과 무생의 얼굴이 스르르 겹쳐졌다. 망자의 영(靈)인가!

쿵!

소치가 멈칫하는 사이 무한은 소치를 안고 바닥에 쓰러졌다. 무생과 싸울 때도 이랬었다. 너무나 똑같은 상황이 벌어지자 소치는 온몸에 전율이 일고 머릿속이 텅 비었다.

"죽어! 죽어버려!"

무한은 소치의 상체를 점령하고 사정없이 안면을 내질렀다. 지하실 바닥이 쿵쿵댈 정도로 묵직한 주먹이 수차례 떨어졌다.

무한이 정신을 차렸을 때, 소치는 얼굴이 형체를 알아보기 힘들 정도로 일그러진 채 사지를 부들부들 떨며 간헐적으로 숨을 몰아쉬고 있었다.

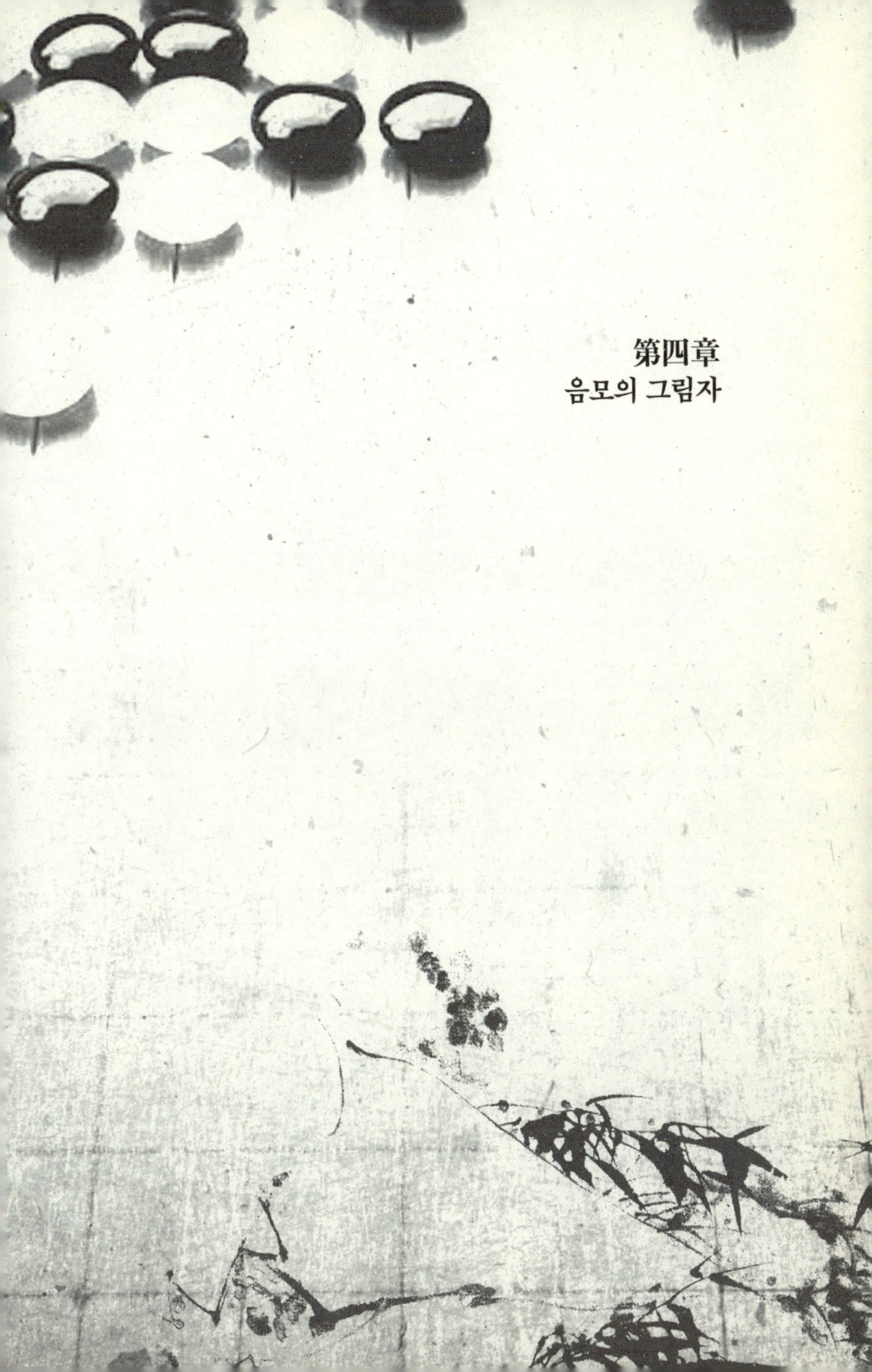

第四章
음모의 그림자

棋劍神俠

기검
신협

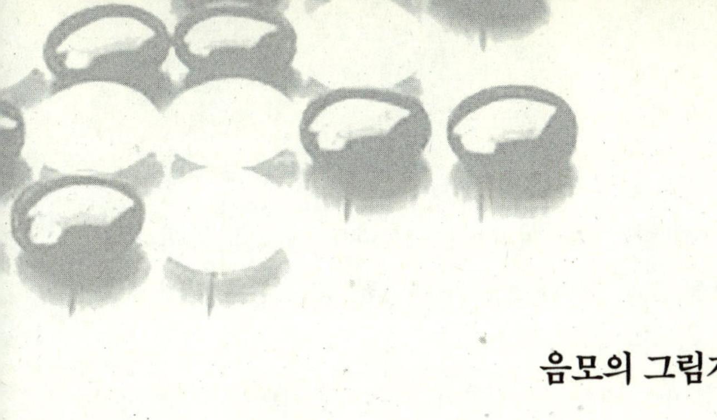

음모의 그림자 1

　수많은 사람들이 운집한 지하 광장은 숨소리도 들리지 않았다.

　무한은 검을 찾아 쥐고 비틀거리며 문 쪽으로 걸어갔다.

　"열어라!"

　철컹!

　넋 나간 표정으로 서 있던 곰보가 서둘러 빗장을 벗긴다. 무한이 빠져나오는 것을 경이의 시선으로 바라본다.

　"왜 소치를 죽이지 않나? 숨만 끊으면 돈이 두 배인데."

　무한은 곰보를 쏘아보았다. 곰보가 부르르 떨며 뒷걸음질 친다. 무한은 가운데 꽂아놓은 횃불을 향해 비척비척 걸어갔다. 맞은편에서 달수가 달려왔다.

"하하하! 이럴 수가! 미친 척하고 다섯 냥을 너한테 걸었다! 자그마치 오십 배다! 최고의 배당금이라고! 내 평생 이처럼 재미있는 싸움은……."

달수가 좋아서 날뛴다. 목숨이 걸린 싸움을 구경하는 것도 모자라 내기까지 하는 것인가? 대체 이들의 바닥은 어디가 끝인가.

분노가 끝을 모르고 치솟는다.

"하하하! 세상에나 소치를… 그 미친 늑대를 꺾다니!"

"비켜라."

"……?"

"꺼지라고!"

퍽!

무한은 버럭 소리치며 달수의 가랑이 사이를 차버렸다. 달수가 비명도 지르지 못하고 나뒹군다. 바들바들 떠는 달수를 지나 횃불을 뽑아 들었다. 활활 타오르는 횃불.

화악!

횃불을 어둠 속으로 던졌다. 불이 성난 소리를 지르며 날아간다. 두 개, 세 개, 손에 잡히는 족족 집어 던졌다. 어둠에 가려졌던 추악한 자들의 면면이 불빛에 속속들이 드러난다.

"헉! 뭐냐!"

"불이다! 피해!"

"저, 저 쳐 죽일 놈! 뭐 하느냐! 어서 붙잡아라!"

지하 광장에 일대 소동이 일어났다. 놀라 소리치는 자, 얼굴을 가리기에 급급한 자, 비명을 지르는 자, 각양각색이다. 그중 누군가가 고래고래 고함치며 무한을 잡으라고 난리다.

무한의 날카로운 눈이 그들을 훑는다.

하나같이 비단으로 더러운 몸뚱어리를 휘감고 있다. 그것도 모자라 천총마의 말총으로 만든 갓을 머리에 얹고 기름진 배는 사슴 가죽으로 된 요대를 둘렀다.

없는 자들의 절박함을 이용해 변태적인 욕망을 채우는 자들이다. 남의 목숨을 가지고 놀며 희열을 느끼는 인간 같지도 않은 자들.

횃불을 피해 이리저리 도망 다니는 모습들이 벌레 같았다. 마치 바위 밑에 꽁꽁 숨었다가 볕이 들자 사방으로 흩어지는 쥐며느리 새끼들 같지 않은가..

무한이 살기를 담아 씹어뱉었다.

"벌레 같은 놈들! 이러고도 지상으로 올라가면 사서를 읽고 삼경을 읊조릴 것이냐!"

저런 작자들의 놀음에 비명에 죽어갔을 아버지를 생각하니 속에서 천불이 인다. 삶 자체가 악(惡)인 자들이다. 무한은 한바탕 살육전이라도 벌이고 싶은 충동에 휩싸였다. 그때!

"뭣들 하느냐!"

곰보의 외침 소리와 함께 굳게 닫혔던 광장과 외부를 연결

하는 문이 철커덩 소리와 함께 활짝 열렸다.

저벅저벅!

급박한 발자국 소리와 함께 수십 명의 흑의사내가 안으로 쏟아져 들어왔다. 그들의 손에 들린 두툼한 대감도가 횃불을 받아 번쩍거린다. 줄잡아 이십여 명.

허둥대던 양반네들은 사내들이 나타나자 한결 여유를 되찾는다. 유난히 비대한 자가 무한을 손가락질하며 소리쳤다.

"곰보, 당장 놈을 죽여라!"

곰보가 비대한 자를 힐끗 보더니 입꼬리를 비튼다.

"물론 죽여야지요. 흐흐, 당신들부터."

"지금 뭐라고 했느냐?"

곰보가 무리의 중앙에 선 자에게 버럭 소리쳤다.

"의환! 남김없이 죽여라!"

쿵!

곰보의 명이 떨어지기가 무섭게 철문이 도로 닫힌다. 직후 칼을 든 사내들이 무한이 아닌 양반들을 향해 독아(毒牙)를 곤두세웠다.

쉭쉭!

"으아악!"

"아악!"

아비규환이다. 피가 튀고 살이 쩍쩍 갈라진다.

쉭! 서걱!

골육이 분리되는 진저리쳐지는 소리가 잇달았다.

"아악!"

쉬익! 푹!

"이게 무슨 짓이냐! 커헉!"

순식간에 벌어진 일이었다. 말 한마디에 나는 새도 떨어뜨리는 권력을 쥔 자들이 잔혹한 칼 아래 목숨을 잃었다.

무한은 처참한 광경에 눈살을 찌푸렸다. 곰보가 왜 이들을 죽이는지, 그들의 죽음이 무엇을 의미하는지 아무것도 알지 못했다.

전부 죽었다. 양반들과 투견, 심지어 달수까지. 일장 활극은 구역질나는 피 냄새를 남기고 끝이 났다.

무한은 검을 힘껏 틀어쥐었다. 살육을 마친 이들이 그를 에워싸기 시작했던 것이다.

"저들을 죽인 이유가 궁금하냐?"

물음을 던진 곰보가 무한의 대답을 기다리지 않고 자신이 대답했다.

"당분간 투견판을 접을 생각이다. 선수도, 관중도 이제는 쓸모가 없지."

쓸모없다고 다 죽이지는 않는다. 게다가 저들의 죽음이 알려지기라도 하는 날이면 나라 전체가 발칵 뒤집힐 일이다.

"설마!"

무한의 안색이 창백해진 것을 본 곰보가 팔짱을 낀다. 설마

했던 대답이 곰보의 입에서 흘러나왔다.

"대충 눈치를 챈 것 같으니 말해주마. 넌 이 자리에서 죽는다. 그리고 이들을 죽인 흉수는 바로 네가 되는 것이다."

"무엇 때문에 나에게 그런 짓을 하는 것이냐!"

"미안하지만 나도 그것까지는 모른다."

곰보가 대답을 회피하며 뒤로 물러선다. 무한을 둘러싼 자들이 한 걸음 더 다가들었다. 무한은 여기서 죽을 생각이 추호도 없었다. 여기서 죽었다가는 정말 저들의 누명을 고스란히 뒤집어쓰는 수밖에 다른 도리가 없다. 그 화가 자신이 소속된 청학무관에까지 미칠 터이다.

'반드시 살아나가야 한다.'

굳게 다짐한 무한은 자신을 포위한 사내들을 돌아보며 경고했다.

"물러서는 자는 살 것이다."

무한의 경고는 사내들의 얼굴에 비웃음을 만들어낼 뿐이었다.

쉭! 쉭! 쉭!

세 개의 칼이 동시에 찔러 들어온다.

무한은 소치에게 당한 부상으로 지쳐 있었다. 하지만 이상하게도 머리는 맑았다. 너무나 맑아서 일제히 치고 들어오는 사내들의 도가 선명했다. 빈틈까지도 낱낱이 파악되었다.

무한은 흐느적거리며 빈틈을 파고들었다.

챙! 챙! 서걱서걱!

하나둘 무한에게 들이치던 사내들이 짚단처럼 허물어졌다. 그 와중에 무한도 서너 군데 검상을 입기는 했지만 스친 정도에 불과했다.

무한은 응축된 살기가 전신을 짓누르는 가운데 흥분하기는커녕 평온을 되찾아갔다. 문득 쇄도하는 자들이 몸짓이 너울너울 떨어지는 꽃잎 같다. 무한은 마치 연습하듯 꽃잎을 베어나갔다.

쉭, 쉬쉬쉭!

신들린 듯 검이 종횡무진 휩쓸었다.

순식간에 예닐곱이 바닥을 뒹굴었다. 압도적인 기량 차이에 덤벼들려던 나머지 사내들이 주춤주춤 물러섰다.

"물러서는 자는 살려준다."

음성엔 살기도, 별다른 박력도 없다. 분명히 아까 했던 말과 같은데 말의 무게가 다르다. 사내들의 얼굴에서 비웃음은 사라지고 경악과 공포가 감돌았다.

무한이 한 걸음 다가서면 사내들은 세 걸음을 물러났다. 도무지 덤빌 생각을 하지 못했다.

무한은 정신만은 또렷한데 체력은 급감하고 있음을 느꼈다.

최선(最善)은 저들이 달아나는 것이다. 차선(次善)은 저들이 일시에 달려드는 것이다. 지금처럼 마냥 대치하고 있는 것은 그에게 최악의 상황이었다. 시간이 지나면 누가 건드리지 않아도 자멸할 판이었다.

무한은 초조한 감정을 전혀 내색하지 않았다. 바둑을 둘 때 수의 의도를 숨기기 위해 무표정에 익숙한 그였기에 가능한 일이었다.

산전수전 다 겪은 곰보조차도 무한의 처지를 눈치 채지 못했다.

"물러서는 놈은 내가 죽인다!"

쉭!

"컥!"

단순히 경고가 아님을 보여주듯 곰보는 물러서던 자 중에 하나를 짚단 베듯 베어 넘겼다.

효과는 바로 나타났다. 놈들이 무한에게 일시에 달려들었다. 오히려 무한의 얼굴에 안도의 빛이 깃든다.

곰보는 뭔지 모르지만 일이 잘못되어 가고 있음을 느꼈다.

아니나 다를까, 휙휙 하는 소리와 함께 수하들이 허물어지듯 바닥에 배를 깔았다.

수하들에게 덤비라고 악다구니 치던 곰보였는데, 막상 혼자 남게 되자 벌벌 떨었다. 이십여 명이나 되는 자들을 썩은 나뭇가지 쳐내듯 쓸어버린 무한. 곰보는 이 괴물 같은 놈에게 목을 들이밀 생각은 추호도 없었다. 주춤주춤 물러섰다.

물러서던 곰보는 문득 무한이 따라오지 않는 것을 보고 이상하다고 생각했다. 그의 시선이 상처 입은 무한의 허벅지에 닿았다.

"흐흐, 이제 보니 너는 다리병신이 되었구나."

흰 이를 드러내며 웃던 곰보가 돌아서서 냅다 달렸다. 밖으로 나가서 철문을 걸어 잠그면 무한은 끝장나는 것이다. 그때였다.

쉭!

"으악!"

도망치던 곰보가 비명과 함께 화살 맞은 기러기처럼 나뒹군다. 곰보의 종아리에 소도가 깊숙이 박혀 있었다. 다리를 감싸 쥔 곰보의 손이 금세 피로 물들었다.

마침 바닥에 떨어져 있던 소도를 날려 곰보의 도주를 저지한 무한은 남몰래 가슴을 쓸어내렸다. 급한 마음에 혹시나 하고 던졌는데 그게 운 좋게 다리에 맞은 것이다.

"으윽, 이 빌어먹을 자식!"

비틀비틀 일어난 곰보가 욕을 퍼붓고는 다리를 질질 끌며 문 쪽으로 움직인다.

"멈춰!"

"미친놈! 네 녀석이 멈추란다고 내가 멈출 줄 아느냐?"

"서지 않으면 머리에 바람구멍이 날 것이다."

곰보는 힐끗 돌아보고는 그대로 굳어졌다. 심장이 철렁 내려앉았다. 무한이 히죽 웃으며 소도를 던졌다 받았다 하며 가지고 놀고 있었던 것이다.

잔뜩 움츠러들었던 곰보가 이내 짙은 비웃음을 지었다.

"너와 나의 거리는 적어도 삼 장 이상이다. 머리나 심장, 목 등 치명적인 급소만 맞지 않으면 죽지 않는다. 일단 죽지만 않으면 승리는 나의 것이지."

"그렇지 않아도 머리에 구멍을 내줄 참이다."

곰보가 피식 웃는다.

"너의 귀신같은 칼 솜씨는 인정한다. 하지만 나는 네 녀석이 칼 던지는 기술까지 익혔으리라고는 생각하지 않는다."

"하하하!"

곰보의 허를 찌르는 말에 무한은 대소로 답했다. 움찔 놀란 곰보가 신경질적으로 소리쳤다.

"닥쳐라! 내가 허장성세에 넘어갈 성싶으냐?"

무한이 웃음을 뚝 그치고 정색했다.

"소치와 나는 한 사부 밑에서 비도를 익혔다. 소치가 자질이 없음을 깨달으신 사부께서 그를 내치고 나를 제자로 삼았지. 과연 누구의 비도가 더 매서울까?"

곰보가 눈동자를 데굴데굴 굴리더니 그 말에 반박했다.

"흥, 말도 안 되는 소리! 네 말대로라면 소치와 너는 사형제 지간이란 말인데, 어찌 사형을 저 지경으로 만들 수 있느냐?"

"사문의 기술은 일인전승(一人傳承)이 원칙. 도태된 자는 배운 것을 토해내야 한다. 팔을 잘라내거나 죽어야만 한다는 소리다. 그런데 소치는 규율을 어기고 도망쳤다. 그래서 내가 사부의 명을 받고 놈을 제거하려 하산한 것이다."

곰보는 무한의 말에서 허점을 발견하지 못했다. 아귀가 딱 들어맞는다. 생각해 보니 녀석과 소치가 싸울 때 소치가 사부가 보냈느니 어쩌니 했던 말이 떠올랐다.

곰보가 어깨를 축 늘어뜨리며 말했다.

"내가 어찌하면 살려주겠느냐?"

무한의 승리였다.

"헉헉……!"

곰보는 무한을 등에 업고 장원을 벗어났다. 어둠을 더듬어 쉬지 않고 걸었다. 죽을 맛이었다. 그도 다리에 소도를 맞아 불편한 몸이 아니던가.

하지만 조금이라도 늑장을 부릴라치면 등에 업힌 무한이 목에 칼을 들이댄다. 개똥밭에 굴러도 이승이 낫다는 속담을 철학으로 삼고 사는 곰보였기에 죽을 둥 살 둥 걸음을 옮겼다.

"헉헉, 이제 더 이상은 못 간다. 차라리 나를 죽여라."

날이 뿌옇게 밝아오는 새벽녘. 곰보가 무한을 내려놓고 벌렁 드러누웠다. 무한은 까칠한 마른 잔디의 감촉을 느끼며 주위를 둘러보았다. 그들이 있는 곳은 크고 작은 무덤들이 옹기종기 선 공동묘지였다.

양어깨를 시작으로 전신이 쑤시지 않는 데가 없었다. 곰보의 등에 업혀 쉰 터라 기력이 어느 정도 회복된 것이 그나마

다행이었다. 이제 의문을 풀 차례였다.

"곰보."

곰보가 헐떡이며 대답한다.

"때려죽여도 더는 못 간다."

"나에게 누명을 씌우려 한 자가 투견판의 우두머리겠지?"

"맞아."

"그가 누구냐?"

"…모른다."

"하수인이 상전이 누군지 모른다?"

무한이 누워 있던 곰보의 목에 검을 겨누었다. 곰보는 이를 악물고 버텼다.

"우, 우리는 그분을 어르신이라 부른다. 하지만 그가 누군지는 정말 모른다. 윽!"

검끝이 곰보의 목을 파고든다. 아직은 생채기 수준이었지만 실수로라도 약간의 힘만 가해진다면 목숨을 장담할 수 없다. 곰보의 떨리는 시선과 무한의 무표정한 시선이 부딪쳤다.

곰보는 치를 떨었다. 틈을 보아 죽이든 도망치든 할 생각이었다. 착각이었다. 녀석은 최악의 상대였다. 믿어지지 않는 검술은 둘째 치고 스무 살도 안 된 놈이라고 생각할 수 없는 냉철함은 그가 도무지 어찌해 볼 성질이 아니었다.

"점주의 정체를 알 만한 사람을 알고 있다."

무한이 천천히 검을 거두었다.

"휴, 그는 바로……."

2

장승일의 손이 여인네 가슴팍에 들어가 멋대로 희롱한다. 화장으로 떡칠한 퇴기(退妓)가 비틀린 신음을 토한다. 자금 사정이 두둑한 그였지만 절대 돈을 헤프게 쓰는 법이 없었다.

퇴기가 몸을 배배 꼬며 앓는 소리를 했다. 그럴수록 장승일의 손이 집요하게 파고들었다.

청학무관의 승마 사범 장승일은 몰락한 사대부가의 자식이었다. 장승일의 아비에 대한 기억이라고는 개다리소반을 끼고 앉아 책을 읽는 모습뿐이었다. 근동에서 존경하는 청렴한 선비였지만, 정작 하나뿐인 아들 장승일은 아비를 저주했다.

어머니가 날품을 팔아 간신히 연명했다. 그래도 쌀독에 거미줄 치기가 일쑤였다. 먹는 날보다 굶는 날이 많았다. 목구멍이 포도청인데도 아비는 일할 생각을 하지 않았다. 비가 오나 눈이 오나 사서삼경만 주구장창 읊조렸다.

장승일은 그런 무능하고도 무책임한 아비를 저주했다. 열세 살 되던 해에 무작정 집을 뛰쳐나왔다. 하늘에 닿는 학문보다 당장 입에 들어갈 밥 한술이 궁했던 그는 인근에서 가장 큰 대갓집 문을 두드렸다.

그 집이 이품 도진무로 재직 중인 박환의 본가(本家)라는 것은 후일 알게 된 사실이었다.

웬만한 장정들도 고개를 내흔드는 마사 일을 시작했다. 말에 대해 모르는 것이 없는 장 영감에게 하나하나 일을 배워 나갔다. 장 영감의 지식을 터득해 갈수록 말에 대한 이해가 높아졌다. 그가 말을 능수능란하게 다루게 되었을 때, 관직에서 물러나 본가로 돌아온 박환이 그를 처소로 불렀다.

박환에게 불려가 꿈같은 말을 들었다. 무관을 열 계획을 세우고 있던 박환이 그에게 기마 사범 자리를 제안한 것이다.

옛 기억을 떠올리던 장승일은 피식 웃었다. 고작 무관의 기마 사범이란 자리 하나에 눈물까지 흘리며 감격했던 과거의 자신이 우스웠다.

무관의 사범 노릇을 일 년 남짓 했을까. 소위 잘나간다는 양반 자제들을 가르치면서 처음 사범이 됐을 때의 흥분은 사라졌다. 숨기고 있었지만 그 자신도 양반의 핏줄이 아니던가.

무예를 배우기에는 이미 늦어버린 나이. 비뚤어진 마음에 술을 마셨다. 도박이라는 놈이 꼬리처럼 따라붙었다. 돈도 따고 눈요기도 할 수 있는 투견 도박판이 있다기에 발을 들였다.

개 같은 놈들이 서로 죽이지 못해 안달하는 투견 경기는 눈이 돌아가도록 재미있었다. 대신 가진 돈을 잃었다. 빚낸 돈까지 몽땅 잃고 말았다.

그러나 사람이 죽으란 법은 없는 것인지, 그에게 은밀히 접근해 오는 자가 있었다.

장승일이 옛 기억을 더듬으며 손장난에 빠져 있을 때,

"웬 거지 새끼야! 썩 꺼지지 못하겠느냐!"

기방에 고용된 놈팡이의 성난 외침이 들려왔다.

빠득! 우당탕!

서너 차례 뒹굴고 깨지는 소리가 들리더니 곧 잠잠해졌다.

"쯧, 홍이 달아났구나."

장승일이 손장난을 그만두고 따라놓은 정종을 단숨에 털어 넣었다.

"아이, 서방님. 이미 처리한 모양인데 하던 것은 마저 하셔야지요."

기생이 갖은 교태를 부리며 장승일의 품으로 파고들었다. 그녀라고 마냥 좋기만 하겠는가마는, 한물간 그에게 장승일은 놓칠 수 없는 밥줄인 것이다. 이런 사정 저런 사정 다 아는 장승일은 못 이기는 척하며 끌어안았다.

순간 문간에 그림자가 어른거린다 싶더니 칼바람 소리가 연이어 들렸다.

쉭! 쉭! 쉭!

덜커덩!

기방 미닫이문이 조각조각 갈라져 허물어지듯 나뒹굴었다.

장승일은 한 사내가 피가 뚝뚝 떨어지는 칼을 들고 자신을 노려보고 있자 화들짝 놀랐다.

"장.승.일! 이 죽일 놈!"

장승일은 반사적으로 벌떡 일어났다. 그 서슬에 안겨 있던 기생은 비명을 지르며 한쪽으로 쓰러진다.

"웬 놈이냐!"

장승일은 한눈에 무한을 알아보지 못했다. 취기가 올라서가 아니었다. 하루 이틀 사이에 무한은 영 딴사람이 되어 있었던 것이다.

핏발 선 눈에 얼굴 곳곳에 피딱지가 붙어 있었다. 깔끔하던 의복은 여기저기 찢기고 피로 얼룩져 성한 곳이 없었다.

무한의 몰골에 놀란 퇴기가 비명을 지르며 뛰쳐나갔다.

"무생이라는 이름을 기억하겠지?"

음영 짙은 무한의 얼굴에 시퍼런 살기가 드리웠다. 장승일의 낯빛이 해쓱해진다.

"무생……!"

장승일의 눈이 출렁 흔들린다. 무생을 당연히 기억하고 있었다.

"다행히 기억하는 모양이구나."

장승일은 낯익은 목소리라 생각하며 인상을 찌푸렸다. 자세히 뜯어보다 화들짝 놀란다.

"네놈은 무한? 네놈이 어떻게?"

"어떻게 살아왔느냐는 말을 하고 싶은 것이냐?"

무한의 눈에서 금방이라도 피가 뚝뚝 떨어질 것만 같았다. 무한의 검술 실력을 익히 아는 장승일은 마른침을 꿀꺽 삼켰다.

"잠깐! 나는 너를 가르치는 사범이다. 내게 왜 이러는 것이
냐!"

"더러운 입 닥쳐라! 이미 모두 알고 왔다!"

아버지가 청학무관에 가라 했다. 자신이 일 년은 어떻게든
책임지마 하고 약속했다. 그러니 가면 들여보내 줄 것이라
고…….

무한은 그 겨울날 청학무관 정문 앞에 내팽개쳐지면서도
그 말을 철석같이 믿었다. 다른 누구도 아닌 아버지의 약속이
기에.

무관에서는 석 달이 넘도록 자신을 들여보내 주지 않았다.
그 먼 길을 동상 걸린 발로 오갈 때, 한때나마 아비를 원망한
적도 있었다. 하지만 이제는 알았다. 아버지는 청학무관의 누
군가에게 일 년치 관비를 지불했다는 걸.

아버지가 목숨을 걸고 마련한 관비를 받아먹고 입을 씻은
자가 바로 눈앞에 있다. 아버지를 꼬여 싸움에 끌어들이고 그
것도 모자라 소치와 붙어서 죽게 만든 자.

단칼에 베어 복수하고 싶었지만 알아내야 할 것이 있었다.

"도, 도무지 무슨 말을 하는 건지……."

무한이 살기를 주체하지 못하고 검을 치켜들었다.

"죽고 싶으냐!"

"그, 그건 오해다. 네 아버지를 그곳으로 끌어들인 것은 분

명 나지만 그가 원했기 때문에 그리한 것이다."

"아버지께서 목숨을 걸고 마련하신 관비다. 그것을 삼킨 것도 아버지를 위해서였더냐?"

"그, 그것도 오해다."

"죽일 놈! 대진을 조작해 아버지를 소치와 맞붙게 한 것은 어찌 변명하려느냐?"

"말도 안 되는 소리다!"

"닥쳐! 저자를 보고도 그런 말을 하는지 두고 보겠다! 들어와라!"

한 사내가 무한의 뒤에서 모습을 드러냈다. 장승일이 부르르 떨며 말했다.

"곰보, 이 죽일 놈!"

곰보가 고개를 빳빳이 쳐들었다. 그도 할 말이 많았던 것이다.

"나도 억울하오."

"뭐라!"

"애초에 감당할 수 없는 자를 내게 맡긴 것은 당신이었소."

장승일은 설설 기던 곰보가 눈을 똑바로 뜨고 대들자 분노했다.

"이놈이 뚫린 입이라고……."

곁에서 지켜보고 있던 무한이 칼등으로 장승일의 양어깨를 사정없이 내려쳤다.

퍽! 퍽!

"크윽!"

장승일은 어깨를 움켜쥐고 털썩 무릎을 꿇었다. 어깨뼈가 나갔는지 도무지 힘이 들어가지 않았다.

"자, 이제 말해보실까?"

장승일의 고통에 찌든 얼굴에 수만 가지 감정이 스쳐 지난다.

"말하면 살려주겠느냐?"

무한은 단호히 고개를 저었다.

"고통없이 죽여준다는 약속은 할 수 있다."

장승일의 눈에 체념의 빛이 어린다.

"처음 투견판의 일원이 된 나는 점주의 신임을 얻기까지 수년간 쓸 만한 투견을 물색하는 임무를 맡았다. 네 아비 무생은 그때 알게 되었다."

"아버지가 네 제안을 흔쾌히 수락했을 리가 없다."

장승일은 고개를 끄덕임으로 무한의 말에 긍정했다.

"맞다. 무생은 가진 힘과 덩치와는 달리 온순한 사람이었다. 좀처럼 투견이 되려 하지 않았지."

"어떻게 설득했지?"

"무생에게 아들이 있다는 것을 알게 되었다. 그리고 그 아들에 대한 기대가 터무니없이 크다는 것도. 청학무관 사범 자리를 이용해 아들을 입관시켜 주겠다고 속였다. 그를 속이는 건 아주 쉬운 일이었지."

무한은 간신히 분노를 씹어 삼키고 물었다.

"내 아버지 말고도 다른 자들의 대전료도 가로챘느냐?"

"그렇지 않다. 무생 말고는 그리한 적이 없다."

"무엇 때문에 내 아버지에게만 유독 가혹하게 굴었느냐?"

"그와의 약속을 지킬 수가 없었다. 너도 무관 생활을 했으니 알 것이다. 일개 사범의 힘으로는 양인을 관원으로 받을 수가 없다는 것을."

"단지 약속을 지킬 수 없어서 죽게 만들었다고?"

"나는 무생이 싫었다. 한 번도 보지 못한 그의 아들까지도 말이다."

무한은 자신과 선친에 대한 장승일의 증오가 어디에서 기인한 것인지 이해할 수 없었다.

"무엇 때문에……?"

"크크, 내 부친은 어땠는지 아느냐? 나와 내 어머니가 굶어서 얼굴에 부황이 떠도 신경 쓰지 않았다. 같잖은 양반 핏줄 하나 물려주고는 나 같은 것은 죽든지 말든지 상관도 하지 않았단 말이다. 하지만 무생은 달랐다. 큭, 자식인 너를 위해 목숨까지도 바칠 태세였다. 나는 그런 그가 싫었다. 한 번도 보지 못한 네놈까지 찢어 죽이고 싶도록 미웠다."

무한은 장승일의 배배 꼬인 인간성에 살의가 들끓었다.

"마지막으로 묻겠다. 네가 충성을 바치는 점주라는 자가 누구냐?"

"그는 나 같은 잔챙이가 아니다. 네가 알아도 어찌할 수 없
는 자란 얘기다."

"네가 내 걱정이나 하고 있을 처지가 아닐 텐데?"

"크크, 좋아. 그렇다면 말해주지. 그는 바로 청……."

무한과 곰보가 숨죽여 장승일의 입을 바라보고 있을 때였다.

쉬이익! 찌이익!

난데없이 화살 한 대가 바람을 가르며 방 안으로 들이닥쳤
다. 무한의 옆구리를 세차게 훑고 지나간 화살은 맞은편에 앉
아 있던 장승일의 이마에 정통으로 틀어박혔다.

푹!

"으윽……!"

"웬 놈이냐!"

무한이 버럭 소리치며 부리나케 뛰어나가자 담 위에 서 있
던 새까만 그림자가 당황한 몸짓으로 바깥쪽으로 훌쩍 뛰어
내리는 것이 보였다. 서둘러 대문 밖으로 나갔을 때 확인할
수 있는 건 멀어지는 말발굽 소리뿐이었다.

"으악!"

허탈감에 빠져 있는 무한을 깨운 것은 기방 쪽에서 들린 처
절한 비명 소리였다.

"이런 빌어먹을……."

쌍욕이 저절로 나온다. 서둘러 돌아간 그를 반긴 것은 몸통

과 머리가 분리된 곰보였다. 곰보는 부릅뜬 눈을 감을 사이도 없이 죽어 있었다. 둘러봐도 인기척이라고는 없다. 누군가가 곰보만 감쪽같이 죽이고 사라진 것이다.

문득 기이한 기분에 휩싸였다. 이 정도 규모의 기방이면 못해도 십수 명의 기녀들이 있을 것이고, 꽃을 찾아든 한량들도 그에 못지않게 있어야 옳다. 한데 너무도 잠잠했다.

흥분한 나머지 무심코 넘겼던 일들이 지금 생각하면 이상하기 짝이 없다.

기루에 들어 본 사람이라고는 처음 정문을 통과할 때 막아섰던 덩치 두 명과 장승일, 그리고 장승일과 한방에 있던 퇴기가 전부였다. 퇴기가 자신을 보고 비명을 지르며 뛰쳐나간 순간, 기방에 한바탕 소동이 났어야 했다.

설마 하는 심정으로 옆방 문을 벌컥 열어젖혔다.

"이럴 수가!"

벌거벗은 사내와 반쯤 벗은 기녀가 뒤엉켜 죽어 있었다. 끔찍했다. 둘 다 심장을 찔렸는지 피가 내를 이루고 있었다. 다른 방들도 사정은 마찬가지였다.

방은 총 여덟 칸이었다. 칸마다 적게는 두 명에서 많게는 다섯까지, 합쳐 스물 명이 처참히 죽어 있었다. 장승일과 곰보까지 총 스물두 구의 시체.

휘이잉~

여름으로 접어드는 계절이건만 을씨년스러운 바람이 등허

리를 스친다.

퇴기가 보이지 않는다는 걸 깨달은 무한은 얼굴이 하얗게 질렸다. 퇴기는 그의 얼굴을 보았다. 그녀가 누군가에게 매수되었든 아니든 자신을 범인으로 점찍을 것이 뻔했다.

"이건 함정이다!"

무한은 함정임을 깨닫자마자 자리를 떴다. 무한이 기루를 벗어난 직후, 수많은 포졸들이 기루로 들이닥쳤다. 그야말로 간발의 차이였다.

3

기루를 벗어난 무한은 곧장 청학무관으로 향했다. 발걸음을 재촉하던 무한이 문득 돌덩이처럼 굳어졌다. 사람 얼굴이 커다랗게 그려진 대자보가 벽 한가운데 떡하니 붙어 있었다.

어두워 얼굴은 식별할 수 없었지만, 불길한 예감에 걸음을 뗄 수가 없었다. 마침 먹구름에 가렸던 만월이 서서히 고개를 내밀었다.

역시나 대자보에 그려진 그림은 세수할 때 물에 비치던 자신의 얼굴과 흡사했다. 그림 밑에 글이 쓰여 있었다.

추정 나이:십육~십구세.

특기 사항:장검(長劍)을 소지하고 있으며 수족(手足)처럼 다룸.

죄목:위 사람은 오월 열닷새 술시(戌時) 무렵, 청명기루에 난입. 사대부 자제 십 인과 기녀 십 인 등 스물두 명을 소지한 장검으로 잔혹하게 칼로 찔러 살해한 혐의가 있음.

발견 즉시 관아로 신고하기 바람.

최초 신고하여 체포를 돕는 자에게는 열 냥을 지급하겠음.

헛웃음이 나왔다. 기루에서 저들의 죽음을 알아챈 것이 불과 반 시진 전이다. 바로 빠져나와 서둘러 나선 길인데 그의 걸음보다 빠르게 대자보가 붙어 있다니.

손으로 만져 보니 풀이 벌써 말라 있다. 적어도 한 시진 전에 붙인 것이었다. 자신이 시체를 확인하고 함정임을 깨닫고 있을 때, 대자보가 붙여지고 있었다는 소리다.

치가 떨린다.

자신과 청학무관을 음해하려는 자는 집요했다. 투견판에 설치했던 덫을 빠져나오자마자 기다렸다는 듯 또 다른 올가미를 만들어서 씌운 것이다. 투견판에서 죽은 자들은 적어도 죽어도 싼 자들이었다. 하지만 이번은 다르다.

"용서할 수 없다!"

대자보는 스무 걸음에 하나씩 붙어 있었다. 대체 얼마나 많은 대자보가 붙었는지 짐작도 되지 않았다.

무관으로 가는 건 위험하다. 돌아가는 상황으로 미루어 기다리고 있을 가능성이 컸다. 하지만 가야 한다. 반드시 관주

를 만나 저간의 사정과 짐작하고 있는 음모의 주모자에 대해
알려야 했다.

경계를 늦추지 않으며 조심스럽게 무관을 향해 나아갔다.
반 시진 만에 무관 앞에 도착했다. 무관은 더없이 조용했다.

'이건 위험해!'

직감이 돌아서라 말한다. 정문을 코앞에 두고 물러 나와 청
학무관이 내려다보이는 야트막한 구릉에 도착했다. 교교한
달빛에 감싸인 무관을 내려다보노라니 감정이 복받쳐 올랐
다. 왈칵 솟은 눈물을 불끈 쥔 주먹으로 닦아냈다.

청학무관은 그 둘레만 해도 수백 장에 이른다. 일반 대갓집
장원과는 면적에 있어서만큼은 차원이 달랐다. 수십 필의 말
을 기르고, 격구 경기장까지 갖춰야 했기 때문이다.

"놈의 세력이 크다 한들 저 넓은 곳을 전부 감시하고 있지
는 못할 터!"

달이 구름 뒤로 숨는다. 짙은 어둠이 내리깔리는 것을 틈타
청학무관의 담을 훌쩍 뛰어넘었다. 얼마쯤 전진했을까, 넙적
한 이파리를 드리운 벽오동나무 뒤에서 한 사내가 모습을 드
러냈다.

"늦었구나."

박영이었다.

"도련님, 저는……."

박영이 옆으로 비켜 길을 내어준다.

“어서 가라. 기다리고 계신다.”

늦은 시간임에도 관주의 방에는 불이 환히 밝혀져 있었다. 차마 들어가지 못하고 머뭇거리는데 박환이 인기척을 느꼈던 모양이다.

“무한이냐?”

“……”

“들어오너라.”

무한은 방에 들어서자마자 허물어지듯 절을 올렸다. 그 바람에 촛불이 꺼질 듯 요동친다. 스승의 온기가 몸에 닿자 눈물이 주체할 수 없이 쏟아졌다.

“흐음.”

박환은 엎드려 들썩이는 무한의 등을 보고 눈을 감으며 침음했다. 그의 마음은 금방이라도 꺼질 듯 춤추는 저 촛불보다 더욱 격동하고 있었다.

하인들이 쉬쉬하며 나누는 말을 들었다. 하인을 시켜 벽보까지 떼어와 눈앞에서 보고도 믿지 않았던 그다.

“진정 벽보에 붙은 자가 너였더란 말이냐.”

오열하는 제자를 보니 가슴이 칼로 저민 듯 아려온다.

누가 뭐래도 성정이 올곧은 아이다. 뭔가 사정이 있을 것이다.

“못난 모습을 보여 송구합니다.”

박환은 잘게 떨려 나오는 무한의 말에 고개를 저었다.

"나는 너를 믿는다. 어찌 된 일인지 말해보아라."

무한은 주막에 있었던 일부터 차근차근 풀어놓았다. 이야기하고 보니 하루 만에 벌어진 일이라고 믿기 어려울 정도로 많은 일이 있었고, 숱한 죽음을 보았다.

"장승일 그까지 연루되었단 말이냐?"

"투견장이 인주와 개성, 그리고 한양에 하나씩 있다고 했습니다. 그는 여기 인주 투견장의 총책임자였습니다."

"그런 일! 그래, 그가 점주라는 자에 대해 뭐라고 하더냐?"

박환은 장승일이 점주의 정체를 말하려던 순간 자객의 화살에 숨을 거뒀다는 말을 듣고 깊이 침음했다. 장승일이 남긴 마지막 말이 '청'이었다는 말에 아예 눈을 감아버렸다.

"결국 그였던가."

무한은 박환이 말하는 '그'가 자신이 생각했던 바로 '그'와 동일 인물임을 느꼈다. 그 말고는 이토록 자신과 청학무관을 음해할 자가 없는 것이다.

문밖에서 인기척이 느껴졌다. 엎드려 있던 무한이 바짝 긴장해서 일어섰다. 이마에 맺힌 땀방울이 크기를 더해갈 때 즈음,

"조부님, 소손입니다."

박영의 목소리다.

"잠시 기다려라."

박영의 목소리에 다급함이 깃든다.

"급한 일입니다."

"무슨 일이기에 그러는 것이냐?"

방에 들어선 박영이 급히 말했다.

"한성부(漢城府) 좌윤(左尹) 허정 대감이 나졸들을 이끌고 대문밖에 와 있습니다."

"뭐라? 지금 한성부라고 했느냐?"

"예, 좌윤 대감이 틀림없습니다. 저녁나절부터 무관을 포위하는 세력이 있어 관원들과 경계하고 있었는데, 아마도 그들이었던 것 같습니다."

박환의 얼굴이 더없이 굳어진다. 한성부는 성도인 한양의 치안을 책임지는 기관으로, 좌윤 허정은 한양의 외곽 경비 총책임자였다. 그런 그가 직접 한양에서 한참이나 벗어난 인주까지 왔다니.

"그래, 그가 뭐라더냐?"

"무관을 수색하겠답니다. 관원들이 막아서고 있기는 한데 얼마 버티지 못할 것 같습니다."

덫을 놓고 무한을 기다리다가 무한을 잡지 못하자 전략을 바꾼 모양이었다.

"영이는 먼저 나가 있어라. 곧 뒤따라가겠다."

박영이 방을 나가자 박환이 무한의 눈을 들여다보며 말했다.

"이제 떠나거라. 어차피 가려던 길이니 망설이지 말고."

말을 마친 박환이 돌아선다. 무한의 눈동자가 바르르 떨린다.

"저 때문에 무관에 우환이 깃들었는데 어찌 나 몰라라 떠나겠는지요. 차라리 제가 나가서 무고함을 밝히는 것이……."

"멍청한 소리!"

박환이 불같이 화낸다. 수년간 모셔온 무한으로서도 처음 보는 모습이었다.

"하지만……."

"군소리할 것 없느니! 이 일은 절대 너 때문에 벌어진 일이 아니다. 또한 이 정도는 내 힘으로 충분히 처리할 수 있다. 속히 떠나라! 어서!"

무한은 터지려는 오열을 가까스로 참으며 박환의 등에 대고 큰절을 올렸다.

"불민한 제자 무한, 스승님께 하해와 같은 은혜를 입었습니다."

너무도 부족하기에 차마 스승님이라 못하고 관주님이라 했었던 무한이다. 처음으로 입 밖에 낸 스승이라는 호칭에 돌아선 박환의 어깨가 눈에 띄게 떨려온다.

박환은 격동을 억누르며 말했다.

"나 또한 너와 같은 제자를 만나 더없이 기뻤느니……."

"반드시 돌아오겠습니다."

"오냐, 내 너를 기다리마."

박환이 끝내 돌아보지 않고 툇마루를 내려서 마당을 가로지른다.

　사라지는 스승의 뒷모습을 망연히 바라보고 있던 무한은
정신을 수습하고 방을 빠져나왔다. 들어왔던 길로 빠져나가
담을 넘으려는데 그를 붙잡는 나직한 목소리가 있었다.
　"그쪽은 안 된다."
　짙은 음영 속에서 모습을 드러낸 자는 박영이었다. 몇 개의
그림자가 더 나타난다. 윤일중과 이문후가 박영의 좌측에서,
이민한과 박운은 우측에서 모습을 드러냈다. 모두 오관지회
에 참석했던 관원들이다.
　"여긴 어떻게?"
　"쉿, 그쪽은 이미 나졸들이 깔렸다. 따라와라."
　무한을 비롯한 관원들은 박영을 따라 담을 멀찍이 끼고 돌
았다. 격구 경기장을 가로질러 무관 동편 가장자리에 위치한
작은 연못에 이르러서야 박영이 걸음을 멈췄다. 잠시 서 있었
을 뿐인데 모기가 득달같이 달려든다. 연못을 끼고 있어 모기
가 유난히 기승을 부린다.
　박영이 손바람으로 모기를 쫓으며 말했다.
　"여기다. 이 모기 덕분에 이곳을 지키던 자들이 도망치듯
물러갔다. 지금으로서는 이곳이 가장 안전하다."
　다리가 불편한 무한이 박영의 도움을 받아 담을 넘었다. 이
어 윤일중과 이민한 등도 줄지어 담을 넘었다.
　"도련님들은 이제 그만 돌아가시는 것이……."
　그때였다.

휘이익!

가까운 곳에서 울린 휘파람 소리가 야조(夜鳥)처럼 밤하늘을 가른다. 멀지 않은 곳에 있던 나졸들이 휘파람 소리를 듣고 부리나케 몰려든다.

상황이 급박하게 돌아간다.

"다음에 보자."

이민한과 윤일중이 무한의 어깨를 두드린다. 짤막하게 인사를 한 그들은 서로 반대 방향으로 달리며 소리쳤다.

"이쪽이다!"

"이쪽이다!"

각기 다른 방향에서 서로 이쪽이라고 고래고래 소리치니 추적하던 자들이 혼선을 빚는다. 이번에는 처음 휘파람을 불었던 자가 당황해서 소리친다.

"아니다! 이쪽이다!"

그 소리에 오히려 나졸들의 포위망이 분산된다. 제자리에서 추이를 지켜보고 있던 박영이 무한을 잡아끌었다.

"지금이다."

무한은 관원들에 대한 감사한 마음을 가슴에 새기며 박영을 따라나섰다.

추격은 집요했다. 소치와의 싸움에서 허벅지를 상한 것이 화근이었다. 무한의 걸음이 시간이 갈수록 더뎌진다. 그 때문에 추적을 완전히 뿌리칠 수 있는 기회를 놓쳤다. 중간에 이

문후가 한 번 막아섰고, 다시 얼마 후에는 박운이 나졸들을
유인해 다른 방향으로 달렸다.

그런 노력에도 불구하고 다섯 명의 나졸이 마지막까지 따
라붙었다. 이들이 악착같은 데는 그만한 이유가 있었다. 무한
의 목에 백 냥에 달하는 금액에 걸려 있었던 것이다.

추격자들이 기척이 가까워지자 박영이 무한의 등을 떠밀
었다.

"가라!"

무한을 등진 박영이 검을 뽑아 들었다.

"감사합니다."

"뭐가 감사하다는 건지 모르겠다만, 그 말이 진심이라면
그 아이에게나 잘해주어라."

무한이 흠칫 굳어졌다.

"아, 알고 계셨습니까?"

박영이 고개를 저었다.

"아니, 나는 모른다. 앞으로도 모를 것이고."

무한은 박영의 마음을 이해했다. 박영에게 무한과 연향과
의 관계는 어쩔 수 없는 일이면서도 절대로 용납할 수 없는
일인 것이다.

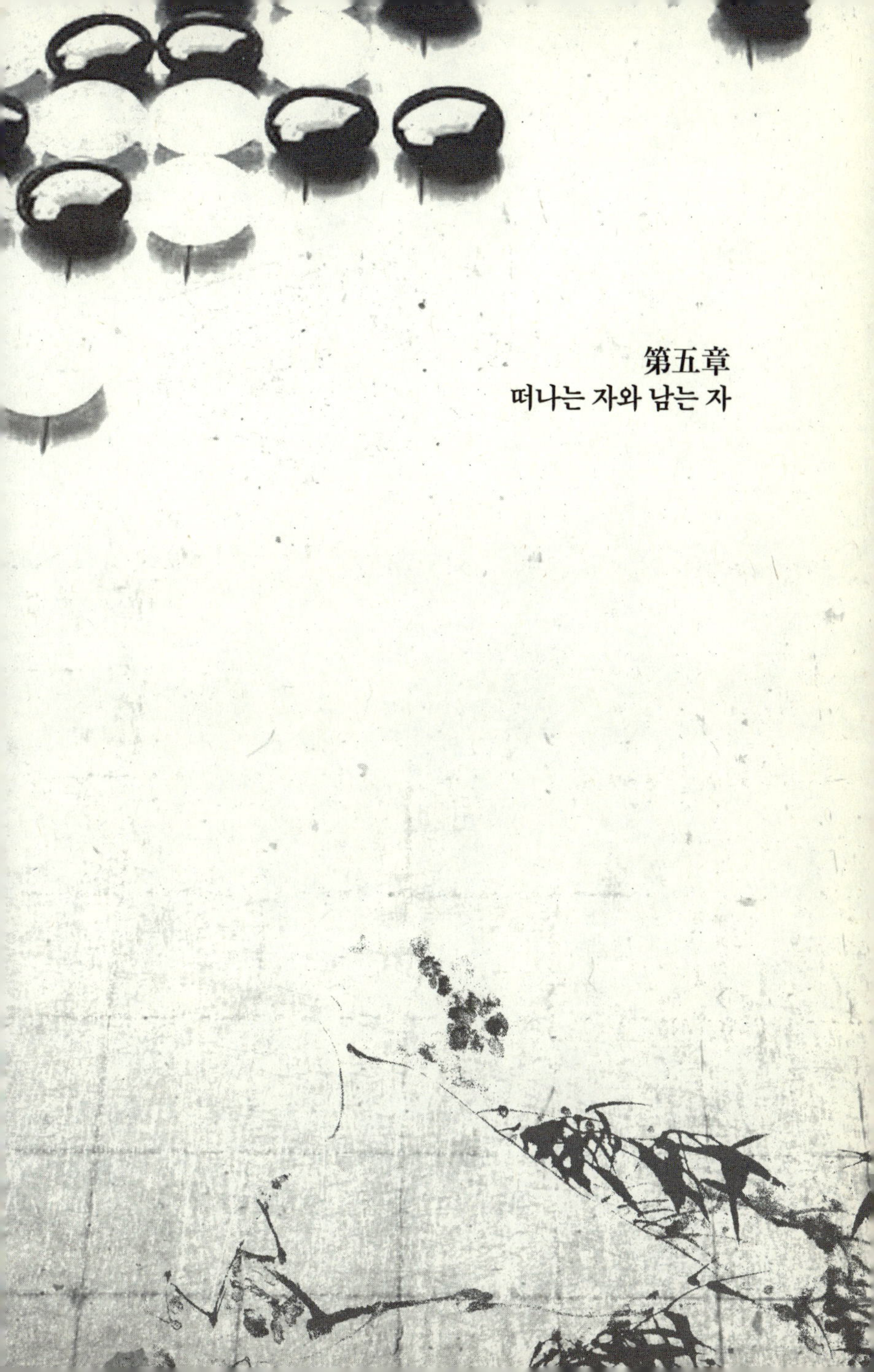

第五章
떠나는 자와 남는 자

떠나는 자와 남는 자 1

자시(子時) 초, 연향과의 약속 장소에 도착했다. 무한을 발견한 연향이 느티나무 그늘에 숨어 있다가 말을 끌고 걸어나왔다.

"못 오는 줄 알았어."

그 한마디 말에 모든 근심과 안도감이 고루 녹아 있었다.

"관주님을 뵙고 오느라 늦었습니다."

"벽보를 봤어. 대체 어떻게 된 거야?"

"무척이나 긴 이야깁니다. 가면서 말씀드리겠습니다."

연향에게서 고삐를 받아 쥔 무한은 말에 훌쩍 올라타 연향을 향해 팔을 뻗쳤다. 연향은 손을 맞잡는 대신 뒤로 물러서며 고개를 저었다.

"무한, 나는 가지 않아."

무한은 분명 잘못 들은 것이라 생각했다. 하지만 연향의 입에서 나온 다음 말이 잘못 들은 것이 아님을 알게 해주었다.

"나는 내 가족들을 두고 갈 수 없을 것 같아. 그리고 차가운 세상으로 나가기가 두려워."

무한은 한동안 아무런 말도 할 수가 없었다. 연향의 가녀린 손을 붙들 수가 없었다.

아무것도 가진 것이 없었고, 미래는 불확실하기만 했다. 설상가상 쫓기는 신세까지 되었으니 더 무슨 말을 하랴.

모든 상황이 한없이 움츠러들게 만들었다. 무한은 거두어들였던 손을 다시 내밀었다.

"무관 근처까지 모셔다 드리겠습니다."

결국 무한은 같이 가자는 말 대신에 이같이 말해 버렸다. 연향의 눈에 언뜻 한가닥의 원망과 한줄기의 아픔이 스친다. 그녀는 이번에도 고개를 저었다.

"아니, 그럴 필요없으니 그냥 가."

"하지만……."

연향이 어둠 저편을 바라본다. 한 사내가 뒤돌아 서 있었다.

"위 오라버니야."

무한은 내밀었던 손을 멋쩍게 거두어들였다.

"그럼 가보겠습니다."

무한이 말머리를 돌려 멀어진다.

"무한!"

"……?"

연향을 향해 돌아선 무한의 얼굴은 어떤 기대로 가득했다.

"아프지 마. 건강해야 해."

"아씨도 다시 뵐 때까지 부디 아프지 마십시오."

연향은 무한이 떠나고도 한참이 지나도록 못 박힌 듯 서 있었다. 넋을 잃고 서 있는 연향의 곁으로 박위가 조용히 다가왔다.

"후회하느냐?"

연향이 촉촉이 젖은 음성으로 대답했다.

"예, 후회해요."

"그리 후회할 거면 왜 따라나서지 않은 것이냐?"

"들으셨잖아요. 가족을 두고 떠날 수 없었다고."

"정말 그 때문이냐?"

"근래 주변에서 좋지 않은 일이 일어나고 있음을 알고 있어요."

박위가 끄덕였다.

"어쩌면 생각했던 것보다도 더욱 큰일일 수도 있을 것이다. 하지만 그것은 네가 해결할 수 있는 것이 아니다. 말해봐라, 그를 따라가지 않은 진짜 이유를."

연향이 억지미소를 지었다.

"나는 겁이 났던 거예요. 그에게 방해가 될까 봐……."

"왜 그런 생각을 한 거냐?"

"할아버지께서 그러셨어요. 그를 보내는 것은 당신께서 그의 그릇을 채울 수 없기 때문이라고. 만약 내가 그의 곁에 있으면 그는 자신의 그릇을 채우지 못할 거예요. 자신을 위해서가 아니라 나를 위해 살게 될 테니까. 그는 그런 사람이니까요. 저는 그렇게 될까 봐 두려운 거예요."

박위는 무한을 향한 연향의 절절한 마음을 느낄 수 있었다.

"애써 울음을 참을 필요는 없다."

박위가 아픈 눈으로 어깨를 가만히 두드린다. 애써 눈물을 참아오던 연향은 오라비의 품에 안겨 오열했다.

"나 잘한 거죠? 그렇지요?"

박위가 동생의 등을 토닥이며 말했다.

"그래, 잘했다. 이것이 바둑이라면 넌 최선의 수를 둔 것이다. 조부님께서 말씀하셨던, 버림으로써 얻는 최선의 수를……."

2

쉬지 않고 달려 묘향산 자락에 닿았다. 강원 땅에 닿자마자 수소문한 끝에 간신히 무학의 행적을 알아내 찾아온 길이었다. 산 끝자락부터 이 잡듯 착실히 더듬어 나갔다.

세상에 다시없을 풍광이 눈앞에 펼쳐졌지만 무한의 눈에
는 아무것도 들어오지 않았다. 쉽지 않을 거라고 생각은 했
다. 하지만 막상 부딪쳐 보니 첩첩산중에서 사람을 찾는 것은
쉽지 않은 정도가 아니라 거의 무모한 행동이었다.

영산(靈山)이라는 수식어가 따라다니는 산답게 굽이굽이마
다 암자들이 있었고, 기거하는 스님만 해도 수백이 넘었다.
수십, 수백 개의 크고 작은 암자들을 찾아다니며 무학의 행적
을 추적했다.

하루 이틀, 그렇게 열흘이 넘게 흘렀건만 말짱 헛수고였다.

운 좋은 날은 암자에서 숙식을 해결할 수 있었다. 하지만
그런 날은 그야말로 어쩌다 한 번 있는 일. 대부분은 산중에
서 날이 저물어 나무에 올라가 밤을 지새웠다.

눈을 뜨자마자 산을 몇 번이나 오르락내리락했다. 장기간
의 피로가 쌓여 힘들고 고단했다. 하지만 쉴 수가 없었다.

바람과 같고 유수와 같은 분이라 했다. 정말 그분의 발길이
이곳에 닿았다면 서둘러야 했다. 언제 또 이곳을 떠날지 알
수 없었다.

마음이 조급해졌다. 이곳에서 만나지 못한다면 언제 어디
서 찾는단 말인가. 마음은 다급한데 무학의 그림자도 보이지
않았다.

그를 스승으로 모시는 것은 나중 문제다.

"대사님을 모시고 무관으로 돌아가야 해!"

관주는 홀로 처리할 수 있다고 했지만 결코 쉽지 않을 것이다. 그자가 무슨 수를 쓸지 알 수 없는 이때, 무학 대사가 나서준다면 큰 힘이 될 터이다.

새벽부터 나선 걸음인데 오늘도 정오가 넘도록 허탕이다. 장시간 산행에 피곤이 몰려온다. 거기다 옷까지 땀으로 후줄근해져 몸까지 천근만근이다.

때마침 가지를 멋들어지게 드리운 노송(老松)이 보였다. 족히 수백 년은 살았음 직한 소나무는 그대로 한 폭의 그림이다. 노송이 순간 할아버지의 품처럼 편하게 느껴진다. 잠시만 쉬어 가자고 다짐하며 소나무 둥치에 기대앉았다.

눈꺼풀이 세상 그 무엇보다 무겁게 내리누른다. 깜빡 잠이 들었나 보다.

부우! 부우!

소름 돋는 부엉이 울음소리에 퍼뜩 깨어보니 벌써 날이 어둑어둑하다.

"휴, 또 나무 위에서 하룻밤을 보내야겠구나."

산 곳곳에 곰이며 늑대의 배설물이 널려 있는 것을 본 터다. 불편해도 잠은 나무 위에서 해결해야만 했다. 노송을 쓰다듬으며 말했다.

"신세 좀 지겠습니다. 그럼 허락한 줄 알겠습니다."

멋대로 허락을 구하고는 다람쥐같이 나무를 탔다.

최대한 편한 자세를 잡고 앉았는데 멀리 불빛이 보였다. 창호지를 뚫고 새어 나오는 유등이나 촛불 따위의 은은한 빛이 아니라 밖에 피운 화톳불이었다. 거리를 가늠해 보니 얼추 오 리쯤은 돼 보였다.

밤인데다 산임을 감안하면 꽤나 먼 거리였다. 포기하려는데,

꼬르륵—

그러고 보니 종일 아무것도 먹지 못했다. 잊고 있던 갈증도 고개를 쳐든다.

"가보자."

노송에서 내려와 등에 멘 검을 손에 들었다. 검을 들고 있으니 용기가 샘솟는다. 호랑이라면 모를까, 늑대란 놈을 만나면 두드려 패기에는 부족함이 없을 것 같았다.

다가갈수록 구수한 향이 코를 찌른다. 의심할 나위 없이 고기 익는 냄새다. 그런데 희한한 노릇이다. 막상 밤길을 더듬어 찾아왔는데 불빛이 보이지 않는다.

나무 위로 올라가 살펴보면 찾기 쉬울 텐데 개똥도 약에 쓰려면 없다고, 주변이 온통 바위 지대라 군데군데 잡풀만 있을 뿐 올라갈 만한 나무가 없었다. 주위를 뱅뱅 돌고 있을 때였다.

"꼭 뭐 마려운 강아지 새끼 같군. 마려우면 시원하게 싸 제치게나. 참으면 병 된다네."

무한은 가까이서 들려온 말소리에 깜짝 놀라 두리번거렸다.

"여길세."

"……?"

"바위 위란 말이야."

고개를 들어보니 사 장쯤 떨어진 높다란 바위 위에 사람 하나가 서 있었다. 덩치가 크고 얼굴이 험상궂게 생긴 삼십대 중반의 사내였는데, 파르라니 깎은 머리가 달빛을 받아 반짝이고 있었다.

외모는 산적 같았지만 빛바랜 회색 승복도 꽤나 잘 어울리는 중이었다.

"안녕하십니까?"

"나야 늘 안녕하지. 그럼, 안녕하고말고."

"저, 실례가 되지 않는다면……."

꼬르륵.

차마 말을 못하고 있는데 배에서 천둥치는 소리가 들린다.

"하하, 젊은 친구가 소심하군. 올라오게나. 그렇지 않아도 고기가 넉넉한 참일세."

중이 급히 손짓하며 재촉했다. 무한은 바위 높이를 가늠했다. 높이가 적게 잡아도 일 장은 넘어 보인다. 단번에 넘을 높이는 아니다. 뭘 잡고 올라가야겠는데 표면이 너무 매끈해서 도무지 잡고 올라갈 만한 곳이 없었다. 그렇다고 딛고 설 만한 것도 없다.

"뭐 하나? 어서 올라오라니까."

기이한 일이다. 평지 걷듯 아무렇게나 오를 수 있는 데가
아니다. 그런데 중은 어떻게 올라간 건지, 옆방 사람에게 건
넌방으로 오라는 것처럼 쉽게 말한다. 그 말이 하도 자연스러
워서 그냥 펄쩍 뛰면 오를 수 있는 것이 아닐까 하는 생각이
들 정도였다.

물론 턱도 없는 소리였다.

"뭔가? 배가 덜 고픈가?"

사내의 음성에 짜증이 섞인다. 너무 높아 오르지 못하겠다
고 하려니 자존심이 허락지 않는다.

'저 사람이 했다면 나라고 못할 게 없지.'

"아닙니다. 전 한 번 뱉은 말을 주워 담는 사람이 아닙니
다."

"호오, 그래? 그럼 어서 올라오게. 멧돼지란 놈이 빨리 먹
히고 싶어 안달하고 있다네. 조금만 늦으면 새까맣게 탈지도
몰라."

무한은 거리를 가늠하며 슬슬 뒤로 물러섰다. 눈대중으로
헤아려 보니 거리가 육 장 하고도 두 자 정도 되어 보인다. 도
약 거리로는 충분했다.

무한이 별안간 쏘아지듯 튀어나갔다. 순간 중의 눈길이 예
리하게 빛난다.

바위가 코앞에 다가왔다.

"차하!"

땅을 짓이기듯 박찼다. 몸이 솟구침과 동시에 바위가 부딪칠 듯 다가들었다. 이를 악물고 발끝으로 바위를 찍어 차올렸다. 신이 닳고 닳아 맨발과 다름없어 발가락 끝이 얼얼하다. 하지만 그 덕에 앞으로 내달렸던 힘이 위로 향했다.

턱!

간신히 한 팔을 바위 위에 올려놓았다. 반은 성공인 셈이다. 한 팔로 대롱대롱 매달려 숨을 골랐다.

"도와줄까?"

"흐흠, 아닙니다."

탁한 숨을 내쉬고 신선한 공기를 폐부 가득 들이켰다. 긴장이 썰물처럼 빠져나가며 근육에 힘이 들어갔다. 손아귀에 힘을 가해 딱딱한 바위를 단단히 틀어쥐고 몸을 끌어올렸다.

중이 바위 위로 불쑥 올라오는 무한을 보며 애매한 표정을 짓는다.

무한은 바위를 당당히 딛고 서서 허리를 폈다. 마침 달도 밝다. 명월이 만공산한 묘향산은 그야말로 별천지가 따로 없었다. 지난 며칠간 산을 샅샅이 훑으면서도 느끼지 못했던 산세의 수려함이 신비하게 다가들었다.

꼬르륵!

금강산도 식후경이랬다.

자리에 앉자마자 중이 멧돼지 넓적다리 살을 뭉텅 베어 건네준다. 한입 베어 무니 그 맛이 꿀맛 저리 가라다.

"몸이 상당히 날래던데?"

입 안에 고기가 가득이라 말은 못하고 크게 끄덕였다.

"나는 만평이라는 중일세."

중이 자신을 만평이라 소개하며 기름기 묻은 손을 불쑥 내밀어 악수를 청한다. 중이면 응당 합장으로 인사를 하는 것이 상례인데, 악수를 청하니 오히려 무한이 당황스럽다.

"왜, 기름이 묻어서 더러운가?"

고기를 대충 씹어 꿀꺽 삼키고 대답했다.

"아닙니다. 그럴 리가요."

역시 기름기 흥건한 손으로 맞잡았다.

"무한입니다."

"한(恨)이 없다? 좋아. 아주 좋은 이름이야. 한없는 세상, 그보다 좋은 삶이 없겠지."

고기를 뜯던 무한은 문득 만평의 곁에 놓인 대궁(大弓)을 발견했다. 한눈에 보기에도 보통 힘이 아니면 당기기도 힘들 정도의 강궁이었다.

"저걸로 사냥을 하신 겁니까?"

무한이 자신의 활에 관심을 보이자 만평이 피식 웃으며 말했다.

"이거? 하하, 이놈으로 돼지를 잡지 않았겠나? 종일 솔방울이나 상대하려니 홍이 나야 말이지.”

통째로 불 위에 올려진 돼지를 유심히 살폈다. 그러고 보니 한쪽 눈이 없다. 눈을 겨냥해 사냥을 하다니, 궁술의 조예가 결코 평범치 않음을 짐작할 수 있었다.

무한이 중의 정체에 대해 고심하고 있을 때, 부스럭 하고 아래쪽에서 인기척이 일었다. 동시에 만평의 얼굴에 미소가 지어진다.

“하하, 진드기 같은 사제(師弟) 놈들이 냄새를 맡고 온 모양일세.”

그때 배가 불쑥 나온 뱁새눈의 삼십대 중이 바위 위로 모습을 드러냈다. 중은 다 익은 돼지를 보더니 입이 양쪽으로 한없이 벌어진다.

“으하하! 멧돼지 고기다!”

후다닥 달려들어 뜨겁지도 않은지 뒷다리를 쭉 찢어 게걸스럽게 뜯어댄다. 씹는 둥 마는 둥 숫제 꿀꺽꿀꺽 삼킨다.

“중평, 다른 사제들은 안 오는 거냐?”

중평이라 불린 배불뚝이 중이 말할 시간도 아까운지 우적우적 고기를 뜯으며 자신이 올라온 곳을 손으로 가리켰다. 그때 바위 위로 크고 작은 세 명이 동시에 모습을 드러냈다.

키가 작달막하고 몸이 다부진 이십대 중반의 중이 고함치며 달려든다.

“헉! 고기다!”

비슷한 나이로 보이는 깡마르고 키가 훌쩍 큰 중도 늦을세
라 가세했다.

잠깐 사이에 큼지막한 돼지 한 마리가 뼈만 남기고 지상에
서 자취를 감췄다. 중평도 중평이지만 다들 믿어지지 않는 식
성의 소유자들이었다.

만평이 배를 두드리며 말했다.

"꺼억, 나무아미타불."

"크크, 사형, 여기서 왜 나무아미타불이 나옵니까?"

만평이 키 작은 중을 타박했다.

"오평, 이 미련한 중생아. 이 사형께서는 돼지의 극락왕생
을 빌어준 것이다."

오평이 인상을 찡그리며 말했다.

"엥? 잡아먹을 때는 언제고 이제 와 극락왕생 타령입니
까?"

"허허, 네가 깊은 뜻을 네 어찌 알겠느냐. 저 돼지는 죽어
지옥 불에 들어갈 팔자였으나 내가 잡아먹어줌으로써 살아생
전 크게 보시를 하게 된 것이다."

이번에는 키 큰 중이 고개를 설레설레 저으며 말했다.

"설마 그 덕분에 돼지가 극락정토라도 밟았단 말입니까?"

"오호! 청평이 네가 이제야 뭘 좀 깨달아가는구나."

사형제들끼리 농담을 주고받는 동안, 무한은 어려운 문제
에 부딪친 표정을 하고 있었다. 무한의 궁금증은 다른 것이

아니라, 이들이 일 장이나 되는 바위 위로 어떻게 올라왔느냐 하는 것이었다. 자신처럼 멀리서부터 달려와 뛰었다면 요란한 소리가 났을 텐데 그런 기척이 없었던 것으로 미루어 바위에 단번에 올라선 것이 분명했다.

'결코 범상한 중들이 아니구나.'

무한이 중들에 대해 이런 결론을 내리고 있을 때, 넓적다리를 마저 뜯고 이를 쑤시던 중평이 그제야 뭔가 골똘한 생각에 잠겨 있는 무한을 발견하고 묻는다.

"어? 그런데 시주는 누군가?"

"저는……."

무한이 뭐라고 하기도 전에 만평이 먼저 껄껄 웃으며 말한다.

"누구긴 누구냐, 돼지 극락왕생 도우려고 온 시주시지."

"쩝, 그놈의 극락왕생 타령 좀 그만 하시면 안 됩니까?"

중평의 타박에 만평이 벌어진 가슴을 벅벅 긁으며 딴청이다.

"거참, 보름달이 오늘따라 유난히 밝구나."

유야무야 중들의 관심이 무한에게서 멀어진다.

"하하, 그렇지요? 자고로 이런 날은 기방에서 풍류를 즐겨야 하는데 말입니다."

오평이란 작달막한 중이 거리낌없이 너스레를 떤다. 곁에 있던 청평이 방정맞게 웃으며 오평의 옆구리를 쿡쿡 찌른다.

"히히, 오평 사형. 그새를 못 참고 매향이 년 생각이 나쇼?"

"매향이 년이 생각나는 게 아니라 그년 펑퍼짐한 궁둥짝이 생각나는 게지."

중들은 질펀한 대화를 나누며 낄낄댄다.

아무리 생각해도 이상하다. 처음부터 느꼈던 것이지만 이들의 말투와 행동은 중과는 거리가 멀다. 중은커녕 영락없이 건달패다. 그렇다고 악의도 느껴지지 않으니 알 수 없는 노릇이다.

"하하, 그놈들도 참. 태어나 단 한 번도 계집 맛을 못 본 것들이 휘영청 밝은 달을 보고도 고작 계집 타령이냐?"

무한은 만평의 말에 쓴웃음을 지었다. 이들은 말만 그럴듯했지 사실은 여인의 속살도 본 적이 없는 순진한 사람들이었던 것이다.

오평이 입을 삐죽 내밀며 말했다.

"그럼 그냥 산사(山寺)로 돌아가 불경이나 읊을까요?"

"가려거든 너나 가거라. 지금 들어가면 귀신같은 사부께서 고기 냄새를 놓치실 리가 없지. 틀림없이 살생을 했다고 경을 치실 것이다."

곁에 있던 중평이 부르르 떤다.

"난 삼 일 면벽은 죽기보다 싫어."

나머지 중들도 목뼈가 부러져라 끄덕인다. 만평이 말했다.

"할 수 없이 여기서 자야 하는데 말이야, 이곳은 산중이라

이슬을 피할 수가 없지 않느냐?"

"그래서요?"

"이놈들아, 그러니까 집을 한번 지어보자는 것이다."

무한은 만평의 뜬금없는 집 타령에 어리둥절했다. 그런데 만평의 사제들은 박수까지 치며 좋아한다.

"햐! 월광을 받으며 짓는 집이라……! 거, 운치 죽여주겠는데요?"

"크크, 소제가 얼른 집 지을 반석을 대령하겠습니다."

중평이 저만큼 가더니 큼지막한 뭔가를 가지고 온다.

무한은 그 모습을 보고 피식 웃는다. 그러다 입가에 웃음이 떠오른 순간 딱딱하게 굳어졌다. 그야말로 울지도 웃지도 못하는 표정이었다.

중평의 손에 들린 것은 바둑판이었다. 집을 짓는다 어쩐다 하더니, 결국 바둑을 두자는 소리였던 것이다. 그러니 무한이 실소를 머금은 것이다. 한데, 미소가 굳어진 이유는 중평이 들고 있는 반상의 재질 때문이었다.

나무가 아니라 가로세로 두 자, 두께는 한 자 하고도 다섯 치는 돼 보이는 화강암이었다. 눈대중으로 얼추 이백 근은 넘게 나갈 것 같았다.

이백 근. 들자면 무한도 들지 못할 것도 없었다. 하지만 절대 중평처럼 아무렇지도 않게 들어서 태연히 걸어올 수는 없으리라.

무한이 경악에 찬 사이, 어둠이 짙게 내리깔린 산중에 때 아닌 진풍경이 벌어졌다.

월광이 온 산을 가득 채우는 가운데 벌어진 바둑판. 바둑을 모르는 자가 보면 미친 짓이라 할 만한 광경이었지만, 기객들에게는 이보다 더한 정취가 없었다.

먼저 만평과 중평이 바둑판을 사이에 두고 마주 앉았다. 주위에 오평과 청평 등이 주위로 빙 둘러앉았다.

무한은 홀로 떨어져 앉아 이따금씩 꺼져 가는 불을 살려냈다.

바둑을 두는 내내 한숨을 쉬어대던 중평이 결국 자리를 털고 일어난다.

"휴, 대사형의 기력은 날이 갈수록 늘어만 가는군."

무한이 문득 고개를 들었다. 중평의 안색은 악전고투를 치른 패잔병의 그것이다. 그런 중평이 애잔하지도 않는지 오평이 히죽히죽 웃으며 핀잔을 준다.

"둘째 사형, 이제 두 점 바둑으로도 겨우 백여 수 남짓밖에 못 버팁니까?"

"그렇게 우습게 보이면 네 녀석이 해봐!"

중평의 음성이 한겨울 문풍지처럼 파르르 떨린다. 아무래도 맥없는 패배에 단단히 속이 상했던 모양이다.

"화만 내지 말고 이리 와서 훈수나 좀 해주시오."

오평이 느물느물한 말투에 중평이 마지못한 듯 다가간다.

가만 보니 오평도 별반 힘을 쓰지 못하는 모양이다. 바둑을 시작한 지 얼마나 지났다고 얼굴이 땀에 젖어들고 있다.

금방 얼굴빛이 시커멓게 변한다. 아니나 다를까, 잠시 후 자신만만하던 기세는 어디 갔는지 한숨을 폭폭 내쉬며 일어 났다.

중평이 기다렸다는 듯 오평을 실컷 비웃어준다.

"하하하! 큰소리치더니 네놈도 별수 없구나. 통쾌하구나, 통쾌해!"

오평은 전에 한 말이 있는지라 화도 못 내고 반질반질한 머 리빡만 벅벅 긁어댄다.

"쩝, 이래서야 어디 대사형께 바둑 두자고 말이나 붙여보 겠소?"

중평이 웃음을 뚝 그치고 동조한다.

"그러게 말이다. 사형께서 처음 바둑돌을 쥐실 때만 해도 어디 이리 될 줄 알았더냐."

잠자코 있던 만평이 한마디 한다.

"대붕일비장천구만리(大鵬一飛長天九萬里)라……. 내 어찌 너희들과 같을꼬?"

봉황은 날지 않으면 모를까, 모름지기 한번 나래를 펴면 한 번의 날갯짓으로 족히 구만 리를 간다는 뜻이다.

대체 만평이란 중은 어느 정도 기력이기에 스스로를 대붕 에 견준단 말인가. 이쯤 되자 궁금증이 모락모락 피어오른다.

방금 전까지 낭패한 기색이던 중평이 실실 웃으며 말했다.

"하하, 사형. 대붕일비 찾으며 승리감에 젖어 계시기에는 때가 이를 텐데요?"

"왜, 한 판 더 두려느냐?"

"하하, 그러고 싶지만 이번에는 소제가 아닙니다."

중평이 고개를 가로젓고는 청평의 곁에 쪼그리고 앉아 있던 덩치가 작은 중에게 손짓한다.

"이보게, 자네가 우리 사형을 상대해 드려야겠네."

중평의 부름에 얼굴이 동글동글한 이십대 초반의 중이 쭈뼛대며 일어선다. 사람들의 시선이 자신에게 몰리자 무척이나 부담스러운지 벌써 얼굴이 상기된다.

얼굴이 불그죽죽한 것이 척 봐도 숫기가 없어 보인다. 그래서 그런지 지금까지 존재감조차 없었던 사람이다.

"어? 이분은 또 뉘신가?"

"인사가 늦었습니다. 소승은 하운(河雲)이라 합니다."

중이 말을 더듬으며 자신을 하운이라 소개한다.

"아, 난 만평이오."

만평이 일단 인사를 받고 나서 중평을 바라보며 묻는다.

"그런데 어찌 오신 분이냐?"

"하하, 사형. 아마 하운이 이 친구의 속세명을 알면 깜짝 놀랄걸요."

"꽤나 유명하신 분이었던가 보지?"

“유명하다뿐입니까? 이 친구 속세명이 바로 전립입니다.”

부지깽이로 화톳불을 쑤서대던 무한이 고개를 번쩍 들었다. 전립! 분명 전립이라 했다.

만평이 고개를 갸웃한다.

“전립, 전립이라……. 어째 이름이 귀에 익은데? 어디서 들어봤더라?”

중평이 껄껄 웃으며 말했다.

“하하하, 사형, 혹시 바둑 귀신이라고 못 들어보셨습니까?”

“아! 백전불패(百戰不敗)! 설마 그 바둑 귀신이……?”

“그 귀신이 바로 사형 앞에 있습니다.”

순간 만평의 눈이 휘둥그레진다.

“아! 자네가 정말 무학 사백님께 사사한 그 전립이란 말인가?”

“하운입니다. 이제는 바둑의 도와 함께 불법(佛法)을 좇기로 했지요.”

하운이 짧게 대답하자 숫기없는 그를 대신해 중평이 침을 튀기며 하운의 자랑을 늘어놓는다.

“하하, 이 친구로 말할 것 같으면, 전라도와 경상도를 삽시간에 평정하고 내로라하는 양반 고수들에게 숱한 패배를 안겨준 백전불패 전립이올시다.”

“이놈! 왜 그것을 이제야 얘기하는 것이냐!”

만평이 중평을 가볍게 나무라고는 하운의 손을 잡고 껄껄 웃는다. 어지간히 기쁜 모양이었다.

3

무한 또한 기쁨을 감추지 못했다. 전립이 여기 있으니 그의
스승인 무학 또한 멀지 않은 곳에 있을 터. 이들 사형제들이
하는 말을 들어보니 무학을 가리켜 사백이라 칭하지 않는가.
이들의 사부와 무학이 동문이란 말이었다.

마음을 느긋하게 품고 전립이라는 희대의 고수를 관찰했
다. 홍안의 소년마냥 동글동글하고 불그스레한 얼굴, 수줍어
하는 태도. 어디를 봐도 바둑의 명인(名人)답지가 않다.

"하하, 사형이 여기서 돼지를 잡아서 굽는 동안 낮에 무학
사백께서 저 친구를 데리고 오셨습니다."

"저런, 그랬구나. 아, 그런데 전립 이 사람이……."

"대사형도 참, 이 사람이 뭡니까. 사백의 제자이니 우리에
게도 사제가 되는 거지요."

"그러고 보니 그렇구나. 그건 그렇고, 전립 사제는 출가를
하지 않았다고 들었는데 어찌 머리를 깎게 되었지?"

하운이 머리를 긁적이며 대답했다.

"불가와 연이 없어 안 된다고 하시는 것을 소제가 조르고
졸라 얼마 전에야 겨우 머리를 깎게 된 것입니다."

"하하, 그게 또 그리된 거였구먼. 중이 뭐 좋다고 그 나이

에 머리를 깎지 못해 안달을 했나. 어쨌든 반가우이."

무한이 전립을 관찰하고 있는 동안, 어느새 인사가 끝나고 본격적으로 만평과 하운의 대국이 시작되었다. 벌써 몇 수가 오고 갔다.

전까지 시큰둥했던 무한도 이번만은 달랐다. 전립, 이제는 불문에 귀의한 하운의 바둑이 궁금해서 견딜 수가 없다.

슬그머니 일어나 관전하던 오평 옆에 껴 앉았다. 오평은 무한이 자기 옆에 온 줄도 모른다. 그만큼 바둑에 정신없이 빠져 있었다. 고개를 내밀어 바둑판을 살폈다.

먼저 바둑판 위에 놓인 돌의 수를 헤아렸다.

흑이 열일곱, 백이 열다섯.

딱!

만평의 흑이 반상 위에 떨어진다. 석 점 바둑이었다.

기량을 떠나 만평이 석 점을 깔고 시작한 바둑이라 하운이 처음부터 수세에 직면했다. 더욱이 만평의 바둑은 지나치다 싶을 정도로 공격 일변도였다.

그러나 집중포화의 중심에 놓인 하운은 담담하기 그지없다. 별로 고민하는 기색도 없이 만평의 모든 공세를 막는다. 표정뿐 아니라 눈빛조차도 한 치의 흔들림도 없다.

이 사람이 수줍음 많던 방금 전의 그가 맞나 싶었다. 대체 얼굴을 붉히던 순진한 모습은 어디 갔는지 찾으려 해도 찾을 수가 없다.

무한은 하운의 바둑을 몇 수 견식한 것만으로도 감탄을 금치 못했다.

'과연 명불허전이 아닌가.'

무한은 나름 수읽기만큼은 제일이라는 자부심을 가지고 있었다. 그런데 이제 보니 하운 또한 그에 못지않았다.

그렇다고 만평이 낮은 수는 아니었다. 낮은 것이 아니라 보기 드물게 고강한 기예를 지니고 있었다. 굳이 견주자면 박환과 호선을 두어도 손색이 없을 것 같았다.

하지만 내로라하는 고수를 상대로 백전불패의 신화를 이루어낸 하운이었다. 반상에 놓인 돌의 숫자가 늘어갈수록 석점 바둑의 묘용이 엷어져만 갔다.

하운의 한 수 한 수에 집중하고 있던 무한은 혀를 내둘렀다.

방어에만 치중하는 것 같았는데, 하운의 바둑은 어느새 중앙으로 발판을 마련해 놓고 있었다. 새삼 하운의 바둑이 경탄스럽다.

바둑이 중반에 다다르자 점 바둑의 위력이 완전히 사라져 버렸다. 시종일관 맹공을 퍼붓던 만평인데, 번번이 하운의 선방에 막히더니 헐떡인다. 끝내는 공수가 뒤바뀌어 버렸다.

만평은 귀신에 홀린 표정이다. 딱히 묘수나 이렇다 할 강수(强手)라 여겨지는 돌 하나 없이 물 흐르듯 판을 뒤집는 바둑이라니……

만평의 혼란 속에 하운의 공격이 시작되었다.

딱!

돌을 놓는 소리부터 천둥 같다. 과연 시작부터 심상치 않다 싶더니 난데없이 반상 위에 번개가 치고 핏빛 검이 난무한다. 적어도 만평과 무한은 그렇게 느꼈다.

무한은 바둑을 접한 이래 이리도 과감하고 살벌한 바둑이 있으리라고는 상상조차 한 적이 없었다. 직접 맞상대하지도 않는데 흥분으로 벌겋게 얼굴이 달아올랐다. 뜨거워진 가슴이 채 식기도 전이었다.

딱!

이번에는 만평의 눈이 휘둥그레진다.

초강수!

어디서 이런 기백이 나오는가. 하운이 어렵사리 구축해 놓은 만평의 좌변 세력을 통째로 먹으려 달려든다. 만평이 떨리는 시선으로 판 전체를 가늠해 보고는 턱을 괸다. 그렇게 기약없는 장고에 돌입했다.

이곳을 내주면 결국 다 빼앗긴다. 중앙으로 나아가는 발판을 완전히 잃게 되니 뒤는 더 볼 것도 없다.

무한은 만평의 입장이 되어 수를 세밀하게 계산했다. 백을 생로로 이끌 위치가 눈에 박힐 듯 쏘아져 들어왔다.

'저곳이다. 흑이 숨통을 트고 백을 한발 물러서게 할 곳은 저기 한 곳뿐이다.'

딱!

한참 후 만평이 돌을 놓는다. 무한의 고개가 미세하게 끄덕여진다. 만평이 그가 계산했던 위치와 동일한 자리에 돌을 놓았던 것이다.

무한이 이번에는 하운이 둘 위치를 쏘아본다. 그런데…….

딱!

하운이 놓은 돌 위치는 무한의 예상과는 달리 전혀 엉뚱한 곳이었다. 무한은 숨마저 멈추고 하운이 내놓은 수의 의미를 알아내려 숙고했다. 만평 또한 크게 당황한 표정으로 다시 장고에 들어갔다.

"으음."

근 일다경을 살피던 무한은 저도 모르게 억눌린 신음을 토하고 말았다.

숨소리 하나 들리지 않을 정도로 정적이 흐르던 참이었기에 무한의 신음이 천둥처럼 크게 들렸다. 아니나 다를까, 몰입해 있던 만평을 뺀 모든 사람의 시선이 일제히 무한을 향한다. 얼굴들에 하나같이 책망하는 빛이 서린다.

실책을 깨달은 무한은 고개를 숙이고 돌아섰다. 중평이 멀어지는 무한의 등을 보며 뱁새눈을 부라린다.

"저런 눈치없는 중생 같으니! 마려우면 진작 가서 내갈길 일이지."

사람들의 시선이 다시 바둑판을 향했다. 그런데 유독 하운만은 무한의 뒷모습을 쫓고 있었다. 뭔가 깊이 생각하는 눈초

리었다.

한편 무한은 하운이 보여준 한 수로 인해 큰 충격을 받았다. 머리를 둔기로 맞은 것처럼 먹먹했다. 심장은 십 리를 전력으로 달린 것만큼이나 세차게 뛰었고, 근육이 풀려 다리까지 후들거렸다.

무한은 화톳불이 비치지 않는 바위 끝에 이르러 주저앉았다. 평생 봉사로 지내다가 어느 날 아침 갑작스럽게 개안(開眼)하면 이런 기분이 아닐까?

전율이 인다. 하운의 수!

칼 속에 또 다른 비수를 감춘 수다.

전날 두었던 이함의 비수와는 차원이 달랐다. 그것은 화살이었다. 대에 화약을 잔뜩 담고 촉에는 독까지 칠한 무시무시한 화살과도 같은 것이었다.

쏘아진 독화살을 무사히 피했다고 안심한 순간, 급작스럽게 터지는 폭약을 무슨 수로 막을 것인가. 피했다 치더라도 폭약에 담긴 독연은 기어이 몸을 쓰러뜨릴 터이다.

하운. 소문보다도 훨씬 엄청난 자다.

'내가 이길 수 있을까?

승부욕이 용암같이 들끓는다.

第六章
월하기객(月下棋客)

<h1 style="text-align:center">월하기객(月下棋客) 1</h1>

　무한이 놀란 가슴을 정리하고 화톳불로 돌아왔을 때 바둑은 이미 끝나 있었다. 무한이 파악해 낸 화약 담긴 독화살을 만평은 파악하지 못했고, 결국 그로 인해 참패를 당한 것이다.

　사람들이 모두 잠든 깊은 밤.

　무한은 도무지 잠이 오지 않아 하늘을 보고 있었다. 은하수가 금방이라도 쏟아질 듯 물결치고 있었지만 무한은 다른 것을 보고 있었다.

　하늘에 커다란 바둑판이 있다. 그 위에 만평과 하운이 나눴던 바둑을 천천히 복기하기 시작했다.

무한은 부르르 떨었다. 하늘은 더없이 잠잠하건만 바둑판이 그려진 상상 속의 하늘은 번개가 치고 주먹만 한 우박이 쏟아져 내린다.

바둑에 깊이 빠져들었다. 하운의 칼 속에 비수가 실린 수가 떨어졌다. 그 순간부터 하운을 상대하는 사람은 만평이 아니라 무한 자신이 되었다. 문제의 수를 만평이 어떻게 받아서 어떻게 패했는지는 알 수 없었기에 만평이 사라지고 그 자리를 자신이 대신한 것이다.

마른침을 꿀꺽 삼켰다. 도무지 판세를 변화시킬 방도가 없다. 하운의 한 수야말로 시공간을 초월한 절대의 묘수란 말인가?

아니다.

'세상에 궁극의 묘수란 없는 법!'

반드시 타개책은 있다.

눈을 감았다.

무수히 많은 바둑돌을 올렸다가 거둔다. 천변만화(千變萬化)하는 바둑의 변화를 일일이 헤아린다. 엄청난 심력이 소모되는 작업이기도 하려니와 아무나 할 수 없는 일. 무한 특유의 전광석화 같은 수읽기가 발휘된 것이다.

그야말로 무궁(無窮)한 변화다. 진땀이 난다.

번쩍!

눈을 뜨자마자 은하수가 폭포가 되어 온몸으로 쏟아져 내

린다. 그것은 깨달음이 보여준 희열이요, 환상이었다. 은하수
가 쏟아낸 폭포수인지 땀인지 온몸이 축축하다.

'아!'

무한이 가까스로 탄성을 억누르고 일어나 앉았다. 이마에
맺혔던 땀이 볼을 타고 흐른다. 더 이상 단단해질 수 없을 만
큼 주먹을 와락 움켜쥔다. 천신만고 끝에 하운이 내놓은 묘수
의 해법을 찾아냈다.

'전립… 아니, 하운. 가히 엄청난 바둑이다.'

해법을 알고 나니 오히려 하운의 바둑이 더욱 크게 느껴진
다.

저벅저벅.

그때 발소리와 함께 한 쌍의 짚신이 눈앞에서 멈춰 선다.
신발에 머물렀던 시선을 가만히 위로 이동한다. 하운이었다.
하운이 그를 내려다보고 있었다. 눈빛이 묘했다.

눈빛만 교환하며 가만히 서 있던 하운이 조용히 입을 열었
다.

"당신은 누굽니까?"

"……."

"짐작하고 있습니다."

"뭘 말입니까?"

"따라오시죠."

한마디 하고는 당연히 따라올 걸로 생각했는지 먼저 성큼

성큼 걸어간다. 얼마쯤 걸어간 하운이 먼저 털썩 주저앉는다. 앞자리를 손가락으로 가리키며 말한다.

"거기 앉으세요."

무한은 바위 위에 놓인 돌 바둑판을 보며 가만히 서 있었다.

"무슨 뜻입니까?"

"시치미 뗄 참입니까?"

아까 하운과 만평이 바둑을 둘 때 신음을 냈던 것을 보고 지레짐작하고 있는 모양이다.

"아까 그 일 때문이라면……."

하운이 고개를 젓는다.

"그 일 때문이 아닙니다. 당신에게서는 냄새가 납니다."

설마 자신에게서 바둑 냄새가 난다는 뜻일까?

"무슨……?"

"고수의 냄새."

터무니없는 말이었지만 무한은 더 이상 발뺌할 생각을 버렸다. 오히려 예전부터 하운과의 대국을 간절히 원하고 있었다.

바위 위에 앉아 문득 생각에 잠긴다.

'왜 먼저 이 사람에게 대국을 청하지 못한 걸까.'

무한은 곧 한 가지 사실을 인정할 수밖에 없었다.

'나는 패할까 봐 두려워했구나.'

승부욕을 불태우면서 한편으로는 하운의 그 묘수를 보고 패배를 두려워하고 있었다. 무한은 깊이 내제해 있던 자신의 비겁하고 안일한 모습에 분노를 느꼈다.

패배는 병가지상사다. 승리의 달콤함에 취해 패를 두려워한데서야 어찌 발전이 있겠는가.

무한이 바둑판 앞에 바짝 앉았다. 하운이 몇 점 바둑을 둘 것인지 의향을 물어왔다.

"아까 잠깐 봤으니 대충 치수를 짐작하고 있겠지요. 한번 돌을 놔보십시오."

무한은 천천히 화점을 채워 나갔다. 그리고 아홉 개째 돌을 올려놓고는 반상 위에서 손을 뗐다.

아무리 기다려도 무한이 더 이상 돌을 놓는 기미가 없자 하운이 눈을 크게 뜨고 묻는다.

"정선으로 붙어보자는 것입니까?"

하운의 음성은 잔잔했지만 눈빛은 너 돌았냐는 추궁이 서려 있다. 그걸 아는지 모르는지 무한은 말없이 고개만 끄덕인다.

하운은 당황스러웠다. 아니, 황당하다는 표현이 적합했다.

내로라하는 고수들도 자신 앞에서는 서너 점을 깔고 시작했다. 그러고도 백전불패라는 영광스러운 별칭을 얻었다.

세상에는 알려지지 않았지만, 전라남북도를 통틀어 최고수라 일컬어지던 기객판관(棋客判官) 최 진사마저도 두 점 바둑으로 내리 세 판을 꺾은 이가 자신이다.

뿐인가? 일 년 전 이맘때, 충청도 최고수 마적삼이란 자가 감히 자신에게 정선으로 도전했다가 참패한 후 두 점과 석 점 바둑으로도 연이어 패하자, 그 길로 아끼던 반상을 불에 처넣은 일은 두고두고 기객들에게 전설 같은 일로 회자되었다.

그런 자신에게 감히 정선으로 두자는 애송이가 나타났으니…….

하운이 보기에 무한은 호랑이 범 무서운 줄 모르는 하룻강아지였다. 강아지에게 호랑이의 무서움을 한 번쯤 깨닫게 하는 것도 나쁘지 않은 일일 터.

"좋습니다. 시작해 보죠."

딱!

하운이 책망하는 기운을 담아 돌을 세차게 두드린다.

딱!

무한도 지지 않고 만만히 보지 말라는 충고를 실어 돌을 놓는다.

오직 희미한 월광(月光)에 의지한 두 고수의 바둑은 이렇게 시작되었다.

배불뚝이 중평은 인상 쓰며 부스스 눈을 떴다. 간밤에 급히 먹은 고기가 탈이 난 모양인지 배가 실실 아파왔기 때문이다.

중평은 급히 바위 아래로 내려가 일을 본 후 한숨 더 잘 요

량으로 다시 올라왔다.

"어?"

무심코 고개를 든 중평은 대국 중인 하운과 무한을 발견했다.

별일이라 생각하며 조심조심 다가갔다. 기객들이 가장 싫어하는 것이 바둑을 둘 때 방해받는 것이다. 중평은 까치발로 슬며시 다가가 숨죽여 바라보았다. 바둑판에 바둑돌이 반 이상 들어차 있었다.

천천히 계가를 해보니 흑이 예순세 집, 백이 예순다섯 집이다. 백이 두 집 앞서고 있었다.

판이 반 이상 진행된 상태에서 겨우 두 집 차라니? 일곱 점, 아니, 여덟 점을 깔고 시작한 바둑이라 해도 그렇다. 하운을 상대로 이 정도라니, 애송이가 제법이지 않은가?

정확히 몇 점 바둑인지 궁금해졌다. 고개를 끄덕끄덕하며 바둑돌을 세기 시작했다. 몇 점 바둑인지는 바둑판에 놓인 돌의 수와 잡힌 돌의 수를 합쳐서 비교해 보면 간단한 일이었다.

'응?'

셈을 마친 결과 백이 여든다섯, 흑이 여든여섯 개다.

'이런 말도 안 되는!'

세상에나! 흑 순번이라 해도 두 점 바둑이다.

도무지 믿을 수가 없어서 돌의 수를 다시 셌다. 여전히 숫자는 같았다. 잘못 센 것이 아니었다. 중평은 벌겋게 상기된 얼굴로 눈을 마구 비볐다. 돌을 셌다. 세고 또다시 셌다.

그러나 여전히 돌의 수는 처음과 동일했다.

이렇게 황당할 데가 있는가! 그때 그를 더욱 기막히게 만드는 일이 벌어졌다.

딱!

그가 관전을 시작한 이후 처음으로 바둑판에 돌이 올려졌다. 그런데…….

백! 백돌이다. 애송이의 흑이 아니라 하운의 백돌이 반상에 추가되어 있었다.

백 여든여섯, 흑 여든여섯 개. 이제 흑 순번이다.

'이건 저, 정선바둑이다!'

비명이 터지는 걸 간신히 참았다.

세상에, 백전불패와 정선으로 두는 자가 있어?

중평이 퉁방울만 해진 눈으로 세삼 무한을 관찰한다. 아직 솜털이 채 가시지 않은 것이 많이 잡아도 스물도 채 안 된 애송이다.

중평은 마른침을 꿀꺽 삼키고 관전에 열중했다.

딱! 딱!

중평은 둘의 수가 교환될 때마다 수의 의미를 파악하기 위해 안간힘을 써야 했다. 도무지 그로서는 속내를 파악할 수 없는 수가 대부분이었다.

어쩌면 천지분간 못하는 애송이가 하운에게 정선으로 두자고 덤빈 것이 아닐까 생각했다. 그런데 아니다. 그가 간신히 몇 수의 의미를 파악하고 보니 애송이의 한 수 한 수는 그가 헤아리지 못할 정도로 복잡 미묘했다. 하운이 장고에 들어가는 경우가 허다한 것을 보니 보통 예리한 수가 아닌 것이다.

보고도 믿어지지 않는 일이 있다더니, 그 말이 실감이 난다. 코앞에서 벌어지고 있는 일인데도 믿을 수가 없으니 말이다.

중평은 경악에 떨고 있는데 정작 당사자들은 누가 온 줄도 모른다.

반의반 각도 눈을 뗄 수 없는 바둑이었지만 중평은 눈물을 머금고 돌아섰다. 평생에 한 번 있을까 말까 한 대국을 혼자서 보기 아까워 사형제들을 부르러 가기 위해서였다.

잠시 후, 둘의 바둑을 관전하는 이의 수가 넷으로 늘었다. 하지만 누구 하나 숨소리조차 내지 않았다.

하운의 바둑은 소문보다 훨씬 무서웠다. 수읽기가 전광석화 같은 무한인데 생각하는 시간이 길어졌다.

무한이 느낀 하운의 기풍은 뜻밖에도 날카로운 칼 같았다. 순간순간 보여주는 예리함과 두 점, 석 점 정도는 눈도 깜짝하지 않고 버릴 줄 아는 과단성. 수줍음 많은 외양을 봤을 때 전혀 상상도 할 수 없는 일이었다.

하지만 무한의 놀람은 하운이 받은 충격에 비하면 아무것도 아니었다.

무한의 바둑은 특이했다. 바둑을 잘 두고 못 두고를 떠나 도무지 기풍을 파악할 수가 없었다. 솜털 구름인가 싶더니 어느새 천둥번개를 머금은 먹구름이 된다.

'대체 어디서 나온 사람인가. 한 수 한 수가 마치 날벼락이 떨어지는 듯하구나.'

하운은 무한의 비범함을 확연히 느꼈다. 오십 수가 지나면서부터는 바둑돌을 쥔 손에 땀이 흥건할 만큼 바짝 긴장했다. 칠십여 수가 교환될 즈음에는 모골이 송연하고 등에 식은땀까지 흘렸다. 혼신의 힘을 기울이지 않고서는 절대로 이길 수 없는 상대임을 절실히 깨달았다. 모든 잡념을 접어두고 바둑에 혼신의 힘을 쏟기 시작한 것도 그때부터였다.

고요한 아침 햇살이 비치는 가운데 바둑은 중반을 넘어 후반으로 치달았다.

우변에서 시작된 전투가 상변 좌변으로 옮겨가나 싶더니 하변으로 치달았다. 엄청난 난전이었다. 시간이 흘러 곳곳에서 일어난 국지전이 차차 정리되는 국면으로 접어들었다. 이제는 전면전만 남은 상태.

전면전이 펼쳐질 위치는 저 광활한 중원.

희열과 열망에 들뜬 관전자들의 시선이 자연스레 바둑판 중앙으로 옮겨갔다.

딱!

무한의 얼굴은 얼음처럼 차가웠다. 그러나 그의 심장은 지극히 높고 변화무쌍한 바둑에 대한 열망으로 미친 듯이 요동치고 있었다. 그건 승부욕이었다.

산 위로 고개를 살짝 내밀었던 해가 어느새 두 뼘이 넘게 솟아올라 왔다.

중원에서 진검 승부가 펼쳐지길 삼십여 수.

딱!

하운이 난데없이 피 튀기는 전장의 한복판에 돌 하나를 훌쩍 던져 넣는다.

무한의 눈이 깊어진다. 산정에 선 신선이 인간 세상을 관조하듯 바둑판을 한눈에 내려다본다. 승부의 추가 뇌리에 박혀든다.

언제부터였을까. 바둑판 중앙에 백이 만든 커다란 소용돌이가 흑을 향해 아가리를 쩍 벌리고 있다.

무한은 마른침을 삼켰다. 바둑이 일대 전기를 맞았다.

'승부수구나!'

단 한 걸음만 물러서면 애써 지켜왔던 요석(要石:상대의 돌들을 끊고 있는 기둥 말)이 무너져 버린다. 간신히 끊어놓은 백 세력에게 날개를 달아주는 격이 되니 한 수의 패착이 판 전체의 패배로 귀결된다고 봐도 과언이 아니다.

반면 방어만 잘해내면 이득을 챙길 수 있다. 살얼음판 같은 중앙의 흑 세력을 단단하게 만들 기회인 것이다. 그렇게만 된다면 미세하게 기울어진 열세를 만회하고 조심스럽게 승리까지 점쳐 볼 수 있게 된다.

형세 판단이 끝났다.

'절대로 물러서지 않겠다!'

무한은 승부사의 투혼을 불살랐다. 강수를 다시 초강수로 맞받았다.

딱!

하운 또한 절대로 질 수 없다는 기세로 되받아친다.

딱!

만평은 두 고수의 접전에 머릿속이 먹먹했다. 스스로 바둑을 깊이 이해하고 있다고 자부해 온 그로서도 감히 짐작 못할 수들이 연이어 터졌다. 관전자 중 그가 가장 수가 높았기에 놀람의 정도도 가장 컸다.

딱!

"아!"

중평의 경탄과 함께 중앙의 접전이 막을 내렸다. 정오를 반시진이나 넘긴 시간이었으니 장장 여섯 시진 만에 한 판의 대국이 끝난 것이다.

"이런 승부는 정말 오랜만이군요. 좋은 바둑, 고마웠습니다."

바둑을 두면서 이미 계가를 마친 하운은 무한에게 인사하고는 미련없이 자리를 뜬다.

만평이 멀어지는 하운의 등을 바라본다. 하운의 걸음은 한 눈에 보기에도 심하게 비틀거리고 있었다. 사백께 사사한 무예가 상당할 터인데 대체 얼마만큼의 심력을 소모했기에 저럴까 하는 의문이 든다.

하운이 바위를 내려가 산사 쪽으로 사라졌다.

뒤늦게 계가를 마친 이들이 무한에게 관심을 모았다. 넋 나간 표정으로 바둑판과 무한을 번갈아 보던 중평이 갈라진 음성으로 멍청한 질문을 한다.

"사, 사형, 정말 이게… 사실이란 말입니까?"

만평이 끄덕였다.

"비겼다."

만평이 선언하듯 말했다. 그 음성에 의심의 여지라고는 없었다.

무한은 시커먼 안색으로 눈을 감고 있었다. 충격적인 바둑이었다. 만평이 비겼다고 했지만 사실은 진 바둑이다. 흑을 쥐고 선착한 바둑이 아닌가. 한 수 부족함을 뼈저리게 느꼈다.

무한이 충격을 수습하고 눈을 떴을 때, 네 사형제의 기묘한 시선을 받아야 했다.

만평이 대표로 수많은 의문을 담아 물었다.

"대체 자네는 누군가?"

무한이 벌떡 일어났다. 바둑에 빠져 까맣게 잊고 있었던 것이다.

"무학 대사님을 뵙고 싶습니다."

사형제들의 안내를 받아 보현사라는 절에 들었다. 보현사
는 아득히 보이는 능선에 새가 둥지를 틀 듯 자리 잡은 아담
한 절이었다.

좁은 방 안이 솔잎 향으로 아늑하다. 무한은 이 냄새가 눈
앞에 있는 선승(禪僧)의 향기인지 솔잎 향인지 문득 헷갈린다.

노승이 깊이 절하는 무한을 무심히 바라본다.

"이름이 뭐라고?"

"무한이라 합니다."

"그래, 나의 사형을 보고자 한 연유가 무엇인고?"

노승은 무학의 사제 소지 선사였다. 무한이 간절한 얼굴로
말했다.

"그분의 도움이 절실합니다."

무한은 박환이 처한 상황과 자신이 무학 대사를 찾게 된 경
위를 소상히 설명했다.

"허허, 네가 한발 늦었구나."

무한의 얼굴이 창백히 질린다.

"설마 산을 떠나신 것입니까?"

야속하게도 소지 선사의 고개가 끄덕여진다. 맥이 탁 풀린
다.

“허허, 그리 실망할 것은 없느니. 사형이 향한 곳이 바로 청학무관이니라.”

소지 선사의 말에 고개를 번쩍 치켜들었다. 사실이라면 이보다 더한 희소식이 없었다.

“산에 오르기 전 우연찮게 친우의 위태로운 처지를 들으셨던 모양이다. 하운을 이곳에 두고 어젯밤 급히 하산하셨느니라. 사형의 걸음이면 지금쯤 무관에 닿고도 남았을 것이다.”

희색이 만면해진 무한은 몇 번이나 감사하다는 말을 반복했다. 급히 절하고 물러나려는데 소지 선사가 묻는다.

“어디를 가려는 것이냐?”

“무관으로 돌아가려 합니다.”

소지 선사는 그럴 줄 알았다는 듯 혀를 차며 꾸중한다.

“쯧쯧, 보기보다 멍청한 녀석이로다. 네놈이 가서 뭘 어쩌겠다는 것이냐?”

“……?”

생각해 보니 소지 선사의 말이 옳다. 자신이 가서 할 수 있는 일은 없었다. 행여나 붙들리기라도 한다면 한목숨 덧없어지는 것은 물론, 혹시라도 모진 고문에 못 이겨 스승을 음해하는 거짓 자백을 하게 될지도 모를 일이다.

“그래도 기어이 가야겠다면 썩 나가거라. 그리 미련한 놈이라면 사형의 제자 될 자격이 없으니 미련 둘 것도 없겠지.”

무한은 조심스럽게 꿇어앉았다.

"흥, 멍청하긴 해도 아주 구제불능은 아니구나. 밖에 오평이 있느냐?"

"예, 사부님. 오평이 예 있습니다."

"냉큼 가서 하운을 불러오너라."

잠시 후, 소지 선사가 하운과 무한을 나란히 앉혀놓고 말했다.

"너와 함께 수학(修學)하게 될지도 모르겠구나."

무한을 보는 하운의 눈빛이 무겁게 가라앉는다.

"무슨 말씀이신지……."

"사형을 찾아온 아이다. 사형께서 미련한 녀석을 제자로 들일지 아닐지는 두고 봐야 알 일이나 당분간은 네가 이곳 생활에 적응할 수 있도록 도움을 주거라."

"예, 사숙님."

무한은 하운이 바둑은 하늘에 닿았을지 몰라도 수줍음 많은 성격임을 알기에 먼저 손을 내밀었다.

"뵙게 되어 영광입니다. 무한이라 합니다."

하운이 조심스레 손을 맞잡으려다 멈칫 뒤로 뺀다. 그리고는 악수 대신 합장을 했다.

"아미타불, 하운입니다."

무한은 내민 손이 무안해져서 손을 움츠리며 말았다. 그 모습을 본 하운이 입가에 연한 미소를 매단다. 어색함을 단번에 해소시켜 주는 따뜻한 미소였다.

소지 선사가 묻는다.

"박환 그분께 몇 해나 사사했더냐?"

"관주님의 제자가 된 지 삼 년이 지났습니다."

소지 선사의 얼굴에 실망이 어린다. 삼 년. 경우에 따라서는 결코 짧지 않은 세월이다. 그러나 제대로 된 기예를 연마하기에 턱없이 부족한 시간이었다. 무예는 두말할 나위도 없었다.

2

인시 말엽, 산사에 미명이 찾아든다. 무한은 일찍부터 일어나 산문 앞까지 싹싹 쓸어냈다. 청소를 끝낸 무한은 산문을 밀치고 나가 하나둘씩 깨어나는 세상을 기이한 감정에 싸여 바라보았다.

"시주, 벌써 일어난 겁니까?"

물지게를 진 하운이 산문 밖으로 나오며 묻는다.

"물 기르러 가시는군요."

"그게 이곳 하루 일과의 시작이라더군요."

생각해 보니 하운도 산사에서 처음 맞는 아침이다. 이어, 소지 선사의 네 사형제가 역시 물지게를 하나씩 지고 산문 밖으로 나온다.

중평이 무한의 손에 들린 빗자루를 보며 말했다.

"어? 무한 사제, 언제 일어난 건가? 대웅전 뜰이 깨끗하던데, 자네가 했군?"

무한은 아직 무학의 정식 제자가 되지도 않은 터라 사제라는 호칭이 어색해 그저 고개만 끄덕였다. 그런데 하운이 다소 굳은 표정으로 말했다.

"무한 시주는 아직 제 사부님께 인정받지 못했습니다. 사제가 될지 말지도 모르는데 벌써부터 사제라니요? 그 호칭은 아직 이른 듯싶습니다."

하운의 말은 도리에 어긋남이 없었다. 사제(師弟) 관계는 매우 엄격해서 함부로 제자를 사칭한다거나 하는 일은 상상도 할 수 없었다. 물론 무한은 그런 경우는 아니었지만 무학 대사 본인이 인정하지도 않은 제자를 다른 이가 나서서 제자 대접 한다는 것은 있을 수 없는 일이었다. 어떤 면으로는 무학 대사를 욕보이는 일로 비칠 수도 있었다.

하운의 날카로운 지적에 중평의 안색이 벌겋게 물든다. 중평이 창백한 얼굴로 단단히 다짐을 한다.

"이런, 내 미처 그것까지는 생각지 못했군. 하운 사제의 말이 백번 맞네. 내 다시는 실수하지 않도록 함세."

만평이 중제에 나섰다.

"중평에게 다른 감정은 없을 것이네. 하운 사제가 이해하게."

"그럼요. 제가 어찌 사백께 불경을 저지를 마음이 있겠습니까.”

하운도 한걸음 물러선다.

“아닙니다. 소제가 예민했던 것 같습니다.”

경직되었던 분위기를 의식한 만평이 화재를 돌린다.

“그나저나 무한 시주 덕분에 오평 사제 일거리가 줄었군.”

오평이 안색을 붉힌다.

“오늘은 하운 사제도 있는데 제가 또 꼴찌를 한 것 같습니까?”

“하하, 내가 보기에는 별로 달라질 것이 없을 것 같은데?”

“제가 아무리 다리가 짧기로서니 이렇게 비실비실한 하운 사제보다 느리겠습니까?”

“에이, 그건 오평 사형이 틀린 것 같은데요?”

“청평! 지금 너까지 나를 무시하는 거냐?”

“그게 아니라요. 그게… 그러니까…….”

청평이 잠깐 눈치를 보더니 오평의 귀에 뭐라 속삭인다. 오평의 눈이 대번에 휘둥그레진다. 청평이 기껏 귀에 대고 속삭인 말을 오평이 큰 소리로 떠벌린다.

“하운이 비전(秘傳)의 후계자라고? 그게 정말이냐?”

하운의 눈이 잠깐 동안 칼날같이 번뜩인다. 하나, 워낙 급작스럽게 나타났다 사라진 빛이라 아무도 보지 못했다.

“아, 정말 그렇게 크게 소리치면 어쩝니까?”

투덜대는 청평에게 만평과 중평이 놀란 얼굴로 묻는다.

“그것이 확실하냐? 정말 그리 말씀들을 하셨어?”

“확실하지는 않고요, 그게 그러니까, 제가 어제 차를 내가다가 사부님과 사백께서 그리 말씀하시는 것을 얼핏 들었습니다. 하운 사제가 비전을 전할 사람에 가장 근접한 사람이라고.”

청평의 말에 다들 크게 놀란 얼굴들이었다. 무한이 궁금함을 참지 못해 물었다.

“무슨 말씀들을 하시는 것인지 알 수 있을까요?”

만평이 무한의 물음에 웃으며 대답했다.

“미안하네. 사문의 비밀이라 함부로 얘기할 수가 없군.”

“아, 그렇습니까? 죄송합니다. 전 그런 줄도 모르고.”

“아니야. 얼마 후면 자네도 우리 식구가 될 테니 궁금해도 조금만 참게.”

“예. 그건 그렇고, 오평 스님께서 또 꼴찌를 한다는 건 무슨 말입니까? 그것도 비밀은 아니겠지요?”

“하하, 당연히 그건 비밀이 아니네. 오평은 비밀로 하고 싶을지도 모르겠지만 말이야.”

만평은 울상이 된 오평의 얼굴을 즐기듯 바라보며 말을 이었다.

“어제 바둑을 두었던 그 바위 기억하나?”

“예.”

“그 바위 밑에 샘이 하나 있다네. 아주 물맛이 죽여주는 샘이지. 이제부터 우리는 그 샘물을 여기 이 물통에 가득 담아 돌아올 걸세. 꼴찌는 벌칙이 있는데, 해우소와 법당, 대웅전의 너른 뜰 청소까지 몽땅 책임져야 하네. 그동안은 오평이 도맡아하던 일이지."

오평이 한탄했다.

"아, 청평의 말이 사실이라면 결국 오늘도 꼴찌라는 건데……."

키가 훌쩍 큰 청평이 건들건들 몇 걸음 걸어나간다. 뾰족한 돌을 집어 들더니 바닥에 선을 죽 긋고 돌아온다. 하운까지 다섯 명의 사형제가 발끝이 선에 닿을 듯 말 듯하는 위치에 선다. 나름 긴장감이 고조되는데, 오평이 멀뚱히 서 있는 무한을 보고는 히죽 웃는다.

"무한 시주도 한번 해보시겠소?"

중평이 오평을 타박한다.

"이놈이 이제 무한 시주까지 끌어들이려고 하네?"

"쳇, 사형은 알지도 못하면서."

"이놈아, 모르긴 뭘 몰라? 네 검은 속을 누가 모를 줄 알아?"

오평이 억울해 죽겠다는 듯 가슴을 탕탕 친다.

"누가 청소하기 싫어 그런 줄 아십니까? 그냥 심심할 것 같으니 어울려 보자는 거지요."

"쯧쯧, 이놈아, 어울리다가 사람 잡겠다. 무한 시주는 아무래도 무리야. 물 두 동이를 가득 채우면 백오십 근이 넘는데 어찌 감당하겠느냐?"

오평이 민대머리를 벅벅 긁는다.

"쩝, 그런가?"

사형제들의 말을 듣자니 오기가 생기는 무한이다. 물통이 커 보이기는 하지만 완력은 자신있었다. 더군다나 바짝 마른 장작개비 같은 청평과 단단해 보이지만 자신보다 훨씬 신장이 처지는 오평이 드는 것을 자신이 못할 리가 없지 않은가?

"방해가 되지 않는다면 저도 한번 해보겠습니다."

무한 본인이 하겠다고 나서자 다들 고개를 절레절레 젓는다.

"시주, 힘들 텐데 그냥 쉬시지요."

하운은 생각해서 한 말일 텐데 자존심 강한 무한은 무시당하는 느낌을 받았다.

"아닙니다. 해보겠습니다."

말리던 중평이 빙긋이 웃으며 말했다.

"그렇다면 한번 해보게. 어차피 후에 사백님의 제자가 되면 기초 체력도 닦아놓아야 하니까. 다만 무리는 하지 말게. 정 힘들면 물을 버리고 와도 되니까."

만평이 껄껄 웃는다.

"이러다 해 넘어가겠군. 그럼 어디 시작해 볼까?"

무한과 다섯 사형제가 일시에 달려나갔다. 구불구불한 산

길을 돌아 이각을 넘게 내달렸다.

내리막인데도 숨이 가빠왔다. 가쁜 숨을 내쉬며 샘을 향하는데 저 아래서 만평이 올라오는 것이 보인다. 벌써 물을 길어서 돌아오고 있었다. 성큼성큼 내딛는 걸음이 당최 빈 몸인 듯 가볍기만 하다.

"무한 시주, 힘내야겠는데? 그럼 수고하라고."

만평이 등을 두드려 주고 휙 지나간다. 약간의 시간 차를 두고 하운이 올라온다.

"아미타불, 이 기회에 자신의 위치를 돌아보는 계기가 되었으면 합니다."

하운이 무한에게 한마디 하고는 횅하니 올라간다. 무한은 부지런히 샘을 향하면서 가만히 하운이 남긴 말뜻을 생각해 본다. 자신의 위치를 돌아보라니? 네 주제를 알라는 말일까?

자존심을 후벼 파인 느낌이었다. 설마 마냥 사람 좋게 보이는 하운이 그런 뜻으로 말했을까 싶으면서도 붉게 달아오르는 얼굴은 어쩌지 못했다.

그 뒤로 중평과 청평, 오평이 지나쳤다.

물을 떠서 돌아오는 순간부터는 앞사람이 보이지도 않는다.

"끙."

동이를 가득 채워 지게를 진다. 짓눌러 오는 물의 무게에 어깨가 뻐근해진다. 중평의 말대로 족히 백오십 근은 나갈 것 같다.

 그래도 처음에는 견딜 만하더니 시간이 갈수록 무게를 더해간다. 얼마 못 가 다리가 후들거린다. 양어깨를 천근만근 짓눌러 이러다 두 다리가 곧 땅속에 쑤셔 박히지 싶었다.

 이런 것을 지고 날듯이 산을 올랐단 말인가? 그 같은 힘은 어디서 나온 것일까. 대체 어떤 수련을 했기에…….

 자신을 돌아보는 계기로 삼으라던 하운의 말이 떠오른다. 하운의 말대로 무한은 자신의 위치를 절실히 깨달았다. 마음 기저에 깔고 있던 오관지회 우승자 출신이라는 자부심을 버렸다. 박환의 말대로 하운 등은 다른 세상 사람이었다.

 무한은 한계점을 몇 번이나 넘어섰다. 물동이를 내려놓고 싶은 충동이 일 때마다 피가 나도록 입술을 깨물었다. 그렇게 간신히 산문 앞에 닿았을 때, 해는 이미 중천에 떠 있었다. 그나마 물도 반이 넘게 쏟아져 통 속에 든 물은 얼마 되지도 않았다.

 무한은 다음날 방에서 꼼짝도 할 수가 없었다. 숨만 크게 쉬어도 통증이 밀려들었다. 끙끙 앓으며 구들장 신세를 지고 있을 때 하운이 방문을 두드렸다. 하운은 김이 모락모락 나는 죽을 들고 있었다.

 "내 이럴 줄 알았습니다. 무엇이든 과하면 탈이 되는 법이지요."

 하운의 눈에 걱정의 빛이 가득하다. 무한은 하운의 마음 씀에 감동하고 말았다. 하운의 충고를 내심 고깝게 들었던 자신이 부끄러워진다. 사내답지 못했던 자신을 책망하며 하운에 대한 믿음을 더했다.

죽을 전해주고 방문을 나선 하운은 법당으로 가는 길에 소지 선사와 마주쳤다.

"무한이 공양(供養) 시간에 보이지 않더구나. 무슨 일이라도 있는 것이냐?"

하운이 대답을 망설인다.

"저, 그것이……."

하운의 태도를 수상쩍게 여긴 소지 선사가 추궁한다.

"왜 속 시원히 말을 하지 못하는 것이냐?"

"저, 무한 시주는 밥 생각이 없었던 모양인지……."

하운의 말에 소지 선사가 대번에 노기를 띤다.

"밥 생각이 없다? 똑바로 말해보아라! 설마 아직도 자고 있는 것은 아니겠지?"

하운이 어렵사리 말을 꺼낸다.

"시주가 고단했던 모양입니다."

"제깟 녀석이 무엇을 했기에 고단하단 말이냐!"

무한이 무리하게 물동이를 나르다가 생병이 난 것을 모르는 소지 선사는 불같이 성을 냈다. 한데 하운은 오해를 풀어줄 생각은 하지 않고 엉뚱한 소리를 한다.

"사숙님, 진노를 거두십시오. 소승이 무한 시주를 잘 타일러 내일부터는 이런 일이 없도록 하겠습니다."

"됐다! 그럴 것 없느니!"

"사숙님."

"고얀! 저토록 게으른 녀석이 어찌 사형의 제자가 될까! 내 앞으로 두고 볼 것이다!"

소지 선사가 노기를 주체하지 못하고 소매를 세차게 털며 대웅전으로 걸음을 옮긴다.

무한은 다음날 새벽같이 일어났다. 물동이 하나에 쩔쩔매는 부끄러운 모습을 보이기 싫어 모두 잠든 시간에 일어나 산문 앞까지 청소를 마치고 샘으로 달음질쳤다.

욕심을 버렸다. 동이에 물을 반의반만 채워서 짊어졌다. 그렇다고는 해도 산문 앞에 이르렀을 때는 완전히 기진하고 말았다. 그때 시각이 인시 말. 다른 스님들이 깨어날 시간이었다.

아무도 모르게 물을 져 나른 무한은 방에 들어 잠시 쉬고 공양 시간에 맞춰 법당에 들었다. 서툰 공양 예절에 따라 식사를 마치고 나오는데 소지 선사가 문 옆에 마뜩찮은 기색으로 서 있었다.

고개를 숙여 인사하는 무한의 귀로 선사의 노기 서린 음성이 파고든다.

"흥, 일은 하지 않아도 먹기는 해야겠더냐?"

마른하늘에 날벼락이라고, 무한은 영문도 모르고 꾸중을

들었다. 큰 소리가 나자 수많은 시선이 둘에게 쏠린다.

"선사님, 그게 무슨 말씀이신지……?"

"내 앞으로 너를 지켜볼 것인즉!"

소지 선사는 경고의 말을 남기고 총총히 사라진다. 무한으로서는 황당한 일이었다.

무슨 오해가 있거나 자신도 모르는 죄를 범했을지도 모른다고 생각한 무한은 소지 선사의 처소를 찾아 대면을 청했다. 하지만 소지 선사는 만나주지 않았다. 후로도 오해를 풀 기회는 좀처럼 오지 않았다. 여러 차례 만나기를 시도했지만 번번이 문밖에서 돌아서야만 했다.

그날 이후 다른 스님들의 무한을 대하는 태도가 달라졌다. 무한의 뛰어난 바둑에 호감을 가지고 있었던 소지 선사의 네 제자도 마찬가지였다. 그들은 자신들의 사부가 무한에게 역정을 내니 사부의 진노를 살까 두려워 무한과 가까이하는 것을 꺼려했다.

단 하나, 하운만은 달랐다. 하운은 전과 다름없이 무한을 대했다. 그만은 소지 선사의 눈치를 보지 않고 생활에 도움이 되는 많은 얘기를 해주었고, 오해에서 비롯된 일일 것이라며 위로와 조언을 아끼지 않았다.

무한은 소지 선사의 오해가 하운에게서 비롯되었다는 것을 상상도 하지 못한 채 하운에 대한 믿음을 키워 나갔다.

열흘이 훌쩍 지나갔다. 그 열흘간 무한의 새벽 수련은 계속되었다. 물의 양도 조금씩 늘었고 산을 오르는 속도도 꾸준히 줄여 나갔다. 내력을 사용하는 다른 사형제들에 비할 바는 아니었지만 순전히 체력만으로 이루어낸 것이니만큼 대단한 성과였다.

그러나 내력이란 것 자체를 모르고 있던 무한은 하운의 체력을 따라잡으려면 아직도 멀었다고 생각하며 자신을 끊임없이 채찍질했다.

“합! 하압!”

아침 공양 시간이 끝난 지 일각. 어김없이 보현사의 너른 앞마당에서 우렁찬 기합 소리가 울려 나왔다.

무한은 소리가 들려오는 쪽을 부러운 시선으로 한 번 바라보고는 슬그머니 절을 나섰다. 무학 대사가 돌아와 정식으로 제자로 삼기 전까지는 객(客)의 신분. 그 때문에 다른 스님들의 단체 무예 수련과 개인 연무를 보는 것은 철저히 금지되어 있었다.

무한은 기합 소리를 피해 산사를 벗어났다. 그 시각, 소지 선사는 하운을 자신의 처소로 불러 앉혔다.

“근래 가만히 보니 무한이란 녀석이 종일 보이지 않더구나. 대체 무슨 짓을 하느라고 해질녘에나 들어오는지 한번 알아보고 오거라.”

소지 선사의 명을 받은 다음날, 하운은 다른 스님들 무예 수련 시간에 맞춰 산사를 벗어나는 무한을 은밀히 뒤쫓았다. 소지 선사의 명령이 없더라도 무슨 짓을 하는지 궁금하던 차라 잘됐다 싶었다.

산사를 나온 무한은 빠른 걸음으로 산을 오르기 시작했다. 말이 빠른 걸음이지 거의 달린다 싶을 정도로 빨랐다.

하운은 무한의 돌연한 행동에 혹시 미행을 눈치 챈 것은 아닐까 당황했다. 그러나 뒤도 안 돌이보고 산을 타는 무한의 모습에 그것이 아님을 알 수 있었다.

무한은 험난한 지형만 골라서 산을 탔다. 놀랍게도 한 시진이 넘게 산을 타면서도 속도가 전혀 줄지 않았다.

하운은 무한처럼 근력만으로 미행하다가 나중에는 경공을 시전해서 무한을 뒤따랐다. 그는 놀람을 감추지 못했다. 이건 마치 사람을 쫓는 것이 아니라 산짐승을 쫓는 것 같았다.

하운은 거의 두 시진 가까이 미행하다가 걸음을 멈췄다. 그의 날카로운 시선은 깎아지른 절벽을 타고 있는 무한에게 고정되어 있었다.

'위험해. 아무리 생각해도 위험한 놈이다. 그만한 바둑 실력에 저 정도의 끈기라니.'

입술을 지그시 깨물며 중얼거린다.

"저따위 녀석에게 밀릴 내가 아니다. 하지만 만에 하나라는 것도 있는 법! 사문의 비전(秘傳)을 이 손에 쥐기 전까지는 그 어떤 사소한 변수도 용납하지 않겠다!"

하운은 즉시 무한을 쫓는 것을 그만두고 보현사로 발길을
돌렸다. 무한을 미행할 때와는 비교도 할 수 없을 정도로 빠
른 속도였다. 달리는 것은 그만두고 숫제 난다는 표현이 적합
할 정도로 섬전 같은 몸놀림이었다.

미행을 마치고 돌아온 하운은 곧장 소지 선사의 처소에 들
었다.

"그래, 녀석이 어디서 무엇을 하고 있더냐?"

"말씀드리기 송구합니다. 죄송한 말씀이오나 무한 시주를
직접 불러 물으심이……."

소지 선사의 하얗게 센 눈썹이 제멋대로 꿈틀거린다. 단단
히 화가 났음을 뜻하는 표정 변화였다.

"내 말이 들리지 않느냐! 하운은 보태고 더함이 없이 본 사
실을 그대로 말하라!"

소지 선사의 불같은 진노에 하운은 마지못한 듯 입을 열었
다.

"무한 시주는 산사를 벗어나자마자 시원한 계곡물을 찾아
갔습니다. 한참 동안 물놀이를 하며 시간을 보내더니 그것도
싫증이 났는지 그늘을 찾아 낮잠을 청했습니다. 더 지켜보려
는데 한 시진이 넘도록 깨지 않는 바람에……."

하운의 거짓 고변에 소지 선사의 무한에 대한 마음은 얼음
장처럼 굳어버렸다.

산사 생활이 스무 날째로 접어들었다.

무한은 여느 때처럼 물지게를 짊어진 무한은 산문을 넘어서 보현사 경내로 들어섰다. 향적주(香積廚:절에 딸린 부엌)에 다다라 물을 독으로 옮겼다. 처음으로 두 개의 물통에 물을 한가득 채워온 터라 완전히 파김치가 되어버렸다.

거친 숨을 골랐다. 애써 접어두었던 근심이 스르르 고개를 쳐든다.

'무관은 어찌 되었을까? 왜 대사님은 스무 날이 넘도록 오시지 않지?'

청학무관에 대한 근심이 물동이보다도 더욱 무겁게 가슴을 짓누른다. 혹시 일이 잘못된 것이 아닐까 하는 좋지 않은 생각에 빠져 있을 때였다.

파팟, 휘리릭!

이건 옷자락 펄럭이는 소리다. 무한은 무엇에 홀리기라도 한 사람처럼 소리를 따라갔다. 향적주 뒤편, 이십여 장쯤에 이르러 선 채로 굳어져 버렸다.

놀랄 만한 광경이 펼쳐지고 있었다. 하운이 무예를 수련하고 있었다. 하운의 손에는 한 자가 될까 말까 한 부채가 들려 있었는데, 한 동작 한 동작이 무한을 온통 사로잡아 버렸다. 타인의 수련을 보아서는 안 된다는 생각조차 할 수가 없을 정도로 빠져들었다.

부채는 대나무살로 엮어 한지를 발라 만든 것이었다. 때문에 무게가 반의반 근도 나가지 않았다. 그런데 하운은 그것을 병기로 연무를 하고 있었다.

대체 저것이 부채이기는 한 것일까? 불현듯 찔러 들어갈 때는 조자룡의 창끝인 양 매섭고, 날렵하게 펼쳐서 후려칠 때는 명왕의 철퇴와 같이 강맹하다.

무섭기만 한 것이 아니다. 한 동작에서 다음 동작으로 이어지는 흐름이 군더더기없이 매끄럽다. 어찌나 자연스러운지 무예가 아니라 춤 같다.

무한의 경이에 찬 시선이 자연스럽게 하운의 하체로 이동한다. 발끝으로만 지탱해 이동하는 걸음이 사부작사부작 끌린다. 그러면서도 발자국이 깊이도 찍히니 참으로 희한한 노릇이다.

단숨에 수백 개가 넘는 족적(足炙)이 바닥에 어지럽게 겹쳐졌다.

'이건 내키는 대로 딛는 걸음이 아니구나.'

단박에 알아볼 수는 없었지만, 걸음 사이사이에 어떤 법칙이 있을 거라는 느낌이 강하게 들었다. 십여 판의 대국을 한 번 보고 외우는 무한이다. 의식하지도 않았는데 발자국의 배열과 위치가 쏟아지듯 머리에 박혀 들어왔다.

놀람이 중첩되면 경악이 된다. 땅을 발끝으로 슬쩍 찍은 것 같은데 대여섯 자를 가볍게 치솟고, 상상조차 할 수 없는 높이에서 날렵하게 공중제비를 돈다.

연무가 후반으로 치달을수록 내뿜는 기세가 강렬해졌다. 도무지 상상조차 할 수 없는 힘이 하운의 주위를 넘실거렸다.

무한은 눈을 찢어져라 부릅떴다. 언제부터인지 하운의 몸 전체에 옅은 안개가 서렸다. 안개는 육안으로 보이는 것이 아닌 어떤 느낌이었다. 진득하면서도 파괴적인 기운을 담은 안개는 색으로 표현하자면 눅눅한 회색빛이었다.

하운이 하늘 끝까지라도 솟아오를 것 같은 기세로 훌쩍 뛰어오른다. 그 높이가 족히 일 장에 이른다. 하지만 무한은 높이가 아니라 다른 것이 놀라고 있었다. 회색 안개가 부채로 모여들고 있었던 것이다.

슥!

한순간에 회색 안개가 부채 끝에 맺혔다가 사라졌다. 그리고…….

펑!

부채 끝이 가리키고 있던 어른 머리통만 한 바위가 산산조각 나서 흩어졌다. 사라진 회색 기운이 일으킨 조화임에 틀림없었다.

허공을 격하고 바위를 부수다니! 무한은 꿈을 꾸고 있는 것이 아닌가 하는 착각이 들었다.

"후우우!"

하운은 긴 숨을 토하며 연무를 마쳤다. 안정되어 가던 그의 기세가 다시 폭풍처럼 거세진다.

무한은 그때까지도 넋을 놓고 있었다.

'이것이 관주님이 말씀하신 새로운 세상일까?

하운이 눈을 날카롭게 번뜩인다. 온화하던 모습은 온데간데없다. 무한은 한기 서린 눈빛을 받고 퍼뜩 정신을 차렸다.

"하운 스님."

"무한 시주, 지금 뭐 하시는 겁니까?"

하운에게서 사람을 짓누르는 살기가 줄기줄기 뻗어 나온다.

"저, 저는……."

이런 무형의 살기를 처음 받아본 무한은 자신의 음성이 떨려 나오는 이유를 알지 못했다.

"시주의 행동이 어떤 것인지 아십니까?"

대체 눈앞에 있는 사람이 하운이 맞는 것일까? 하운에게서 뻗어오는 냉엄한 기운에 무한은 자신도 모르게 주춤주춤 물러섰다. 냉기가 뼛속까지 들이친다. 전신이 으스스 떨려왔다.

"……."

"어차피 동문이 될 테니 소승의 연무를 훔쳐보는 것쯤은 아무렇지도 않다고 생각한 것 아닌가요?"

"그건 오해입니다. 어떤 의도가 있어서가 아니라 모르고 행한 일입니다."

"오해, 오해라……. 정말 실망이군요. 소승이 언제 그대를

서운하게 대했던가요? 소지 사숙께서 시주를 멀리하신 이유를 이제야 알 것 같군요."

모두가 멀리하는 가운데 하운만이 유일하게 선을 두지 않았었다. 그런데 하운마저도 등을 돌리려 하고 있다.

무한은 할 말이 태산 같은데 정작 아무 말도 할 수가 없었다. 모든 잘못은 자기 자신에게 있었기에.

그날 무한은 소지 선사의 부름을 받고 청사에 들었다. 영문도 모르고 꾸중을 들은 후로 처음 있는 일이었다.

깍듯이 절하고 꿇어앉았다.

"떠나라."

고개를 번쩍 쳐들었다.

"예?"

"당장 이 절에서 떠나라고 했다!"

무한은 소지 선사의 싸늘한 일갈에 말문이 막히고 말았다. 간신히 정신을 차리고 말했다.

"하지만 저는 대사님도 만나뵙지 못했는데……."

"이런 뻔뻔한 놈 같으니라고! 네 녀석이 그분의 제자가 될 자격이 있다고 생각하느냐?"

"물론 부족합니다. 하지만 노력을……."

"하! 노력? 지금 노력이라고 했느냐?"

"……?"

"내 그간 박환 대감의 안면을 보아 참고 또 참아왔다. 하지만 이제는 아니다."

대체 뭘 참고 또 참았다는 것일까. 이곳에 와서 하운과 만평 사형제를 보면서 얼마나 부족한지 절실히 깨달았다. 부족함을 메우려고 하루에 한 시진 이상을 자지 않았다. 대체 무엇을 잘못한 것일까. 나갈 때 나가더라도 내쳐지는 이유는 알아야 덜 억울할 것 같았다.

"선사님, 대체 무엇 때문에 저를 그토록 미워하시는 것입니까?"

"다른 것은 모두 접어두고, 오늘 아침 몰래 하운의 연무를 훔쳐본 것을 어찌 변명할 테냐!"

"그것은……."

"그것 하나만으로도 너의 죄는 엄중하기 짝이 없다. 법도대로 하자면 한쪽 눈알을 파내고 혀를 잘라야 마땅할 것인즉!"

무한의 안색이 파랗게 질린다. 연무를 무심결에 한 번 본 것이 설마 그토록 중한 잘못일 줄은 몰랐다.

"그건 제가 의도한 것이 아니었습니다."

"의도가 없었다는 네 녀석의 말은 믿기 힘들다. 설령 네 말대로 그럴 의도가 없었다 하더라도 사문의 무예는 결코 외부인에게 노출되어서는 안 되는 것! 정녕 아이들을 시켜 끌어내야 떠나겠느냐?"

무한의 고개가 무겁게 떨어져 내렸다.

비가 추적추적 내리기 시작했다. 무한은 비를 맞으며 산문 앞에 우두커니 서 있었다. 발길이 차마 떨어지지 않는다. 떠나려니 가슴이 뜨겁게 달아올랐다.

무슨 낯으로 관주님을 뵐 것인가. 머문 지가 스무 날인데 배웅 나오는 사람 하나 없었다. 허망하고 서러운 마음에 눈물이 왈칵 솟는다.

빗줄기가 점점 굵어지더니 곧 장대비가 되어버렸다. 폭우를 뚫고 걸음을 옮겼다. 발길 닿는 대로 몸을 맡겼다. 얼마쯤 걸었을까. 내딛던 발걸음을 거두어들였다. 길을 잘못 든 모양이다. 앞은 수십 길 낭떠러지였다. 골짜기 밑으로는 큰 비에 급류가 형성되어 사납게 흐르고 있었다.

하늘이 먹장구름으로 가득해 사방이 어두컴컴하다. 쉬이 그칠 비가 아니었다. 서둘러 산을 내려가거나 비를 피할 곳을 찾아야 했다. 급히 돌아섰는데……

팅!

뒤쪽에서 팽팽한 줄이 끊어지는 소리가 들린 직후 귓불이 뜨끔해졌다. 무한의 귀를 스치고 지나간 화살은 계곡 건너편 나무에 깊숙이 박혀 부르르 떨었다.

언제부터였을까. 채 오 장도 떨어지지 않은 곳에 챙이 넓은 삿갓을 쓴 사람 하나가 대궁을 들고 서 있었다. 회색 승복, 그리고 크지 않은 체구. 낯설지 않은 모습이다.

사내가 대궁을 흔들며 말했다.

"역시 안 되는 건가? 너희 놈들은 다른 건 별것 아닌데 궁술 하나만은 쓸 만하단 말이야. 도무지 따라가지 못하겠어."

무한이 딱딱하게 굳은 얼굴로 말했다.

"하운… 스님이십니까?"

사내의 턱이 삿갓 밖으로 살짝 내비친다. 턱의 미세한 움직임으로 무한은 사내가 웃고 있다는 것을 알았다.

"걸음이 느리더군. 비는 질색인데 말이야. 덕분에 화가 머리 꼭대기까지 치솟았다고."

사내가 투덜대며 삿갓을 벗어 던진다. 역시 하운이다. 하운은 하운인데 평소의 그가 아니었다. 풍겨지는 느낌부터가 음산하다. 맑고 또렷하던 음색(音色) 또한 낮고 컬컬하게 변해 있었다.

무한은 뭉게뭉게 피어오르는 불안과 의문을 억누르며 말했다.

"여긴 어찌 오신 것입니까?"

"후훗, 무한 시주가 길을 잃을까 봐 걱정이 돼서 말이야. 배웅을 하려고 나왔지."

"그렇지 않아도 길을 잃은 참입니다. 길을 아시면……."

"물론 알고 있지. 네가 갈 길은 바로 저곳이다!"

하운이 손가락을 들어 가리킨 곳은 무한의 뒤쪽이었다. 무한은 이마를 찌푸리며 말했다.

"그쪽은 낭떠러집니다. 무슨 뜻으로 그런 말씀을 하신 겁니까?"

하운이 활을 내팽개치더니 품속에 손을 집어넣었다가 꺼냈다. 무한의 안색이 심각하게 굳어졌다. 품속을 빠져나온 하운의 손에 부채가 들려 있었다.

"무슨 뜻인지는 이 부채가 알려줄 것이다."

하운이 말과 동시에 성큼 다가섰다. 동시에 부채에 바위를 박살 냈던 기운이 자욱하게 몰려들었다.

"설마 내가 당신의 연무를 본 것 때문에 이러는 것입니까?"

"후, 순진한 것이냐, 멍청한 것이냐? 아직도 네가 우연히 나의 연무를 보았다고 믿고 있는 것이냐?"

"그게 무슨… 설마 일부러……?"

하운이 입가에 비웃음을 매달며 끄덕인다.

"내가 고작 허섭스레기 같은 네 녀석이 지켜보고 있는 것도 모른 채 연무를 했을 것 같으냐? 후후, 나는 네 녀석이 그 시간에 물을 길어 나른다는 걸 알고 일부러 그 자리에서 기합까지 지르며 연무를 한 것이다."

"내가 마음에 들지 않았다면 보현사에서 내쫓는 것으로 뜻을 이뤘을 텐데, 예까지 따라와 이러는 것은 또 무슨 연유입니까?"

"발본색원(拔本塞源)이라는 말도 모르느냐?"

“······.”

무한은 이해할 수가 없었다. 화가 될 것을 염려해 목숨을 빼앗겠다는 뜻이 아닌가. 자신의 어디가 하운에게 위협이 된다는 것일까?

“나를 원망하지 마라. 주제넘게 그 늙은이의 제자가 되겠다고 나선 순간 이미 네 죽음은 결정되었다. 비기(秘記)의 주인은 천하에 오직 하나. 악전립(岳戰砬) 바로 나의 것이다!”

비기라니? 대체 무슨 소리를 하는 것인가? 무한은 공격이 임박했음을 느끼고 의문을 접었다. 이어 무게 중심을 뒤쪽을 옮기며 검 손잡이를 으스러져라 움켜쥐었다. 그에 맞춰 하운이 치고 들어왔다.

“죽어라!”

파라라!

하운이 부채를 펴 들고 맹수처럼 달려든다. 부채 끝이 단숨에 코앞에 이른다. 바위마저 으깨 버리는 부채의 위력을 똑똑히 보았던 무한이다. 스치기만 해도 살아남을 수 없다는 것을 알고 온 힘을 다해 부채를 후려쳤다.

쩡!

부채와 검이 부딪친 순간, 난데없이 쇳소리가 울린다.

“컥!”

무한의 입에서 비명이 터졌다. 손목을 시작으로 거센 충격이 전신을 휩쓸었다. 속이 뒤집히고 울컥 쓴물이 올라왔다.

파팟!

충격에서 벗어나기도 전에 하운의 부채가 재차 들이닥쳤다. 고개를 한껏 젖혀 간신히 공격에서 벗어났다. 그 순간,

휘잉!

부채 바람이 얼굴을 쓸고 지나간다. 안면 전체가 불에 덴 듯 화끈거린다. 바람만으로 머리칼이 뭉텅 잘려 나갈 정도였다.

"이 정도 감각이라니! 역시 살려둘 놈이 아니었어!"

하운은 결심을 굳히고 내력을 배가시켰다.

뿌드득!

부채가 폭발적인 힘을 감당하지 못하고 앓는 소리를 낸다.

'이건 힘들다.'

무한은 불가항력적인 힘을 느꼈다. 뒷걸음질치다 어느새 절벽 끝에 내몰렸다. 힐끗 돌아보았다. 계곡물은 계속된 비로 더욱 불어난 상태였다. 누런 흙탕물이 성난 사자 같은 기세로 하류로 흘러내린다. 계곡 중간 중간 울퉁불퉁한 바위가 군데군데 솟아 있어 휘말리면 죽어도 고이 죽지 못할 듯 보였다.

아무리 생각해도 생로가 없었다. 여기서 죽는 것인가?

그때 하운의 무시무시한 기운이 이글거리는 부채를 들어 무한을 겨눈다.

"버러지, 뛰어내려라. 그럼 굳이 손을 쓰지 않으마."

무한이 이를 악물었다.

"비기라는 것, 부디 손에 넣길 바란다."

하운이 피식 웃는다.

"아부라도 해서 목숨을 구걸하겠다는 거냐? 그런 거라면 좀 더 공손한 말투로 해야 내 마음이 조금이라도 움직이지 않겠느냐?"

"천만에. 네놈 따위에게 목숨을 구걸하고 싶은 마음은 추호도 없다. 만약 내가 살아난다면 반드시 널 찾아가겠다고 말하는 것이다."

"하하, 그러니까 네놈 말은 그때를 대비해 비기를 익혀두라는 것이냐?"

"그래야 조금이라도 더 버틸 수 있지 않겠느냐?"

"크크, 미친 녀석. 네놈은 나를 모른다. 또한 내가 지닌 힘과 장차 전수받을 비기가 어떤 것인지 알고나 지껄이는 것이냐?"

"네놈이 누구든 상관없다. 산산이 부숴 버리면 그뿐!"

"죽음을 앞둔 놈의 발악치고는 유치하기 짝이 없구나. 죽기 전에 보아라! 내가 누군지!"

우우웅!

귀를 먹먹케 하는 소리와 함께 하운으로부터 폭발적인 기세가 뿜어진다. 곧 경이로운 광경이 펼쳐졌다. 하운에게 쏟아지던 빗방울이 보이지 않는 벽에 부딪쳐 튕겨져 나간다. 인간의 것이라고는 믿기 어려운 악마적인 힘이었다.

하운의 눈이 광기로 이글거린다.

"이것이 바로 나의 힘이다! 이것을 보고도 감히 나를 어째 보겠다는 말이 나오느냐?"

"미, 믿을 수 없어. 이, 인간이 아니다."

"크크, 어리석은 놈. 이것은 저 광활한 중원의 무학! 수만 종의 무예 중에서도 손꼽히는 마도 무학인 것이다!"

세상에, 빗방울을 튕겨내고 기세만으로 사람을 질식시키는 무예라니…….

"중원? 너는 조선인이 아니구나!"

하운은 더 이상 무한과 대화할 뜻이 없는 듯했다. 절벽 끝에 서 있던 무한은 머리털이 곤두서는 살기에 재빨리 절벽 아래로 몸을 날렸다. 그때였다.

꽈아앙!

무지막지한 기운이 무한이 섰던 자리를 휩쓸었다. 바위가 뭉텅 뜯겨 날아갔다. 무한은 미리 눈치 채고 절벽 아래로 몸을 날린 덕분에 기의 폭풍에서 간발의 차이로 벗어날 수 있었다.

하운의 어깨가 가볍게 떨린다 싶더니 어느새 절벽 끝에 다다랐다. 현기증이 날 정도로 거세게 흐르는 황톳물뿐, 무한은 옷자락 하나 보이지 않았다.

"잇! 약삭빠른 놈!"

펑! 펑! 펑!

분에 겨워 아래를 향해 연달아 장력을 쏟아냈다. 한동안 씩씩대던 하운이 중얼거린다.

"나조차도 저기에 휩쓸리면 생을 장담할 수 없다. 홍, 제깟 놈이 무슨 수로 살아나겠는가."

하운은 무한의 주검을 직접 확인하지 못한 찝찝함을 뒤로 하며 등을 돌렸다.

第七章
꿈속의 노인과 혜명(慧命)

꿈속의 노인과 혜명(慧命) 1

그것은 괴이한 꿈이었다.

삼면이 막힌 동굴.

족히 백 번은 넘게 꿰맨 것 같은 누더기를 걸친 노인이 양반다리로 앉아 있다. 백발이 치렁치렁하고 백염은 가슴께까지 내려와 도무지 나이가 짐작되지 않는 노인이다.

노인 앞에 바둑판이 놓여 있는데 바둑돌이 반쯤 채워진 상태였다.

턱을 괴고 있던 노인은 고심에 고심을 거듭하다가 한참 만에 돌을 놓는다. 백돌이다. 돌 하나를 놓고는 다시 턱을 괴고 생각에 잠긴다.

벼락이라도 맞은 걸까? 한가롭게 혼자서 바둑을 즐기고 있던 노인이 갑자기 바르르 떨었다. 게슴츠레 반쯤 감겨 있던 눈도 완전히 뜨여 있다. 모진 세상의 풍파에도 한 점 흔들림 없을 것 같은 눈. 그 눈에 거센 파문이 일었다.

노인은 정신없이 동굴 밖으로 나왔다. 기다렸다는 듯 싸늘한 바람이 닳고 닳은 마의를 사정없이 헤집는다.

동굴 밖 작은 공터, 그 한가운데 비자나무가 늠름한 자태를 뽐내며 서 있다. 족히 천 년은 살았을 법한 비자나무는 가지를 사방으로 드리웠다. 가지마다 담뿍 매단 눈꽃이 달빛을 받아 영기마저 느껴진다.

"드디어… 하늘이 나를 부르는가."

웅! 웅!

노인의 한마디 한마디에 천지가 공명한다.

노인이 고개를 든다. 꽁꽁 언 겨울 하늘에는 수천, 수만 개의 별이 총총히 박혀 있다.

수많은 별들 중 서쪽 하늘에 홀로 뜬 작은 별이 노인의 시선을 사로잡는다. 육안으로 보기에 어느 하나 특별할 것도 없는 그저 그런 작은 별. 그런데 노인은 그 별에서 시선을 떼지 못한다. 별은 노인의 시야가 아니라 영혼을 가득 메워 버렸다.

펄떡펄떡!

심장이 멋대로 요동친다. 심장 뛰는 소리만이 귓가에 메아리쳐 댄다. 그리고 어느 순간 찾아온 정적. 분명 심장은 끊임

없이 분탕질 치고 있건만 아무것도 들리지도 느껴지지도 않는다.

쿠쿵!

굳게 닫혀 있던 노인의 입이 열린다.

"저것은 성좌(星座)! 기어이……."

뭐라 말하는데 처음 몇 마디를 제외하고는 아무 소리도 들리지 않는다.

간신히 별에서 시선을 뗀 노인은 급히 동굴로 돌아갔다. 노인은 동굴 한쪽에 놓인 작은 석함을 열어젖혀 엄지손가락만 한 옥병을 꺼내 품었다. 그리고는 미친 사람처럼 동굴을 벗어나 산을 내려가기 시작했다.

산은 곳곳이 얼어붙고 눈이 수북이 쌓여 있다. 노인은 그것을 아는지 모르는지 빛도, 길도 없는 눈밭 위를 거침없이 미끄러져 내려간다.

눈이 녹고 싹이 돋는다. 수풀이 우거진다 싶더니 붉게 물들어 하나하나 떨어진다. 낙엽 위로 백설이 수북이 쌓인다.

계절이 열 번 남짓 바뀐 뒤에 괴인이 나타났다. 걸레로도 쓰기 힘들 것 같은 누더기, 그리고 어떤 유혹에도 끄떡없을 것 같은 정명(淨明)한 눈. 몰라보게 초췌해져 있었지만 틀림없이 수년 전 산을 떠났던 노인이다.

공터에 들어선 노인은 애잔한 눈빛으로 천년 거목을 쓰다

듬는다. 잠시 후 나무에 시선을 둔 채로 천천히 물러서서 팔을 쭉 뻗는다.

슉!

나무를 향해 팔을 횡으로 빠르게 서너 번 긋는다. 그리고 아무 일도 없었다는 듯 동굴로 들어갔다. 노인이 동굴 안으로 모습을 감춘 순간,

쩌저적!

비자나무가 우지끈 비명을 지르며 대지 위에 몸을 눕혔다. 장정 둘이 손을 맞잡아야 간신히 두를 수 있을 만한 거대한 그것이 노인의 손짓에 맥없이 쓰러진 것이다.

노인은 가부좌를 틀고 눈을 감았다.

하루, 이틀, 시간은 더딘 것 같으면서도 빠르게 흘렀다. 노인이 다시 눈을 뜬 것은 보름이 넘게 지난 후였다.

더욱더 초췌해진 몰골에 눈빛만은 무쇠라도 녹을 것처럼 강렬하다. 한 번 눈을 감았다 뜬 순간 기세는 원래 없던 것처럼 사라져 버렸다.

"무서운 힘."

중얼거린 노인은 동굴을 나섰다가 한 시진 만에 돌아왔다. 전에 없이 말끔한 모습.

단정히 빗어 한데로 묶어 틀어 올린 머리와 폭포수처럼 시원하게 내뻗은 은색 수염이 신선을 방불케 한다. 나무는 그새 어지간히 말라 있었다.

　노인이 경건한 몸짓으로 베어낸 비자나무 앞에 섰다. 뭐라고 중얼거리더니 손날로 통나무를 내려친다.

　서걱!

　거짓말 같은 일이다. 손이 지나간 궤적을 따라 나무가 맥없이 잘려진다. 칼에 잘린 무처럼 단면이 말끔하니 참으로 기가 막힐 노릇이다.

　노인의 손이 떼어낸 나무 위를 분주히 오간다. 손에 닿는 부분이 가루가 되어 흩날린다. 점차 나무가 바둑판 형태를 갖춰 나갔다.

　하루 열두 시진이 꼬박 지나갔다.

　하루 만에 바둑판을 완성한 노인은 지필묵을 곁에 두고 바둑을 두기 시작했다.

　딱! 딱! 딱!

　금세 바둑판 위에 돌이 한가득이다. 돌 하나를 놓는 시간이 지극히 짧아 한 판을 끝내는 데 차 한 잔 마실 시간이 채 걸리지 않았다.

　노인은 바둑이 끝나자 기보를 적는다. 기보가 완성되자마자 다시 바둑을 두기 시작했다. 그리고 기보를 만든다. 해가 저물도록 같은 행동을 거듭했다. 이상한 것은 판이 늘어날수록 돌을 놓는 속도가 눈에 띄게 느려진다는 것.

　장난이라도 하는 것일까? 그러나 한없이 경건한 노인의 표정은 결코 장난 따위가 아니라고 말하고 있었다.

노인은 간간이 솔잎을 갈아 만든 단환으로 허기를 채우며 바둑에 몰두했다.

밤낮이 교차하고 계절이 바뀌었다.

얼마나 오랜 시간이 흐른 것일까. 노인의 옆에 기보가 수북이 쌓였다.

노인은 여전히 바둑판 앞에 앉아 있다. 다만 분위기가 사뭇 다른 것이 진지함을 넘어 이제는 필생의 대적(大敵)을 마주한 사람처럼 비장미마저 감돌았다.

딱!

손바람을 일으키며 반상에 백돌이 내리꽂힌다. 그리고는 세월을 잊는다. 한 시진, 두 시진……

자신만의 세계에 빠진 노인에게는 시간이란 개념이 없는 듯했다.

딱!

바둑판에 흑이 추가된 것은 열두 시진, 정확히 하루 만이었다.

딱!

또다시 돌을 놓는 데 걸린 시간은 스물두 시진, 이틀 만이었다. 짧으면 하루, 길면 열흘까지. 그렇게 시간이 부질없이 흘렀다.

반상 위에 돌이 반이 넘게 채워졌다.

낙엽이 지고 새싹이 돋아도 노인은 변함없이 반상 위에 흑과 백을 번갈아 둔다.

딱!

장구한 세월이 흘렀다. 영원이 이어질 것 같던 바둑이 막바지에 달했다.

노인이 마지막 한 수를 놓고 부르르 떤다. 가죽만 남은 손으로 붓을 잡아간다. 기보를 그려야 진짜 끝이라는 듯.

붓끝이 바짝 말라 있다. 벼루 안에 있던 먹물도 마른 지 이미 오래. 말라 버린 벼루와 바둑판을 번갈아 보던 노인이 기보를 정리해 돌로 된 함에 넣었다. 몸을 천천히 일으켰다. 어깨 위에 수북이 쌓여 있던 먼지가 부스스 떨어진다.

노인이 동굴을 나섰다.

뽀드득뽀드득.

소담스럽게 쌓인 눈이 발목을 감싼다.

"하아!"

뽀얀 입김이 찬바람에 휘말려 공기 중에 흩어진다. 노인은 언젠가 그랬던 것처럼 가만히 하늘을 올려다본다.

쟁!

저 멀리 창공에 한줄기 빛이 반짝인다. 빛의 정체는 새하얀 한 마리 새다.

노인이 눈을 한 번 감았다 떴다. 찬란한 빛을 뿌리며 거대한 학(鶴)이 머리 위를 빙빙 돌고 있었다. 머리 위를 선회하던 학이 노인 바로 곁에 내려서서 날개를 접었다.

　노인이 등에 올라서자 학이 기꺼운 울음을 토하고 거대한 나래를 펴 창공으로 솟구친다. 학이 까마득한 곳까지 올라갔을 때 하늘로부터 장소성이 들려왔다.

　"그만 일어나라! 기보를 남기지 못함은 너에게 불행한 일이겠으나 그 또한 하늘의 뜻일 터. 풀고 못 풀고는 오직 너에게 달렸다. 만약 풀어낸다면 세상 만물을 일신에 품을 수 있을 터요, 풀지 못한다면 이곳에 갇혀 뼈가 진토가 될진저."

2

　무한이 꿈을 떨치고 깨어난 곳은 두 평이 채 안 되는 모옥이었다. 묘향산에 있는 수백 개의 암자 중 한 곳이겠거니 짐작했다. 방 안에 진동하는 약초 향을 느끼며 부스스 일어나 몸을 살폈다. 옷이 군데군데 찢어져 누더기가 된 것을 빼면 몸은 믿기 어려울 정도로 멀쩡했다.

　정신을 잃기 직전의 일을 떠올리고 있을 때, 한 노인이 문을 열고 들어섰다. 닳고 닳은 가사를 걸친 눈이 깊은 노승이었다. 문득 꿈을 꾼 것이 생각나 잠시 예의를 잊고 자세히 살폈지만 꿈속의 노인은 아니었다.

　"깨어났구나."

　"저는 무한이라 합니다. 노스님께서 저를 구해주셨군요. 감사드립니다."

무한이 넙죽 절하는데 노승은 돌아앉아 그 절을 외면했다.

"절은 집어치우고 원망이나 하지 말거라."

"오해를 하셨군요. 저는 자결을 하려 물에 뛰어든 것이 아닙니다. 목숨을 구함받았는데 원망이라니요?"

"앞으로 자살을 하고 싶어질 것이다. 수십 년 동안 불도를 닦은 나조차도 종종 그런 충동을 느끼곤 하는데 너는 오죽하랴."

무한은 노승의 말을 도무지 이해하지 못했다.

"무슨 연유로 그런 말씀을 하시는지는 모르지만, 저는 그리 나약한 사람이 아닙니다."

노승은 시큰둥한 표정으로 말했다.

"그건 불행 중 다행이로구나."

무한은 괴상한 노승이라 생각하며 일어나 다시 한 번 절했다.

"다시 한 번 감사드립니다. 은혜는 후일 반드시 갚도록 하겠습니다. 그럼 소인은 급한 일이 있어서……."

물끄러미 바라보고 있던 노승이 말했다.

"너는 가지 못한다."

"……?"

"너는 노납이 삼십 년 만에 처음 만난 사람이다."

무한은 삼십 년 만에 처음 만난 사람이라는 말의 의미를 제대로 이해하지 못했다.

"제가 삼십 년간의 청정을 깨뜨렸군요. 어찌 사죄를 드려

야할지……."

노승이 피식 웃는다.

"청정은 무슨, 노납은 사실 네가 온 것이 무척이나 반갑
다."

무한이 이마를 찡그렸다.

"설마 저를 여기에 붙잡아두고 싶으신 것입니까?"

"내가 원치 않아도 결과는 그렇게 될 것이다."

대화를 하면 할수록 이해할 수 없는 노승이었다. 나이와 어
울리지 않게 유리처럼 맑은 눈동자를 보면 정신이 또렷한 것
이 분명한데 이상한 노릇이었다.

"구명지은을 생각하자면 곁에서 어떤 식으로든 답례를 해
야 마땅하겠지만 지금은 제가 그럴 처지가 못 됩니다. 일을
마친 후에 반드시 다시 돌아오겠습니다."

무한은 예를 다하고 모옥을 나섰다. 하운의 정체에 대해 알
릴 생각에 마음이 급했다. 해의 위치를 보고 방향을 가늠한
후 빠른 걸음으로 길을 나섰다. 전신이 땀으로 후줄근해지도
록 쉬지 않고 산을 몇 개나 넘었다. 그런데 해가 뉘엿뉘엿 지
는데 보이는 건 산뿐, 암자나 절 따위는 하나도 보이지 않았
다.

처음 묘향산에 올랐을 때, 무학을 찾아다니느라 산을 헤맨
경험이 적지 않았기에 당황하지는 않았다. 날이 어둑어둑해
져서 거의 앞이 보이지 않을 때 즈음 불이 켜진 모옥 하나를

발견했다. 기꺼운 마음에 단걸음에 달려갔다.

"계십니까?"

"들어와라."

귀에 익은 목소리라 생각하며 문을 열고 들어갔다. 방 가운데 유등이 타고 있었다. 고소한 내가 나는 것으로 보아 짐승의 기름인 듯했다.

"길을 가다 날이 어두워져서 하룻밤만 묵어……."

무한은 그대로 굳어졌다. 등을 돌리고 앉아 있던 중이 몸을 돌렸는데 낮에 본 노승이었다.

"스님이 어찌 여기에……?"

"허허, 고얀 놈이로고. 내 집에 내가 있는데 어쩐 일이냐고?"

방 안을 휘휘 둘러보았다. 무한은 창백한 표정이 되고 말았다. 익숙한 약향, 억새풀 단에 진흙을 발라 만든 황토벽. 노승의 말은 사실이었다. 어이없게도 길을 잃고 뱅뱅 돌아 같은 자리로 오고 만 것이다.

노승이 넓적한 나뭇잎에 쌓인 잘 익은 물고기를 내밀었다.

"시장할 텐데 먹어라."

노승은 무한이 고기를 다 먹어치울 때까지 기다리고 있다가 그제야 입을 열었다.

"이곳은 절진이다. 네가 아무리 발버둥 쳐도 가고자 하는 곳으로 갈 수 없다는 뜻이다."

노승은 심각하게 말했지만 무한이 느끼기에는 허무맹랑할 뿐이었다. 단순히 길을 잃고 우연히 같은 자리로 온 것을 가지고 진법이라니, 말도 안 되는 소리였다.

날이 밝기가 무섭게 인사를 올리고 모옥을 떠났다. 노승은 혀를 찰 뿐 나서서 말리지 않았다. 종일토록 산을 넘고 물을 건넜다. 해가 지고 난 후 희미한 불빛을 따라 작은 모옥 앞에 이르렀다.

마른침을 꿀꺽 삼켰다. 불길한 예감이 등골을 스친다.

"왔으면 냉큼 들어오지 않고 언제까지 그러고 서 있을 참이냐?"

무한은 부르르 떨며 안으로 들어갔다. 노승이 그것 보라는 표정으로 앉아 있었다.

무한은 성미대로 쉽게 포기하지 않았다. 다음날도, 그 다음날도 새벽같이 일어나 모옥을 떠났다. 하지만 어김없이 같은 시간에 같은 자리에 서 있는 자신을 봐야만 했다. 미치고 팔짝 뛸 노릇이었다.

무한은 닷새째 되던 날, 모옥에 도착해 쓰러지듯 주저앉았다. 이제 노승이 말한 진법이란 것에 대해 믿지 않을 도리가 없었다.

"이제 노납이 왜 너를 삼십 년 만에 처음 본 사람이라 했는지 알겠느냐?"

"서, 설마 이 진 안에 갇혀 삼십 년 동안 지내셨단 말씀입니까?"

어이없게도 노승은 그·말을 부정하지 않았다. 한술 더 떠 이렇게 말했다.

"어쩌면 그것보다 더 지났을지도 모르지."

문득 떠오르는 것이 있어 부르르 떨었다. 그것은 꿈속의 노인이 마지막에 한 말이었다.

"풀지 못한다면 이곳에 갇혀 뼈가 진토가 될진저."

무한이 그 말을 중얼거리자마자 놀라운 일이 일어났다. 모옥이 순식간에 어두운 동굴이 되어버렸다. 씁쓸하면서도 향긋하던 약향 대신 생선 비린내가 코를 찔렀다. 듣도 보도 못한 괴현상이었다.

귀신에 홀린 것이라 생각한 무한이 경악에 휩싸여 있을 때, 노승의 입에서 잔잔한 음성이 흘러나왔다.

"너는 지금에서야 겨우 거짓 한 꺼풀을 벗겨내고 실체에 한 걸음 다가간 것인데 어찌 그리 놀라느냐?"

"이게 진짜란 말씀이십니까?"

"일체유위법(一切有爲法) 여몽환포영(如夢幻泡影) 여로역여전(如露亦如電) 응작여시관(應作如是觀)이라. 일체의 현상은 다 꿈이고 헛것이고 물거품이고 그림자다. 또한 이슬 같고 번개 같은 것이니 마땅히 그렇게 보아야 할 것이다."

노승은 금강경 한 구절을 읊은 다음 그 뜻을 천천히 풀었다. 무한은 격동하는 마음이 단숨에 가라앉음을 느끼고 흠칫 놀랐다. 보통 중이 아니었다.

"궁금하면 나가보아라."

빛이 들어오는 입구 쪽으로 달려나갔다. 동굴 주위로 이십여 장 공간은 깊이를 짐작키 힘든 연못과 작은 텃밭으로 채워져 있었다.

연못 속을 한가로이 유영하는 물고기들에게 잠시 머물렀던 시선을 멀리 이동시켰다. 동굴을 중심으로 이십 장 밖은 짙은 안개의 장벽이 철저히 둘러치고 있었다. 도무지 상식 밖의 일이었다.

때는 중천에 뜬 태양이 양광을 작렬시키는 한낮. 해가 뜨면 이슬과 안개는 흔적도 없이 사라진다. 그것이 자연의 법칙이요, 진리인 것이다. 그런데 천지를 뒤덮다시피 한 저 자욱한 안개는 그런 상식을 철저히 뒤엎고 있었다.

뒤따라 나온 노승이 말했다.

"시계(視界)를 흐리고 있는 저 안개가 바로 진법의 요체다. 저기에 발을 디디면 종일토록 헤매다 기운이 다 빠질 때쯤 결국 이곳으로 돌아오게 되는 것이다."

무한은 믿을 수 없다는 표정으로 말했다.

"하지만 저는 지난 오 일간 저 안개를 본 적이 없습니다."

"그것은 모두 저 안개와 네 머리가 만들어낸 환영일 뿐이다. 흙과 돌로 된 동굴을 초옥이라 생각했던 것을 잊었느냐?"

무한은 문득 노승의 법력이 심상치 않음을 느끼고 물었다.

“스님은 누구십니까?”

“노납의 법명은 혜명(慧明)이다. 한때 국사(國師)라는 가당찮은 칭호를 얻었었지.”

무한은 해연히 놀랐다. 혜명이라는 법명은 낯설었지만 국사라는 말에는 태연할 수가 없었다. 조선 천지에 이름을 떨친 무학조차 국사보다 낮은 왕사였으니 그럴 법도 했다.

“놀랄 것도 없다. 지금은 욕심을 좇다가 결국 덫에 사로잡힌 한 마리 축생에 불과할 뿐이니라.”

무한은 혜명의 말을 곱씹었다. 덫은 진법을 얘기하는 것 같았고, 사로잡힌 축생이란 스님 본인을 말하는 것 같았다. 그렇다면 욕심이란 것은 무엇일까? 대체 무엇이 국사까지 지낸 고승을 이곳으로 오게 만든 것일까?

혜명의 얼굴에 짙은 회한이 깃든다. 무한은 잠자코 혜명의 대답을 기다렸다.

“노납의 사문에 은밀히 전해지는 비전이 있다. 가진 것도 미처 수습하지 못한 주제에 만족하지 못하고 비전의 뿌리를 찾으려 했던 것이 화근이었다.”

비기, 비전……. 공교롭게도 근래 들어 연이어 듣는 말이었다. 설마 하운이 말한 비기와 혜명 대사가 말하고 있는 비기가 같은 것일까?

무한은 마른침을 꿀꺽 삼키고 물었다.

“노스님, 혹시 사문이라는 곳이 보현사입니까?”

혜명이 눈을 크게 떴다.

"네가 어찌 보현사를 알고 있느냐?"

무한은 혜명의 격한 반응에 서둘러 무학 대사의 제자가 되기 위해 산에 오른 것과 소지 선사에게 쫓겨난 과정, 그리고 절벽에서 뛰어내리게 된 경위를 간략하게 풀어놓았다.

무한의 이야기를 숨도 쉬지 않고 모두 들은 혜명은 한탄하듯 말했다.

"무학과 소지는 모두 나의 제자들이다. 네가 무학의 제자가 되려 했다니 결코 노납과의 인연이 얕지가 않구나. 허허, 그나저나 하운이란 녀석에게 무학이 도선비기(道詵秘記)를 넘기려 한다는 말이 사실이냐?"

무한의 얼굴이 벌겋게 상기되었다. 너무나 놀라서 정신이 하나도 없었다. 혜명이 무학 대사의 스승이라는 것도 턱이 빠지도록 놀라운 일인데 거기다 도선비기라니…….

도선비기는 신라 말, 고려 초기에 활동한 도선 대사가 남겼다고 전해지는 신서(神書)다. 민간에 전해지기를, 도선 대사는 하루에 천 리를 가고 마른하늘에 비를 내리게 하는 등, 생전에 풍운조화(風雲造化)를 일으켰다고 했다. 물론 무한은 그 말을 곧이곧대로 믿을 만큼 어리석지 않았다.

하지만 전해지는 도선 대사의 능력 중에 반의반, 아니, 열에 하나만 담았다 해도 가공할 내용이 담겼을 책임에는 틀림없었다.

"대사님, 설마 도선비기가 실존했다는 말씀이십니까?"

혜명은 조금의 망설임도 없이 끄덕였다.

"물론이다. 한때 노납이 주지의 신분으로 보관하고 있었던 것이니 의심할 여지가 없다."

무한이 발을 동동 굴렀다.

"그걸 하운이란 녀석이 넘겨받게 되었으니 이를 어쩌면 좋습니까. 그는 선하지도 않을뿐더러 중원 운운했던 것으로 미루어 명국이나 원나라에서 온 자임에 틀림없습니다."

무한은 애가 탔다. 나라의 보물이 국외로 반출될 우려에 처한데다, 악한 자의 손에 떨어지게 생겼으니 당연했다.

그런데 속이 타는 무한에 비해 혜명은 별로 다급한 기색이 아니다.

"그건 걱정할 것 없다. 도선비기가 있는 곳은 노납만이 알고 있다. 허허, 그 위치를 누구에게도 알리지 못하고 이곳에 들어오게 돼 못내 걸렸더니라."

"하지만 청평 사형께서 들었다는 말씀은······."

"뭘 모르고 한 말일 것이다. 비기는 절대 찾을 수 없는 곳에 있다."

무한은 혜명 선사의 확신에 찬 말에 가슴을 쓸어내렸다.

문득 한 가지 생각이 떠올랐다.

혹시 무학 대사께서 한시도 쉬지 않고 세상을 떠도는 이유가 혜명과 실전된 비기의 행방을 찾기 위함이 아니었을까? 생각해 보니 그럴 가능성이 충분했다.

걱정을 덜어낸 무한은 보다 현실적인 문제에 접근했다.

"대사님, 정말 이곳을 벗어날 방법이 없는 것입니까?"

"없다."

"일말의 가능성도 없는 것입니까?"

"엄밀히 말해 전혀 없지는 않다. 이곳에 들었다가 나간 사람이 있으니."

"그게 정말입니까? 그분이 누굽니까?"

"그분이 바로 비기를 남기신 도선 사조님이시다."

희망에 차 있던 무한은 실망하고 말았다.

"이곳은 그분이 설치하신 진이니 나가는 것도 무리는 아니었겠군요."

혜명이 고개를 저었다.

"사람들은 도선비기가 도선 사조께서 만든 것이라 알고 있지만, 엄밀히 따지면 그렇지가 않다. 이곳의 진법도 그분께서 만든 것이 아니다. 사조께서도 우연히 이곳에 들었다가 비기를 얻어 나가신 것이지."

"그렇다면 진법을 만든 분은 누굴까요?"

"그건 너도 알고 있는 분이다."

"예?"

"너는 이곳에 와서 정신을 차리기 전에 한 가지 꿈을 꾸지 않았더냐? 맨손으로 천년 거목을 쓰러뜨리고 바둑판을 만드는 노인을 보지 않았느냔 말이다.”

무한은 놀라움에 입을 딱 벌렸다.

“아니, 대사님께서 그걸 어찌……?”

“이 늙은이 또한 이곳에 들어와 겪은 일이다.”

“그럼 그 꿈이 사실이란 말씀이십니까?”

“사실이다. 도선 조사께서도 같은 일을 겪으셨으니 틀림없
는 일이다.”

“그렇군요.”

“사십여 년 전이었다. 노납은…….”

혜명이 과거를 풀어놓았다. 혜명은 사십여 년 전, 보현사
서고를 정리하다 오래된 작은 책자를 발견하게 된다. 그것은
도선이 남긴 일기 형식의 글이었다. 혜명은 책을 발견하고 뛸
듯이 기뻐했지만, 그것이 불행의 씨앗이 될 것이라고는 미처
생각하지 못했다.

도선이 남긴 글로 인해 혜명은 도선이 겪은 일을 소상히 알
게 되었다. 진법이 설치된 신비에 싸인 이곳의 존재를 알게
된 것도 그 때문이었다.

“허허, 노납은 어리석었다. 사조의 글을 보고 이곳의 존재
를 알게 된 후 십 년을 찾아 헤맸다. 그 십 년이라는 세월 동
안 왜 사조께서 이곳의 위치를 상세히 전하지 않았는지 한 번
쯤 생각해 봤어야 했다.”

“왜 그분께서 그리하셨을까요?”

“노납을 포함한 누구도 조사께서 남기신 도선비기를 완벽히 익힌 사람이 없었다. 그런 마당에 그보다 더한 것을 얻어서 무엇에 쓰겠느냐? 조사께서는 과유불급(過猶不及)의 의미를 익히 깨닫고 계셨던 것이다.”

“그렇군요. 그런데 그분은 이곳에서 어떻게 나가셨을까요?”

“사조께서 남기신 비기는 기와 마음을 다스리는 심법(心法)이다. 기공을 완벽히 익히면 저 안개에 현혹되지 않고 바른 길을 갈 수 있노라 적으셨다.”

“심법이란 것이 무엇입니까? 그것이 무엇이기에 그런 효능이 있는 것입니까?”

혜명은 무한의 물음에 의아한 표정을 지었다.

“네 녀석의 단전은 적잖이 활성화된 것으로 아는데 어찌 심법을 모른다고 하느냐?”

“제 단전이 활성화되었다니요?”

혜명이 이마를 찌푸렸다. 혜명은 무한이 동굴 속 샘 위로 솟아올랐을 때, 맥을 짚어 몸 안에 기운이 축적되어 있는 걸 알고 있었다. 그런데 어쭙잖게 거짓말을 하고 있으니 언짢은 기분이 드는 것도 이상한 일이 아니었다.

“이런 고얀 녀석을 보았나. 일찍이 네 녀석이 정신을 잃고 연못으로 솟아올랐을 때 단전에 머문 진기를 보았거늘!”

“모르는 일입니다.”

혜명은 말과 동시에 무한의 팔목을 덥석 움켜쥐었다. 찌르르한 통증이 팔뚝으로 타고 올라오더니 몸통 쪽으로 옮겨왔다. 무한이 놀라서 팔을 빼려 했지만 요지부동이었다.

혜명은 기를 실처럼 풀어 무한의 단전을 두드렸다. 혜명의 기는 방해받지 않고 즉각 훤히 뚫린 기해혈로 입성했다. 그리고 기해에 잠들어 있는 무한의 기운을 확인했다. 그 후로도 기를 풀어 무한의 몸 구석구석을 훑었다. 무한이 땀을 흘리다 못해 온몸이 흠뻑 젖은 후에야 팔목을 놓아주었다.

혜명은 뭔가 이상함을 느꼈는지 고개를 갸웃했다.

'허어, 기이한 일이로다. 단전이 싹트긴 했는데 길들여 진 느낌이 아니니.'

혜명은 난제에 부딪친 표정을 지으며 무한의 얼굴을 살폈다. 무한은 땀을 훔치며 무슨 말인지 모르겠다는 얼굴을 하고 있었다. 심법을 배우지 않았다면 결론은 하나다.

단전이 저절로 열렸다? 이론상 불가능한 것도 아니었지만, 혜명으로서도 생전 듣도 보도 못한 기담(奇談)에나 나올 법한 일이었다.

"너는 정말 누구에게도 내력(內力)을 쌓는 호흡법을 전수받지 않았느냐?"

무한은 혜명이 좀처럼 믿어주지 않자 답답한 마음에 청학무관에서 배운 것들을 소상히 말했다. 무한의 얘기를 경청하던 혜명이 물었다.

“혹여 별다른 일은 없었느냐? 느닷없이 능력 이상의 힘이 발휘되었다거나 하는 것 말이다.”

오관지회를 앞두고 있었던 대표 선발전에서 박영을 상처 입혔던 일이 떠올라 그 얘기를 꺼냈다.

“배꼽에서 시작된 기운이 등줄기를 타고 올라왔다?”

“예. 그런 비슷한 일이 두어 번 정도 있었던 것 같습니다.”

혜명은 곰곰이 생각했다. 무한의 말이 모두 사실이라면 무한은 진기의 발현까지 성공한 셈이었다. 심법 없이 단전이 문을 열어 기를 축적한 것도 믿지 못할 일인데 제 스스로 알아서 움직였다니…….

“믿을 수 없는 일이구나. 하지만 사바세계는 철저히 인과율에 지배받는 법.”

짙은 노을에 얼굴이 붉게 물든 혜명이 잔뜩 굳은 얼굴로 죽장(竹杖)을 내밀었다.

“……?”

“너의 검을 보여다오. 원인을 찾아봐야겠다.”

무한은 혜명의 표정이 무척이나 진지해 하지 못하겠다는 말을 꺼낼 수가 없었다. 결국 군말 없이 죽장을 받아 들었다.

다른 누구도 아닌 무학이라는 거목을 만든 분이 보고 있다. 압박감에 가슴이 뻐근했다.

“휴우!”

심호흡과 함께 눈을 감았다. 펄떡이던 심장이 점차 안정을 되찾을 때 즈음, 긴장을 떨쳐 낸 무한은 죽장을 단단히 틀어쥐었다.

붕, 부웅!

시험 삼아 휘둘러 본 느낌은 그런대로 괜찮았다. 검과는 쥐는 느낌도 무게도 사뭇 달라 어색하기는 했지만 그것은 어디까지나 잠깐 동안뿐이었다.

곧 죽장이 공기를 밀어내는 소리가 주위에 가득 찬다. 그즈음 해가 넘어가 숨어 있던 별들이 하나씩 모습을 보이기 시작했다.

격식없는 걸음이 바닥을 쓸었고, 마음에 맡긴 죽장이 바람결에 스민다. 펄쩍 뛰어올라 미지의 두려움을 씻어내고 종횡무진 어둠을 갈라댄다.

자리에 앉아 무한을 바라보던 혜명이 가만히 있지 못하고 엉덩이를 들썩였다. 그만큼 무한의 검은 혜명으로서도 기대 이상이었다.

어두워진 하늘은 무한의 훌륭한 검술에 화답하듯 숨겨놓았던 보석들을 하나씩 토해낸다. 곧 하늘에 반짝이는 별들이 촘촘히 박히고 은하수의 강이 비단처럼 흐른다. 무의식중에 하늘을 바라본 무한은 은하수가 자신을 향해 쏟아지는 착각에 빠진다.

처척!

무한이 두 다리를 굳건히 버티고 선다. 쉼없이 휘두르던 죽장을 발검 전의 검처럼 옆구리에 붙인다. 그리고 쏟아지는 별을 미친 듯이 쪼개갔다.

혜명은 엉덩이를 들썩이다 못해 자리를 박차고 일어났다. 그의 얼굴은 흥분으로 붉게 달아올라 있었다. 이건 기대 이상인 정도가 아니었다.

방금 전까지는 바람의 결을 비집고 죽장을 휘둘렀다. 그 정도만 해도 상당한 수준이었기에 혜명은 충분히 감탄했다. 그런데 지금은 또 다르다. 그 뭉툭한 죽장으로 그 미세한 공기의 틈을 벌리고 수십, 수백 갈래로 쪼개내고 있었다.

더욱 경악스러운 것은 내력을 사용하고 있는 것이 아니라, 미세하게나마 주위의 기운을 흡수하고 있는 느낌이라는 것이었다. 이것이야말로 심법 없이 기운을 끌어 모은 비결이었다.

'엄청난 무재(武才)로구나!'

혜명을 경악에 빠뜨린 무한은 신나게 별을 쪼개댔다.

"휴!"

잠시 후, 무한은 진한 아쉬움이 밴 한숨과 함께 동작을 정지했다. 쏟아지던 수많은 별 무리 중 열의 하나도 제대로 감당하지 못했던 것이다.

무한은 부끄러움에 얼굴을 붉히며 혜명에게 허리를 굽혔다.

"대사님께 추한 모습을 보여 죄송합니다."

혜명의 입에서 신음 같은 말이 흘러나왔다.

"허어, 대해를 누벼야 할 곤(鯤)이 우물에 빠진 형국이로다."

곤은 다 자라면 대붕(大鵬)이 된다는 전설 속의 물고기로, 혜명은 무한을 곤에 비유했다. 하지만 절진은 곤이 아니라 대붕마저도 가둘 만한 지독한 것이라는 것이 문제였다. 왜 하늘은 저러한 인재를 내고 하필 이곳에 빠뜨렸단 말인가?

혜명은 곧 물음의 답을 얻고 전율했다.

하늘은 허투루 인재를 내는 법이 없다. 바보천치를 내는 것도 그만한 쓰임이 있기에 그러한 것인데 하물며 천재임에야.

'저 아이를 내게 보낸 것은 천명(天命)이다! 어쩌면 이곳은 저 아이를 위한 곳이 아닐까?

"무관에서 바둑을 배웠다 했느냐?"

"예."

"좋다. 나를 따라오너라."

무한은 혜명 대사를 따라 동굴 안쪽으로 들어갔다.

화르르!

동굴 끝에 이르러 혜명이 횃불을 밝혔다. 고소한 내가 나는 것이 아마도 물고기 기름을 태우는 것 같았다.

중앙에 놓인 돌의자, 그 앞에 놓인 자그마한 석함. 분명 꿈속의 노인이 바둑을 두던 그 장소였다. 시선에 석함에 닿았다. 바로 얼마 전 혜명에게서 그 꿈이 그냥 꿈이 아니란 말을 들었던 터다. 꿈대로라면 저 안에 기보가 들어 있어야 했다.

“가서 열어보아라.”

천천히 다가가 석함 앞에 앉았다.

반신반의(半信半疑)하는 심정으로 석함의 뚜껑을 조심스레 열었다. 누렇게 빛바랜 종이가 가득했다. 틀림없는 기보였다.

혜명은 한쪽에 서서 무한이 하는 양을 가만히 지켜보았다.

무한은 떨리는 손으로 맨 아래 기보를 조심스레 펼쳐 들었다. 얼마나 오래됐는지 종이가 바래다 못해 삭아 부스러지기 일보 직전이었다.

기보를 든 무한은 말로 형용할 수 없는 떨림을 느꼈다. 종이 안에서 흑과 백이 용호상박, 무시무시한 기세를 뿜어대고 있었다.

곧 한 가지 사실을 떠올리고 전율했다. 지금 들고 있는 기보. 이것은 노인이 맨 처음 둔 바둑이다. 즉, 차 한 잔 마실 동안, 전광석화라 표현해도 부족하지 않을 만큼 빠르게 둔 바둑이었던 것이다.

바로 다음 장을 펼쳐 들었다. 다시 다음 장을, 또 다음 장을 펼쳤다. 기보를 든 손이 덜덜 떨린다. 생각대로다. 장을 거듭할수록 점입가경이다.

그렇게 삼 일이 지났다. 무한의 손에 마지막 기보가 들렸다. 짐작대로 지금까지 상상조차 해본 적이 없던 바둑의 세계가 펼쳐져 있었다. 그야말로 엄청난 바둑이었다. 마지막 기보를 붙들고 이틀을 더 보냈다.

닷새째 되던 날 기보를 내려놓았다. 무한의 시선이 절로 동굴 가운데로 향했다. 먼지 쌓인 바둑판 위에 돌이 빼곡히 놓여 있었다. 끝은 냈으되 기보로 남기지 못한 바둑. 목이 바짝바짝 말랐다.

함 속에 든 수백 판의 바둑을 모두 합친 것보다 더 많은 시간과 노력을 기울인 한 판.

대체 이것은 과연 어떤 바둑이었을까. 꿈을 떠올리려 해도 안개에 가려진 듯 흐릿해 도무지 떠오르지 않았다. 애가 끓는다.

"이것이 정말 신선의 바둑이란 말인가?"

무한의 음성이 파르르 떨려 나왔다. 혜명이 절제된 음성으로 답했다.

"도선 사조께서는 그것을 일컬어 천상(天上)의 바둑이라 했다. 도선비기는 그 한 판의 바둑에 의해 탄생된 것! 이 바둑이야말로 진법을 빠져나갈 열쇠인 것이다."

무한이 퀭한 눈을 들어 혜명을 바라보았다.

"천상의 바둑… 진법을 파훼할 열쇠……."

무한은 중얼거리듯 내뱉고는 그대로 쓰러졌다. 꼬박 닷새 동안 자지도 먹지도 않고 기보만 봤으니 무리도 아니었다.

혜명은 무한의 명문에 장심(掌心)을 대고 진기를 불어넣었다. 쇠한 기운을 채워주자 파리하던 안색에 혈색이 돌기 시작한다.

"내 너를 잘못 보았구나. 무재(武才)이기 이전에 기재(棋才)였던 것을……."

혜명이 처음 석함 속의 기보를 접했을 때 무한과 다르지 않았다. 무엇에 홀린 것처럼 삼매경 속에서 열흘을 보냈다. 고강한 내력이 있었기에 망정이지 그렇지 않았다면 기보를 붙들고 죽었을지도 모를 일이었다.

혜명은 열흘이 걸린 것을 무한은 닷새 만에 삼매경을 깨치고 나왔다. 도선 대사의 경우 엿새 만이라 적고 있었다. 기보를 발견했을 당시의 순수한 기력을 비교하면 무한은 혜명 자신은 물론 도선 대사를 능가하는 수준이었다.

第八章
천상(天上)의 기보

천상(天上)의 기보 1

　노인이 기보로 기록하지 못한 마지막 바둑. 그것이야말로
도선비기의 본체요, 반드시 정복해야 할 궁극의 바둑이었다.
하지만 먼지 쌓인 바둑판에 덩그러니 흑과 백이 얽혀 있는 바
둑은 도무지 수순을 짐작할 수가 없었다.

　기보라 함은 대국을 수순대로 번호를 붙여 바둑을 재현할
수 있도록 만든 일종의 지도다. 어떻게 기보 없이 바둑의 처
음과 끝을 짐작한단 말인가.

　기보도 없는 바둑을 그대로 재현한다? 어려운 정도가 아니
라 아예 불가능했다. 그나마 쥐꼬리만 한 단서라고는 흑과 백
의 잡힌 돌의 수가 각각 열한 개씩이라는 것과 비겼다는 것,

그리고 각 수들이 감히 절대의 수라 칭할 만큼 완벽하다는 것 정도였다.

무한과 혜명은 그 실낱같은 단서를 부여잡고 불가능에 정면으로 맞섰다. 어처구니없는 짓이었지만, 노인이 남긴 나머지 수백 장의 기보를 토대로 최상의 수를 찾아 하나하나 맞춰 나갔다.

도전의 시작은 바둑을 낱낱이 풀어헤치는 것부터였다. 종이가 없어 동굴 벽면과 바닥에 한 판 한 판 빼곡하게 그려 넣었다. 일 년이 넘는 시간을 매달린 끝에 수천 장의 기보를 만들어냈다. 한 그루의 나무에서 수많은 줄기가 뻗어나가듯 궁극의 바둑에서 수천 판이 넘는 다른 바둑들이 파생된 것이다.

노인이 남긴 기보를 기초로 최선의 수를 택해 조금씩 압축해 나갔다. 단 한 수 때문에 이삼 일은 보통이고, 열흘이 넘게 의견을 나눈 적도 있었다. 수천 장이 수백 장이 되고, 다시 수십 장이 되었다. 삼 년, 수천 개의 기보가 세 개가 되기까지 걸린 시간이었다.

혜명이 바닥에 그려진 세 개의 기보를 가리키며 말했다.

"이것이 바로 도선비기다."

무한은 어리둥절할 수밖에 없었다. 혜명이 의문을 풀어주었다.

"도선비기는 다름 아닌 석 장의 기보니라. 바둑판의 삼백예순하나의 점은 저마다 혈도를 가리킨다. 기반의 각 화점은 기해, 장강, 용천, 명문 등 주요 혈도가 되고, 천원은 백회혈이 되는 식으로 삼백예순한 개의 점은 그대로 인체의 혈도니라."

혜명의 설명에 무한이 무릎을 쳤다.

"아! 이제 보니 바둑의 수순이 진기의 운용 순서가 되는 것이군요?"

"바로 그러하다. 이 세 장의 기보야말로 도선비기의 운용법이 세 가지인 이유다."

혜명은 이어 수차례에 걸쳐 바둑판 각 점이 의미하는 혈도를 풀어주었다. 무한은 이때 이미 삼 년 전부터 도선비기를 전수받아 익히고 있던 터라 정말 석 장의 기보가 도선비기의 운용과 일치함을 알 수 있었다.

무한은 문득 의문이 들었다. 혜명은 이미 수천 판의 바둑이 도선비기라 명명된 이 세 판의 바둑으로 귀결될 것을 미리 알았으면서 왜 지난 삼 년을 허비한 걸까.

무한의 의문 가득한 시선을 느낀 혜명이 입을 열었다.

"만약 도선비기만 익혀 이곳을 나가는 것을 목적으로 삼았다면 그런 고생은 필요없었을지도 모르지. 하지만 나는 네게서 도선 사조가 이룬 것 이상의 것을 원한다. 냉정히 말해 도선비기는 큰 강에서 흘러나온 하나의 지류일 뿐. 너는 지류(支流)에 만족할 테냐?"

무한은 부르르 떨었다. 힘을 향한 갈망에 심장이 미친 듯이 두방망이질 쳤다. 궁극의 바둑은 필시 극에 이른 심법일 터이다. 도선비기에 기록된 심법만 해도 그 끝을 짐작키 힘든데 궁극의 심법임에야.

얻겠다. 반드시 얻고야 말겠다.

"제자는 강 자체를 원합니다. 궁극의 심법을 얻고 싶습니다!"

"오냐. 석 장의 기보가 두 장이 되고 다시 한 장이 되는 날, 그 뜻이 이루어질 것이다."

무한은 도선비기를 익히는 것과 병행해 혜명과 쉬지 않고 궁극의 바둑을 찾는 데 골몰했다.

그 후로 사 년이 더 흘러 세 장이었던 도선비기를 두 장으로 줄이는 막바지 길에 접어들었다. 때마침 힘써 익힌 도선비기도 대성에 성큼 다가서 있었다.

무한은 진 안에서 일곱 번째 봄을 맞이했다.

볕이 따사로운 그날, 무한과 혜명이 동굴 입구 바위에 나란히 앉았다. 연못 속의 물고기들은 칠 년 전이나 지금이나 여전히 한가롭고 이십 장 밖 운무의 벽은 여전히 자욱했다. 하늘 또한 그때처럼 무정하게 푸르기만 했다.

자연은 이렇듯 유구(悠久)한데 무한과 혜명은 많이 달라져 있었다. 칠 년이라는 시간은 무한을 수염이 덥수룩한 헌헌장부로 탈바꿈시켰다. 반면, 나이에 걸맞지 않게 정정하던 혜명에게서는 생기를 빼앗아갔다.

몰라보게 늙어버린 혜명은 올해 들어 시든 국화꽃같이 기운이 없었다. 그런 혜명을 보는 무한 또한 마음이 편치 않았다.

혜명이 따사로운 햇살에 눈을 게슴츠레 뜨고 무한의 어깨를 두드리며 말했다.

"이 늙은이가 안돼 보이는 것이냐? 허허, 그리 볼 것 없느니."

혜명의 음성에 힘이라고는 없다. 무한은 착잡한 심정을 숨기지 못했다.

"네게서 도선비기의 대성(大成)을 보았다. 무슨 여한이 더 있겠느냐?"

"약한 말씀 마십시오. 아직도 갈 길이 멀지 않았습니까?"

"암, 길이 멀지. 하지만 남은 것은 네 몫이다. 도선 사조께서도 감히 이루지 못한 것이지만 넌 반드시 해내리라 믿는다."

"스승님께서 도와주시면 무엇이 문제겠습니까."

칠 년, 무한이 혜명을 스승으로 모신 세월이다.

"순리를 거스르려 하지 마라. 노납의 천명은 끝났다. 할 일을 모두 마쳤으니 수명이 다한 것이야 인지상정이 아니겠느냐."

무한의 마음은 애달픔에 절절 끓는다. 무한의 안타까운 심정과는 상관없이 혜명의 얼굴에 드리운 죽음은 점점 짙어진다.

"한 가지 부탁이 있다."

"무엇입니까? 말씀만 하십시오."

무한의 음성에 이슬이 맺히기 시작한다.

"도선비기를 운용하는 너의 모습을 보고 싶구나."

도선 대사가 남긴 도선비기는 세 가지 운용법이 모여 하나의 심법을 이루는 독특한 기공이다.

기해에서 시작해 용천혈을 거쳐 기해로 돌아오는 제일법 진기용천행(眞氣湧泉行).

기해에서 시작해 회음을 돌아 기해로 오는 제이법 진기회음행(眞氣會陰行).

기해에서 시작해 백회혈에서 마치는 제삼법 진기백회행(眞氣百會行).

무한이 지금 운용하려는 것은 제삼법으로 이루어진 기존의 도선비기와 달랐다. 기보가 두 장으로 줄어듦으로써 자연스레 운용법도 두 개로 줄었다. 지금 혜명이 보고자 하는 것도 궁극의 심법에 한 걸음 다가선 새로운 도선비기였다.

제일법과 제이법을 아우른 새로운 제일법 용천회음행.

삼법과 양팔의 모든 혈을 관통하는 백회대능행(百會大陵行).

이것이 바로 새로운 도선비기다. 기존에 비해 진기도인의 속도가 빨라져 진기 축척이 한결 용의해짐은 물론 타동하는 혈도가 오십여 개 이상 늘어났다. 진기의 수발과 속도에서 기존과 비교해 차원을 달리한다.

무한은 혜명이 지켜보는 가운데 숨죽여 가부좌를 틀었다. 처음 시도해 보는 것이니만큼 신중에 신중을 기울였다.

움찔!

진기의 바다[氣海]를 쏜살같이 헤엄쳐 나온 기운이 빠른 속도로 하체(下體)로 내리꽂힌다. 이윽고 발바닥에 이르러 용천혈을 뜨겁게 달구고 튕겨지듯 회음으로 치달았다. 회음을 시원하게 통과한 기운은 다시 기해로 쏜살같이 밀려들어 온다. 제일법 용천회음행의 완성이다.

무한은 무아경(無我境) 속에서 제이법 백회대능행을 시도했다. 그 순간 가늘게 뜬 눈으로 무한의 모습을 지켜보고 있던 혜명이 조용히 중얼거렸다.

"허허, 백회행은 무리가 없겠지. 하나, 막혔던 대능행은 쉽지 않을 터. 늙은 스승의 마지막 선물이라고 생각해라."

혜명은 지그시 눈을 감았다. 직후, 혜명의 입에서 진기가 아지랑이처럼 피어올랐다. 세상 밖으로 나온 진기는 열에 예닐곱은 천지로 퍼져 나가 사라지고, 나머지 두셋은 무한이 도선비기를 운용할 때 들숨을 따라 흡수되어 녹아들었다.

장대한 기의 줄기가 대능혈로 몰아친다.

툭, 툭!

혈도가 타동되는 소리가 뇌성처럼 메아리친다.

무한이 혜명의 도움으로 제이법마저 단숨에 이루어낸 후 눈을 떴을 때, 혜명은 이미 좌화(坐化)해 있었다. 눈을 반개(半開)하고 입멸(入滅)한 혜명의 모습은 더없이 평온해 보였다.

2

새파란 미명(未明)이 산기슭에 드리운다. 칠 년 전 그랬던 것처럼 무한은 보현사 산문 앞에 서서 깨어나는 세상을 전율에 차 바라보았다. 머리털이 곤두설 정도로 환희에 찬 그 감흥이란 말로 다 표현할 수 없는 것이었다.

단순히 절진 밖에서 맞는 칠 년 만의 아침이라는 감회 때문만은 아니었다. 전에는 느끼지 못했던 것들이 오감을 통해 쏟아져 들어오고 있었다.

향기로운 풀 향, 미풍에 놀란 이슬이 풀잎 위를 구르는 소리, 솔잎들이 부대끼며 사부작사부작대는 소리.

도선비기를 극에 이르도록 끌어올리니 심지어 나비 애벌레가 나뭇잎 갉아먹는 소리까지도 감각에 잡힌다. 십 리가 넘는 곳까지 손바닥 보듯 환히 보인다.

무한이 숨어 있던 자연의 신비를 만끽하고 있을 때, 인기척을 느끼고 도선비기를 천천히 풀었다. 진기가 단전 안으로 말려들어 가고 한계점까지 이르렀던 오감이 천천히 원래대로 돌아왔다.

삐거덕 문이 열리고 오평이 물지게를 지고 산문을 밀고 나온다. 제법 나이 든 티가 났지만 작달막한 키에 다부진 체격, 장난기 가득한 얼굴은 예전 그대로였다.

무한이 합장했다.

"안녕하셨습니까?"

무한은 분명히 기존에 본 적이 있었음을 암시하는 인사를 했지만, 오평은 미처 깨닫지 못한 모양이다. 그는 수염 덥수룩한 덩치 큰 사내가 서 있자 놀라서 주춤 물러섰다. 그러더니 무한의 남루하다 못해 거지를 방불케 하는 행색을 보고는 이라도 옮을까 더욱 멀찍이 떨어진다.

"허! 부지런도 하셔라."

"저야 늘 그렇지요."

"세상에, 살다 보니 꼭두새벽부터 예까지 구걸하러 오는 거지가 다 있다니……."

"……."

오평은 무한을 알아보지 못했다. 칠 년의 세월이 길기도 했지만, 덥수룩한 수염이 얼굴 대부분을 가리고 있어 무리도 아니었다.

"구걸을 하러 온 것이 아닙니다. 주지 스님을 뵙고 싶습니다."

"밥이 아니라 주지 스님이오?"

오평이 기가 찬다는 음색으로 되묻는다.

"예, 꼭 만나뵈어야만 합니다."

오평은 무한이 거지 같은 신색과는 다르게 말투나 태도가
무척이나 점잖고 진중하자 잠시 생각하는 자세를 취했다. 그
러다가 아무리 생각해도 안 되겠던지 고개를 젓는다.

"그건 아니 될 말씀이외다."

그때 오평의 뒤로 만평과 중평, 청평이 차례로 모습을 드러
냈다. 모두들 반가운 얼굴들이다. 따지고 보면 전부 사질들이
아닌가.

"오평아, 첫새벽부터 웬 소란이냐?"

만평의 물음에 오평이 무한을 손가락질하며 말한다.

"아, 글쎄, 이 거지 시주가 사부님을 뵙겠다고 이 난리지 뭡
니까."

무한이 한 걸음 나섰다.

"만평 스님, 그동안 안녕하셨습니까?"

"어? 시주, 나를 아시오?"

"예, 어찌 제가 만평 스님을 모르겠습니까."

만평이 민대머리를 긁적이며 말했다.

"이상하구려. 난 도통 시주를 모르겠는데?"

"무한입니다. 칠 년 전 이곳에 들른 적이 있는데 기억하시
겠습니까?"

"어! 무한! 무한 시주?"

만평은 무한을 단박에 기억해 냈다. 만평뿐만이 아니라 다

른 사형제들도 모두 무한이라는 이름에 즉각 반응했다. 거의 최강이라고 일컬어지던 전립과 무승부를 이루어낸 장면이 머릿속 깊이 박혀 있었던 것이다.

"그 바둑 잘 두던 무한 시주란 말이오?"

키가 껑충 큰 청평이 다가와 소매 깃을 잡으며 말했다.

"이런, 그 영기 발랄했던 시주가 어쩌다 이 꼴이 되었어?"

중평이 믿기지 않는다는 얼굴로 한 말이었다.

"저, 그보다 소지 선사님을 뵙고 싶은데……."

만평 사형제들은 무한이 자신들의 사부를 거론하자 떠오르는 기억이 있었다. 일전 무한이 보현사에 머물 적에 사부가 무한을 마뜩찮게 여겼던 기억이다.

"시주, 반가운 것은 반가운 것인데 말이야, 무슨 일로 우리 스승님을 뵈려 하는지 알 수 없겠나?"

"직접 뵙고 할 얘기입니다."

만평이 진심으로 미안한 기색을 띠며 말했다.

"미안하네. 아무래도 그건 힘들 것 같네."

무한이 이들을 물리치고 들어가는 것은 일도 아니었다. 하지만 무한은 자신의 사문을 그런 식으로 들어가고 싶지는 않았다.

무한은 할 수 없이 참선하는 나한이 새겨진 자그마한 청옥(靑玉) 패를 건넸다. 혜명이 자신과의 인연의 증표로 삼으라며 건네준 것이었다.

"정 그렇다면 이걸 소지 선사님께 보여주십시오. 선사께서 이걸 보시고도 다른 말씀이 없으시다면 두말없이 산을 떠나겠습니다."

"그 정도 부탁이야 못 들어주겠는가? 예서 잠시만 기다리게. 내 직접 갔다 오겠네."

그렇지 않아도 미안한 감정이 있었던 만평이 즉시 옥패를 받아 들고 소지 선사의 처소로 달려갔다.

만평이 산문 안으로 사라진 후, 무한이 지나가는 투로 말했다.

"어째 하운 스님이 보이지 않는군요."

오평이 말했다.

"하운 사제 말인가? 내참, 말도 말게. 일을 저지르고 말도 없이 사라졌네."

무한이 급히 물었다.

"일을 저지르다니요? 무슨 일이 있었던 겁니까?"

"그게 그러니까, 이 년 전쯤이었을 거야. 하운 사제가……."

"어허! 지극히 사사로운 사문의 일이다. 오평은 말을 삼가라!"

오평이 중평의 호통에 자라목을 하며 말했다.

"아, 알겠습니다. 말 안 합니다, 안 해요."

그때 소지 선사의 처소로 향했던 만평이 헐레벌떡 달려왔다.

"들어오게. 스승님께서 속히 만나보고 싶다고 하셨네."

소지 선사와 무한은 칠 년 전 그날처럼 다과상을 사이에 두고 마주 앉았다. 소지 선사는 무한이 앉기가 무섭게 옥패를 흔들며 추궁했다.

"이것을 어디서 얻었느냐?"

"그분께서 제게 남기신 것입니다."

소지 선사의 얼굴이 차돌같이 굳어졌다.

"네가 어찌 그분을 만났단 말이냐? 어디서 언제, 아니, 지금은 어디에 계시더냐?"

"안타깝게도 스승님께서는 수일 전에 입적하셨습니다."

소지 선사가 벌떡 일어서며 말했다.

"지금 뭐라고 했느냐? 스승님? 입적?"

"제가 그분을 스승님으로 모셨습니다."

소지 선사가 노기충천해서 소리쳤다.

"흥! 어디서 이 옥패를 주웠는지 모르겠다만, 어디서 그런 거짓을 늘어놓는 것이냐! 그분은 너 같은 아이를 제자로 둘 분이 아니시다!"

무한은 소지 선사가 아직도 자신을 오해하고 있음을 알았다. 말로 풀자면 긴 시간이 걸리겠지만, 풀지 못할 오해도 아니었다. 하지만 무한은 그러고 싶지 않았다.

중간에 하운의 농간이 있었다지만 소지 선사가 충분히 사려 깊이 살폈다면 자신을 그리 쉽게 내치지는 않았을 것이다. 덕분에 혜명 대사를 사부로 모시고 진법에 떨어져 도선비기까지 익혔지만, 결과가 좋다고 과정까지 용서되는 것은 아니었다. 하마터면 내침을 당하던 그날 하운의 손에 죽임을 당할 수도 있었던 것이다.

지금도 자신의 말을 들어보려 하지도 않고 무턱대고 의심하고 있었다.

무한은 다소 딱딱한 음성으로 말했다.

"그때나 지금이나 여전히 제 말은 들으려 하시지를 않는군요. 하지만 선사께서 저를 사제로 인정을 하고 말고는 제게 중요한 것이 아닙니다. 그와는 상관없이 제가 그분의 제자이고 그분이 제 스승님이라는 사실은 영원히 변하지 않을 테니까요. 다만 제가 이곳에 온 것은 그분의 유지를 받들기 위해서입니다."

무한이 말을 끝내자마자 소지 선사가 폭풍 같은 기세를 뿜어냈다.

"이놈!"

닫혔던 쪽문이 태풍이라도 만난 듯 덜컹거리고, 싸늘히 식은 찻잔이 바닥으로 굴러 떨어졌다. 그 옛날 하운과 비견되는 막강한 힘이었다.

그러나 정작 폭풍의 중심에 있는 무한은 태연자약하기만 하다. 유유자적 방바닥을 구르던 찻잔을 들더니 주전자에 남아 있던 차까지 따라 마신다.

　무한은 시종일관 태연한 신색을 유지했지만, 마음까지 그런 것은 아니었다. 그도 인간인지라 매번 환영받지 못하는 것이 기분 좋을 리가 없었다. 식어버린 차처럼 입맛이 떫고 쓰다.

　소지 선사는 자신의 기세를 버텨내는 무한을 보며 눈을 부릅떴다. 무한으로부터 은은히 흘러나오는 기운이 은연중 혜명을 연상케 했던 것이다.

　소지 선사가 굳어진 사이 무한이 찻잔을 내려놓고 일어섰다.

　"그분의 법체(法體)는 어느 곳에 모셨느냐? 내 직접 모셔와야겠다."

　"그분은 그곳에서 영면하시는 것을 원하셨습니다. 더는 말씀드리기가 힘들군요."

　소지 선사가 깊이 침음했다.

　"흐음."

　"스승님의 유지를 이행하는 즉시 저는 이곳을 떠나겠습니다."

　소지 선사는 무한이 말하는 스승의 유지가 어떤 것인지 짐작했다. 잃어버린 도선비기 말고 다른 것이 있을 리가 없었다.

　소지 선사가 먼저 밖으로 나가 발 빠른 청평에게 명했다.

"청평은 속히 가서 사백을 모셔오너라. 중대한 일이니 지체함이 없어야 할 것이다."

3

보현사에 기거하는 모든 중이 대웅전 앞에 모였다. 무한과 소지 선사, 그리고 그의 네 명의 제자는 대웅전 안으로 들었다.

무한이 본존불상(本尊佛像)을 가리키며 말했다.

"연화좌대(蓮華座臺) 안을 살펴보십시오. 그곳에 찾던 것이 있을 것입니다."

무한이 연화좌대를 거론하는 순간, 소지 선사의 안색이 창백하게 질렸다.

"지, 지금 저, 저 안에 그 물건이 있다고 했느냐?"

무한은 덜덜 떨려 나오는 소지 선사의 음성에 의아함을 느끼며 대답했다.

"그분께서 그리 말씀하셨으니 틀림없을 것입니다."

"어헉!"

무한의 확신에 찬 대답에 소지 선사가 신음하며 털썩 주저앉았다. 소지 선사가 급작스럽게 쓰러지자 그의 제자들이 깜짝 놀라 우르르 달려들었다.

"스승님!"

오평이 소지 선사의 상세를 살피고 만평과 중평은 무한의 앞을 가로막는다.

"뭐냐? 대체 우리 사부께 무슨 짓을 한 것이냐!"

만평이 애꿎은 무한을 다그칠 때, 소지 선사가 넋 나간 음성으로 중얼거렸다.

"그가 아니다. 하운… 하운이 그놈이……."

갑작스레 튀어나온 하운의 이름. 무한은 불길한 예감에 휩싸였다. 만평을 밀쳐 내고 소지 선사에게 바짝 다가가 물었다.

"설마, 하운 그가 비기를 가져간 것입니까?"

무한을 제지하려던 만평과 그 사제들, 그리고 법당 안으로 뛰어들어 오던 다른 중들 모두가 비기란 말에 바짝 얼어붙는다. 정적 속에 소지 선사가 고개를 천천히 끄덕였다.

무한이 벌떡 일어나 좌대 하단을 주먹으로 내질렀다.

텅!

깨지는 소리와 함께 좌대 아랫부분에 주먹만 한 구멍이 뻥 뚫렸다. 안은 어두웠지만 무한은 단박에 텅 비어 있음을 알 수 있었다.

"그가 어떻게 알고 좌대 안에 있는 비기를 가져갈 수 있었단 말입니까?"

핏기 한 점 없는 소지 선사는 대답이 없다. 대신 만평이 물었다.

"자네, 그게 무슨 말인가? 설마 저 좌대 안에 비기가 들어 있었다는 뜻은 아니겠지?"

"그렇습니다. 비기는 삼십 년 전부터 저 안에 있었습니다."

"자네가 그걸 어찌 알고?"

"설명하자면 깁니다. 하지만 그건 부정할 수 없는 사실입니다."

"스승님, 지금 무한 시주가 하는 말이 사실입니까?"

소지 선사가 신음하듯 대답했다.

"아마도… 그런 것 같다."

"허! 그렇다면 하운이!"

무한이 만평에게 물었다.

"왜 그 물건이 하운의 손에 들어간 겁니까?"

만평이 맥 풀린 음성으로 이야기를 시작했다.

"이 년 전 겨울이었네. 자네도 알다시피 항상 오평이 법당 청소를 맡아놓고 하는데, 무학 사백과 팔도를 돌고 돌아온 하운 사제가 그날따라 자기가 법당을 청소하겠다고 자청했네. 마침 유난히 추웠던 그날 녀석에게 법당 안으로 청동 향로를 옮겨다 놓으라고 시켰는데 나중에 와보니 향로는 방 가운데 멋대로 나뒹굴고 있고, 연화좌대 아래가 깨져 있더란 말일세."

"하운은 어찌 됐습니까?"

"그 뒤로 종적을 감췄네. 그날 이후로 다시는 볼 수가 없었어. 심지어 그날 절에 계셨던 무학 사백께 인사도 하지 않고 사라졌네."

만평의 말이 끝나자 곁에 있던 중평이 한숨을 쉬며 말했다.

"좌대를 부순 것이야 큰일이지만 말없이 도망칠 일은 아닌데 왜 그 생각을 하지 못했을까. 그가 사라진 후 우리는 그를 소심한 녀석이라고 욕하기만 했지, 설마 사문의 부물을 훔쳐 달아난 거라고는 꿈에도 생각지 못했다네. 휴, 아무리 견물생심(見物生心)이라지만 하운 사제가 그런 짓을 저지를 줄이야."

무한이 말했다.

"견물생심이 아닙니다. 하운, 아니, 전립은 애초에 비기를 노리고 무학 대사님의 제자가 된 것입니다."

무한의 말이 끝나기가 무섭게 노승 하나가 법당 안으로 성큼 들어서며 말했다.

"하운이 의도적으로 내게 접근했다?"

깊이를 알 수 없는 눈동자, 시작과 끝을 알 수 없는 허허로움. 막연히 전해지는 막강한 힘을 지닌 노승이었다. 무한은 과거 자신이 그토록 찾아 헤맸던 무학임을 알고 허리를 접었다.

"무한이라 합니다."

무한이라는 이름에 무학의 눈이 순간 반짝인다.

“무한이라……. 네가 수경의 제자구나.”

“예, 그분이 제 첫 스승이십니다.”

무학이 잠깐 무한을 탐색의 시선으로 살핀다. 그리고는 탄성을 발했다.

“허허, 제자가 될 아이가 사제가 되어 돌아오다니……!”

무한은 놀라지 않을 수 없었다. 확실히 소지 선사와는 차원이 다르다. 무학 대사는 단지 한 번 본 것만으로 무한이 혜명에게 사사했음을 알아본 것이다.

“천운(天運)이었습니다.”

“그렇지. 천운이 아닌 데서야 어찌 그분과 인연이 이어졌을까.”

소지 선사의 거처로 자리를 옮겨 무한과 무학, 소지 선사가 한자리에 앉았다. 방 안에 무거운 공기가 흐른다. 무학 대사가 혜명의 열반 소식을 듣더니 조용히 극락왕생을 비는 경을 읊고 소지 선사는 곁에서 목탁을 쳐 운율을 맞춘다.

독경(讀經)을 마친 무학 대사가 나직한 음성으로 무한에게 말했다.

“스승님께서 자네를 우리와 이어주고 가셨네. 감히 그분의 뜻을 어찌 거역할까. 자네만 좋다면 염치없게 사형 노릇을 하고 싶은데… 어떤가, 사형이라 불러주겠는가?”

무학 대사의 입에서 거리낌없이 사형이라는 말이 나온다.

무한은 얼떨떨한 표정으로 소지 선사를 바라보았다. 소지 선사는 체념한 표정이었다.

무한은 결심을 굳히고 두 노사형에게 큰절을 올렸다.

"한없이 부족한 놈이 두 분 사형을 뵙습니다."

"정식 절차대로 예를 차려 본사(本寺)의 식구로 맞아야 마땅하겠으나 상황이 여의치 않음을 이해하게. 먼저 묻겠네. 하운이 의도적으로 내게 접근했다고 했는데, 왜 그런 생각을 하게 되었는지 말해주겠는가?"

무한은 진중한 자세로 서두를 꺼냈다.

"칠 년 전 제가 보현사를 떠나는 날, 하운이 은밀히 제 뒤를 밟았습니다. 그는……."

무한은 하운이 자신을 따라와 자신을 죽이려 했던 일과 그날 나눈 대화를 상세히 고했다.

무학은 믿었던 하나뿐인 제자가 어느 날 갑자기 증발한 일을 두고두고 기이하게 여겨왔다. 그런데 무한의 말을 듣고 보니 정황이 명쾌하게 정리된다.

중원 마도 무학을 연성했다니……. 제자로 들일 때 직접 맥을 짚어보았으나 별다른 흔적을 발견치 못했다. 제자로 들일 때 하운의 나이 열둘. 유난히 반짝이는 눈빛을 보고 제자로 들일 결심을 굳혔다. 가녀린 뼈대가 걸리기는 했지만 진맥한 결과 겉보기와는 달리 내가기공을 연마하기에 적합한 체질이었다. 하지만 그뿐, 다른 심법을 연성한 흔적은 없었다.

애초에 기를 실처럼 풀어 하운의 내부를 샅샅이 관조했다면 녀석의 정체를 간파할 수 있었을 것이다.

"흐음, 신중치 못했던 것이 한이로다."

무학 대사의 한탄에 소지 선사가 말했다.

"진맥한 것만으로는 내공의 여부를 간파할 수 없는 무공이라니, 익힌 무공을 감추는 특수한 방법이 있다고 봐야 하지 않겠습니까?"

무학 대사가 고개를 끄덕였다.

"그토록 은밀한 무공은 명나라 마도(魔道) 문파 중에서도 결코 흔치는 않을 거라는 생각이 드는군."

무학 대사는 하운의 배후에 암중 세력이 있음을 말하고 있었다. 가만히 듣고 있던 소지 선사가 놀라서 소리쳤다.

"그들이 과연 우리에게만 마수(魔手)를 뻗었을까요?"

소지 선사의 지적에 순간적으로 방 안에 정적이 감돌았다. 무한이 생각해도 보통 일이 아니었다. 저들이 조선의 다른 유파(流波)에게 두루 손을 뻗었다면 조선 무예의 근간이 송두리째 저들의 손으로 넘어가게 될 수도 있었다.

무학 대사가 심상찮은 얼굴로 일어났다.

"이러고 있을 때가 아니야. 빠른 시일 내에 다른 유파에게 이 사실을 알려야겠네."

소지 선사가 뒤따라 일어서며 말했다.

"사형, 다른 유파의 일도 중요하지만 먼저 잃어버린 비기를 회수해야 하지 않겠습니까?"

무한이 말했다.

"비기의 내용은 제가 알고 있습니다."

소지 선사가 눈을 휘둥그레 뜬다.

"비기를 알고 있다니! 그게 정말인가?"

"예, 지필묵을 주시면 당장이라도 적어드리겠습니다."

얼굴에 화색이 돌던 것도 잠시, 소지 선사가 심각한 얼굴로 묻는다.

"비기의 내용을 알고 있다는 것이 어떤 의미인지 알고 있나?"

무한은 물론 혜명에게 들어서 알고 있었다. 도선비기는 대대로 보현사 주지에게만 전해지는 것. 즉, 도선비기를 물려받는다는 의미는 보현사의 주지를 맡겠다는 것과 다름 아니었다.

그러나 그가 도선비기를 전수받은 것은 특수한 상황이었다. 혜명 또한 그 점을 고려해 굴레를 쓰지 않아도 무관하다는 허락을 내렸다.

무한은 곰곰이 생각했다.

'만약 스승과의 그런 약속을 두 노사형이 믿어주지 않는다면?'

꼼짝없이 머리 깎고 들어앉아야 할 상황이었다. 무한은 중이 될 마음이 추호도 없었고, 보현사의 주지가 되고 싶은 마음은 더더욱 없었다.

'두 분을 속이는 것은 도리가 아니지만 어쩔 수 없구나.'

"저는 비기를 익히지 않았습니다. 스승님께서 제게 도선비기를 전하신 것은 비기가 혹여 유실(遺失)될 것을 염려함이었지 익히기를 바라신 것이 아니기 때문입니다."

그제야 소지 선사가 안도하며 지필묵을 내어준다. 무학 대사는 의미심장한 눈빛으로 무한을 바라보았다. 무한은 뜨끔해하며 애써 그 시선을 외면했다.

무한의 손에서 도선비기가 되살아났다. 소지 선사가 떨리는 손으로 도선비기를 갈무리하며 다소 경직된 얼굴로 무학 대사에게 말했다.

"비기가 본사로 돌아온 것은 천운입니다. 하지만 잃어버린 비서(秘書)는 도선 사조께서 친필로 남기신 것. 나라의 보물이 타국에서 떠돌고 있는 것을 어찌 지켜보고만 있겠습니까."

"사제의 말이 옳네. 명예 회복을 위해서라도 반드시 되찾아야 할 물건일세."

소지 선사가 신음하듯 말했다.

"문제로군요. 빈승은 주지의 신분이라 산사를 떠나기 힘들고, 사형 또한 팔도의 유파를 돌며 그들의 비술(秘術)이 유출되는 것을 막아야 할 사명이 있으니 누가 비기를 회수 한단 말입니까?"

고심하던 무학 대사가 무한을 보며 입을 떼려 할 때였다.
때맞춰 만평이 문을 벌컥 열고 안으로 들어서며 말했다.

"스승님, 저희를 보내주십시오."

중평과 청평이 연이어 들어오며 한마디씩 한다.

"저희가 가겠습니다."

"비기를 찾아올 수 있게 해주십시오."

오평이 투덜대며 뒤늦게 문지방을 넘어온다.

"아, 난 귀찮은데……."

먼저 방에 들어온 만평이 오평을 보며 눈을 부릅뜨자 오평이 자라목을 하며 머리를 감싼다.

"이크, 갑니다, 가요. 누가 안 간다고 했습니까?"

소지 선사가 불호령을 내렸다.

"누구 마음대로 어딜 가겠다는 것이냐! 심란하니 썩 나가거라!"

여느 때 같았으면 소지 선사의 한마디에 꼬리를 말았을 사형제들은 호랑이 간이라도 삶아 먹은 건지 꿈쩍도 하지 않는다.

"사문의 보물을 강탈당했습니다. 어찌 저희더러 잠자코 있으라 하십니까."

만평이었다.

"그렇습니다. 저는 분통이 터져서 도무지 음식이 입에 들어가지를 않습니다."

돌도 맛있게 씹어 먹는다는 중평이 이런 소리를 한다. 하지만 소지 선사의 태도는 완강했다.

"천둥벌거숭이 같은 너희들이 세상의 무서움을 어찌 안다고 나서는 것이냐!"

"오히려 세상이 저희를 무서워하도록 만들고 오겠습니다."

"맞습니다. 스승님께서도 저희더러 약은 놈들이라 하지 않으셨습니까?"

만평 등은 간만에 의지 견정한 모습을 보이며 끝까지 뜻을 굽히지 않는다. 참다못한 소지 선사가 치솟은 화를 폭발시키려 할 때였다.

"허락하게."

소지 선사가 어리둥절한 표정으로 말했다.

"사, 사형? 어찌 그런 말씀을 하시는 것입니까?"

"사제는 잠시 흥분을 가라앉히게."

무학 대사는 소지 선사를 눌러앉히고 무한을 바라보았다.

"무한 사제가 저들을 인솔해 사문의 비기를 회수했으면 하네."

만평 등은 순간적으로 얼어붙었다. 세상에나, 존경해 마지 않는 무학 사백이 무한에게 사제라고 하지 않는가?

그들이 뻥 찐 표정을 하고 있는 사이 무학 대사와 무한과의 대화는 계속되었다.

“하지만 저는 그럴 만한……”

“허허, 능력이 없다고 말하고 싶은 거라면 접어두게.”

“……?”

“수경이 내게 그러더군. 그릇을 측정하기 힘든 제자가 있었다고. 감당할 수 없어 내게 보냈으니 크게 키워달라고. 그에게 들었네. 자네의 바둑과 영특함, 그리고 가능성에 대해. 그것이 벌써 칠 년 전 일이지. 자네는 그 칠 년간 혜명 사부와 지냈네. 자네로서는 최고의 스승을 만난 셈이지. 어떤가, 사제는 그 칠 년간 충분히 그릇을 채웠다고 보는데?”

무한은 상기된 얼굴로 부정했다.

“관주님께서 저를 너무 크게 보신 것입니다. 저는 생각하시는 그런 사람이 아닙니다.”

“아니! 수경은 사제를 바로 보았네. 내 보기에 오히려 과소평가한 느낌이 없지 않을 정도야. 사제가 숨기는 것 같아 말을 하지 않으려 했네만, 자네는 조만간 머리를 깎아야 할 것 같군. 내가 보기에 사제는 이미 도선……”

무한이 얼른 손사래를 치며 무학 대사의 말을 끊었다.

“휴! 알겠습니다. 말씀대로 할 테니 그 말씀은 말아주십시오.”

무한이 고개를 푹 숙였다.

第九章
귀환

귀환 1

　다섯 명으로 구성된 한 무리의 중이 강원도 땅을 밟았다. 비기의 회수를 위해 산을 내려온 무한과 만평 사형제들이었다.

　무한은 중이나 입는 가사를 입고 턱까지 내려오는 초립을 푹 눌러쓰고 있었다.

　주도면밀하게 행해진 일련의 살인 사건은 감쪽같이 사라진 무한에게 모든 혐의가 모아졌다. 칠 년이 지난 지금도 무한은 세상에 살인마로 기억되고 있었다. 그러니 만큼 본모습이 드러나는 것은 지극히 위험했다.

　비장감이 감돌아도 시원찮을 판에 만평 사형제는 묘향산

을 벗어나고부터는 숫제 웃음을 귀에 걸고 있었다. 일 년 내내 산사에 틀어박혀 수련만 하다가 모처럼 만의 세상 구경이니 그럴 만도 했다.

"크크, 그나저나 중평 사형 연기 죽여줍디다. 밥이 입에 안 들어가요?"

중평이 자못 성을 내며 불룩한 배를 통통 두드린다.

"이놈아, 이 수척한 모습을 보고서도 그런 말이 나오느냐?"

티격태격 장난치는 중평과 오평을 한심한 눈으로 바라보던 청평이 처음으로 상황에 어울리는 말을 꺼냈다.

"지긋지긋한 산사를 벗어난 것은 좋은데, 하운 이놈을 대체 어디 가서 찾죠?"

중평이 장난하던 걸 멈추고 만평을 바라본다.

"사형, 어찌하실지 생각해 두셨겠죠?"

만평이 다소 시큰둥한 표정으로 툭 내뱉는다.

"그걸 왜 나한테 물어?"

중평이 그제야 자신들의 인솔자가 무한임을 상기한다. 오평의 어깨를 툭, 치며 몇 걸음 앞서 걷고 있는 무한을 턱짓으로 가리킨다. 가서 어찌할 건지 물어보라는 뜻이다.

오평은 잠깐 난감한 표정을 짓더니 곁에 있는 청평을 바라본다. 청평은 막내인지라 더 이상 미룰 사람이 없다.

청평은 울상을 지으며 무한에게 다가갔다. 잘해야 사제가

될 줄 알았던 무한이 난데없이 사숙이 되어 나타난지라 여간
불편하지 않았다. 한동안 망설이다가 호칭을 빼고 어렵사리
입을 뗐다.

"저… 어디로 갈 건지……."

무한도 어색하기는 마찬가지다. 말을 놓기도 어색하고, 사
숙 노릇을 하기도 멋쩍다.

"우선 청학문파으로 갑니다. 그 후 인주를 통해 배를 타고
명국으로 건너갈 생각입니다."

짧은 말이 오간 후, 어색한 침묵이 이어진다. 일행은 반나
절을 더 걸어 이름 모를 산길로 접어들었다.

패랭이를 쓴 한 무리가 산 중턱 느티나무 아래에 모여 쉬고
있었다. 저마다 자신들보다 배나 큰 보따리를 얹은 지게를 곁
에 두고 있었다. 저런 행색은 보부상밖에 없다.

산은 꽤나 지세가 험했지만 묘향산에서 생활해 온 일행에
게는 굳이 내공을 사용하지 않아도 평지나 다름없던 터다. 힘
이 들기는커녕 땀 한 방울 나지 않는지라 그냥 지나치려는데
상인들 중 하나가 손짓해 부른다.

"이보시오, 스님. 나 좀 보시오."

"무슨 일이신지……?"

"어이쿠! 일은 무슨, 젊은 스님이셨구먼? 힘드실 텐데 목이
나 축이고 가시라 불렀소. 거기 스님들도 곡차 한잔들 하고
가시오."

중년의 상인이 막걸리 한 사발을 콸콸 따라서 내민다. 성의가 있는데 거절하기 힘들어 받아서 단숨에 들이켰다. 시금털털하면서도 텁텁한 것이 목구멍을 알싸하게 적신다.

빈 사발을 받아 든 상인이 한 사발씩 따라 만평 등에게 돌린다. 다들 한 번 사양하는 법 없이 냉큼 받아 들어 숨도 쉬지 않고 단숨에 비운다.

"꺼억, 좋군요. 생전 이렇게 맛있는 곡차는 처음 마셔봅니다."

중평의 넉살에 상인들이 너털웃음을 터뜨린다.

"하하, 목들이 꽤나 타셨던 모양이오. 한 잔 더 받으시려오?"

"굳이 주시겠다면……."

중평이 끄덕이려는 것을 무한이 얼른 사양했다.

"아닙니다. 충분합니다."

"그럼 그러시려오? 이보게들, 스님들 적적하실 터인데 우리도 그만 일어나세. 같이 가며 말동무라도 하면 덜 지치지 않겠나?"

상인들이 주섬주섬 자리를 접고 지게를 질 준비들을 한다. 그 모습을 본 무한이 안색이 어둡고 유독 땀을 많이 흘리는 상인에게 다가가 말했다.

"산을 넘을 때까지만이라도 제가 져드리겠습니다."

상인이 놀란 얼굴로 팔을 내젓는다.

"어이쿠, 그 무슨 말씀을. 절대 그런 소리 마시오. 그러다 부처님께 날벼락 맞소."

"부처님께서는 공것을 싫어하십니다. 곡차를 얻어 마셨으니 그 값은 해야지요."

나머지 상인들이 그 모습을 웃으며 바라본다.

"거참, 맘씨도 고운 스님일세. 형님, 사양치 마시고 벗어주시구려, 고뿔로 사흘 밤낮을 고생하다 가신히 일어난 분이 또 쓰러지면 어째."

무한은 한사코 안 된다는 것을 빼앗다시피 받아서 지게를 졌다. 지게 끈이 어깨를 뻐근히 짓누른다. 이 무거운 짐이야말로 상인이 평생 져야 할 삶의 무게일 터이다.

무한이 이리 나오니 만평 사형제들도 맥 놓고 바라볼 수만은 없는 노릇. 결국 지게 하나씩 맡아 진 사형제들은 무한의 뒤를 따랐다.

무한 등이 지게를 지고 성큼성큼 앞서 나가자 상인들이 한마디씩 한다.

"허허, 숫제 나는구먼, 날아."

"고기 한 점 못 자셨을 스님들이 힘도 좋네그려."

넉살 좋은 중평이 웃으며 말한다.

"못 먹기는요. 우리들 때문에 산에 토끼며 멧돼지가 씨가 말랐는데요."

"하하, 젊은 스님이 농도 잘하시는구먼."

이런저런 담소를 나누며 산을 넘으니 걸음이 더욱 가볍다.

어느덧 산정에 다다라 아래를 내려다보았다. 저 멀리 수백 채의 초가(草家)가 옹기종기 섰다. 때가 때인지라 굴뚝마다 밥 짓는 연기가 송송 피어오른다. 간혹 가뭄에 콩 나듯 간간이 기와집도 한 채씩 보인다.

"제법 큰 고을이군요. 저곳은 어딥니까?"

무한의 물음에 처음 막걸리를 건넸던 상인이 말했다.

"여기가 처음이신가? 젊은 스님, 저곳이 바로 강원도 철원 땅이오."

두메산골의 대표 격인 고을 철원은 경기도 땅과 맞붙은 곳이다. 산 아래를 물끄러미 바라보던 상인 하나가 혀를 차며 말했다.

"쯧쯧, 그나저나 양 진사 어르신은 괜찮으신지 모르겠군."

무한에게 지게를 맡긴 나이 지긋한 상인이 묻는다.

"밤나무골 양 진사 어르신 말인가?"

"왜 아닙니까. 바둑 잘 둔다고 신산(神算)이라던 그 양반 말입니다."

양씨 가문은 대대로 철원의 대지주로, 부자로서는 보기 드물게 없이 사는 자들에게 칭송을 받는 집안이다. 양 진사 또한 모난 데 없고 욕심이 크지 않아 인심을 얻고 있는 처지였다.

“그 맘씨 넓은 양반이 왜? 그새 그 댁에 무슨 일이 있었나?”

“아따, 형님은 그 일을 아직 모르셨소?”

궁금해 죽겠다는 듯 닦달한다.

“몸져누웠다 이제야 간신히 일어났는데 세상 돌아가는 사정을 어찌 알아? 무슨 일인지 어서 속 시원히 말해봐.”

“말도 마십시오. 나라 전체가 뒤숭숭합니다. 보름 전쯤에 명나라에서 사신이 왔는데 글쎄, 그놈이 왕자를 자기 나라로 데리고 간다고 했답니다.”

가만 듣고 있던 중평이 버럭 소리친다.

“저런 육시랄 놈들을 보았나?”

“그러게 말입니다. 다른 누구도 아닌 세자를 데리고 가겠다니 미칠 노릇이죠.”

무한은 의아함을 느끼고 물었다.

“확실한 말씀입니까? 아무리 경우가 없다고 하지만 어찌 일국의 세자를……”

“저런, 우리 스님들도 여태 감감무소식이셨구먼. 저들이 떼를 쓰는 것도 나름대로 이유가 있답디다. 네 달 전쯤에 세자가 바뀌지 않았겠소?”

무한이 깜짝 놀라 물었다.

“세자가 바뀌다니요?”

“그야말로 세속과 담을 쌓고 사신 모양이오. 셋째 왕자가 세자 자리를 꿰찬 지가 언젠데.”

무한은 전 세자에게 좋은 인상을 가지고 있었기에 다소 충격을 받았다.

"그런 일이 있었군요."

나이 든 상인이 대답을 재촉한다.

"그런데 그게 뭐가 어쨌다는 건가?"

"조정에서 세자 저하가 바뀐 걸 알리려고 명나라에 칙사를 보냈는데, 글쎄 저들이 셋째 왕자가 세자가 된 것을 인정하지 않는다잖소."

"허! 별꼴이 반쪽이군. 세자가 바뀐 걸 알리러 간 것도 우습지만 지들이 뭔데 허락을 하고 말고 한단 말이야?"

"그러니 황당한 노릇 아닙니까. 그냥 그렇게 됐다고 통보하러 간 거지 허락을 받으러 간 것이 아니거든요?"

성질 급한 오평이 콧김을 뿜는다.

"제미랄 놈들! 숫제 남의 나라 일에 감 놔라 배 놔라 하는구면?"

"스님, 말 참 시원하게 잘하셨소. 명나라 사신이란 자가 세자 저하께서 직접 명나라에 가서 그 나라 황제에게 허락을 맡아야 한다고 떼를 쓴다지 뭐요? 이게 어디 말이나 되는 짓이랍니까?"

만평 사형제들이 중답지 않은 거친 입담을 유감없이 발휘한다.

"에라, 쳐 죽일 놈들!"

“카악, 퉤! 저런 경우없는 종자들 같으니라고!”

무한이 냉정을 유지하며 물었다.

“그래서 지금 돌아가는 상황이 어떻습니까?”

상인 중 하나가 대답했다.

“아무리 나라가 작아도 자존심이 있지, 일국의 세자를 어찌 함부로 내돌리겠습니까.”

“저들 또한 순순히 물러서지 않았을 텐데요.”

상인이 끄덕이며 말했다.

“그러니 저들이 한 가지 내기를 제안한 모양입니다.”

“내기라니요?”

“대소 신료들이 모인 대청에서 사신이 그랬답니다. 누구라도 자신의 바둑을 꺾든지 호위의 검을 꺾든지 해보라고. 만약 조선 땅에 단 한 명이라도 그런 자가 있으면 혼자 돌아가고, 없으면 세자를 명국으로 데려갈 거라고 말입니다.”

나이 든 상인이 콧방귀를 뀐다.

“하! 설마 조선 팔도에 그깟 늙은이 하나를 이길 사람이 없을까.”

“높은 양반들도 형님처럼 생각했던 모양이오. 그랬으니 그 빌어먹을 내기를 수락했지.”

“그래서 어찌 됐는데?”

“어찌 되긴요. 지미랄, 날고 긴다 하는 양반들이 차례로 덤벼서 다 나가떨어졌답니다. 그것도 아주 꼴사납게.”

"저런! 강원도 제일바둑이라는 양 진사 어르신도 졌단 말인가?"

"왜 아니겠소? 그 어르신도 아예 상대가 되지 않았답디다. 불계 뭔가로 꼬리를 말았다나 뭐라나. 나야 바둑의 바 자도 모르니 들었어도 잊었지 뭐요. 여하튼 되놈에게 당한 후로 몇 날 며칠을 끙끙 앓고 있답니다. 그 사람 좋으신 양반, 큰 병이나 들지 않았으면 좋겠는데."

"그럼 바둑이 안 되면 호위라는 놈의 검술이라도 깨뜨리면 될 것이 아닌가?"

"그놈은 더 지독한 놈인가 봅디다. 놈에게 덤빈 자치고 성한 자가 없는데, 글쎄 어떤 자는 두 다리가 댕강 날아가고 어떤 자는 양쪽 귀, 팔, 하여튼 놈과 검을 맞댄 자 중에서 사지 온전하게 나오는 자가 없답니다."

말을 마친 상인이 말을 전하는 것만으로도 소름이 끼친다는 듯 치를 떤다.

"세상에나, 그런 일이 다 있어?"

"그런 일이고 저런 일이고, 우리야 목구멍에 풀칠하기도 바쁜데 어서 내려들 갑시다. 이러다 판 벌여보기도 전에 오늘 장사 파하게 생겼소."

일행은 서둘러 산을 내려가기 시작했다.

반쯤 내려갔을까? 맞은편에서 여섯 명의 사내가 산을 오르고 있었다. 어깨가 떡 벌어진 자들이었는데, 하나같이 허리에 큰 칼을 차고 있었다.

무한과 만평 등은 저들에게서 악의가 느껴지지 않아 크게 경계하지 않았다. 반면 상인들은 지레 겁먹고 몸을 움츠렸다. 토지개혁으로 인해 이전보다 살 만해진 세상이기는 했지만 산적이 아주 없지는 않았던 것이다.

얼마 안 가 좁은 길에서 양측이 마주쳤다. 겁에 질린 상인들이 자라목이 되어 있을 때, 유독 험상궂게 생긴 삼십대 사내 하나가 성큼 다가오며 말했다.

"이봐."

"으윽, 나리들, 우리는 하루 벌어 하루 먹고사는 불쌍한……."

사내는 벌벌 떠는 상인들을 보며 인상을 휴지 조각처럼 구겼다.

"이자가 지금 뭐라는 거야?"

사내 뒤쪽에 있던 자들이 껄껄 웃으며 말했다.

"산적쯤으로 오해한 모양인데, 우리는 관원들이니 안심들 해라."

하얗게 질렸던 상인들이 쭈뼛쭈뼛 고개를 든다. 산적도 무섭지만 관원도 못지않게 두려운 자들이라 상인들은 서둘러 피하려 했다.

"어이쿠, 관원 나리들이었구먼요. 무식한 소인들이 그만 오해를 했습니다. 그럼 저희는 이만……."

"잠깐! 혹시 이런 사람 본 적 없나?"

험상궂은 사내가 상인들 앞에 사람 얼굴이 그려진 종이를 펼쳐 보였다. 수배범인 듯했다. 그림 속의 인물을 본 상인이 말했다.

"응? 이자는 장안을 떠들썩하게 했던 그 살인마 아닙니까?"

"맞다. 본 적이 있느냐?"

상인이 농담하느냐는 눈빛으로 말했다.

"나리, 농담도 잘하십니다. 봤으면 진즉 관아에 신고를 했죠. 이자에게 걸린 현상금이 얼만데요."

관원이라 밝힌 자가 입맛을 쩝 다신다. 실망한 표정을 짓던 사내가 뒤쪽에 서 있는 무한 일행에게 다가왔다. 삿갓을 쓴 무한을 위아래를 쓸어보며 그림을 펼쳐 들이민다.

"스님도 한번 보시오."

무한은 그림을 보는 순간 깜짝 놀랐다. 약간의 차이가 있었지만 예전의 자신과 매우 흡사했던 것이다. 낯색이 변할 정도로 놀랐지만 다행히 얼굴을 가린 삿갓 덕에 노출되지 않았다. 무한이 놀란 속을 달래고 있을 때 만평과 그의 사제들이 모여들었다.

"어떻소? 스님들도 모르는 자들이오?"

중평이 그림을 보고 고개를 갸웃한다. 어딘지 모르게 굉장히 낯익은 얼굴이라는 생각이 들었던 것이다. 오평과 청평도 사정은 비슷했다. 반면 눈썰미가 뛰어난 만평은 그림 속의 인물을 보고 즉시 칠 년 전 무한과 흡사하다는 깨달았다.

만평은 그림 속 인물을 가리켜 상인들이 살인마 어쩌고 하는 소리에 무한을 힐끗 보고는 관원에게 말했다.

"이 사람이 무슨 짓을 저질렀기에 그러시오?"

관원이 인상을 찡그린다.

"이놈을 모른다?"

상인이 쪼르르 달려와 말한다.

"아따, 이 스님들이야 산속에서 살다 며칠 전에야 내려왔다는데 아실 리가 없습죠. 명나라 사신이 와 있는 것도 모르던걸요."

관원이 그제야 이해가 간다는 듯 끄덕이며 말한다.

"쩝, 스님들, 잘 들으시오. 칠팔 년 전쯤에 선량한 사람 목숨을 기십이나 해친 악독한 흉악범이오. 혹시 비슷한 사람을 보거든 관아에 신고들 하시오."

관원이 단단히 이르고는 동료들과 함께 지나쳐 갔다. 그 순간에도 중평 등은 그림 속 인물을 기억해 내느라 여념이 없고, 만평은 야릇한 시선으로 무한을 바라보았다.

2

대전의 분위기는 어느 때보다 침울했다.

용상에 앉은 태종이 간신히 노기를 억누르며 말했다.

"이 사태를 어찌했으면 좋겠는가 다들 말해보라."

대소 신료들이 바닥에 고개를 처박고 한소리로 부르짖는다.

"죽여주시옵소서!"

"죽는 건 언제든 할 수 있는 것, 지금 내 그대들에게 어찌해야 하냐고 묻고 있질 않는가!"

태종의 분기충천한 호통 소리로 대전이 쩌렁쩌렁 울린다.

"전하, 고정하시옵소서."

꽝!

용상을 세차게 내려친 태종이 좌부승지 김관을 노려보았다.

"고정? 지금 내가 고정하게 생겼는가?"

임금의 진노에 다들 벌벌 떨고 있을 때 밖에서 구원의 목소리가 들려왔다.

"전하, 제주 목사(牧使) 이필 들었사옵니다."

태종이 이필이라는 말에 벌떡 일어섰다.

"오오, 속히 들이라!"

하늘색 두루마기에 갓을 쓴 초로인(初老人)이 엎드려 절했다.

"전하, 강령하셨사옵니까. 소신 먼 길 달려오느라 의관조차 정제하지 못했음을 용서하시옵소서."

태종이 용상에서 내려와 이필을 붙잡아 일으켰다.

"그깟 의관 따위가 무에 대수라고. 먼 길 오느라 고생 많았네."

"저하, 황망한 소식을 들었사옵니다."

"이 굴욕을 어찌 다 말로 하겠는가. 어떤가, 자신은 있겠지?"

이필은 비분강개한 어조로 필승을 다짐했다.

"걱정 마시옵소서. 소신, 원적이라는 자를 꺾는 데 목숨을 걸겠사옵니다. 반드시 그 망령된 자를 꺾어 추락한 나라의 위신을 바로세우고 세자 저하 또한 지켜 드릴 것이니 심려 놓으시옵소서."

태종은 이필의 호언장담에도 불구하고 얼굴에 불안감을 감추지 못했다. 전국 팔도에서 불러 올린 자들도 이필과 같이 큰소리쳤지만 결국 원적에게 나가떨어지지 않았던가.

태종은 고개를 흔들어 불안을 떨쳐 버렸다.

이필은 다를 것이다. 명실공히 조선의 최고수라는 자가 아닌가.

"믿네. 조선제일의 바둑이라는 자네를 믿지 않으면 내가 누구를 믿을까."

이필은 왕과 신료들의 전폭적인 신뢰를 받으며 당당히 나갔다. 그리고 한 시진 후에 돌아왔다. 초췌하다 못해 족히 십 년은 늙어 보이는 얼굴로.

"자, 자네마저……!"

"원적은 소신이 어찌할 수 없는 바둑이었사옵니다. 전하, 죽여주시옵소서."

이필은 오체투지하며 통곡했다. 태종은 그 모습을 바라보며 한동안 말을 잇지 못했다. 이토록 참담한 심정은 처음이었다.

마지막으로 기대를 걸었던 이필마저 참패했다. 이로써 조선의 바둑과 명예는 철저히 짓밟혔고, 세자마저 명나라로 보내야 할 처지가 되어버렸다.

말이야 세자 책봉을 허락받기 위한 명나라 행이라지만, 어찌 될지 알 수 없었다. 최악의 경우 볼모로 붙잡혀 돌아오지 못할 수도 있는 일이었다.

"분명 무슨 수가 있을 것이야. 경들은 어서 해결책을 내보라."

태종의 채근에 신료들이 눈을 지그시 감고 한목소리로 말했다.

"전하, 아뢰옵기 황송하오나 원적을 능가하는 고수가 우리 조선 땅에는 없는 줄로 아뢰옵니다."

태종은 기가 막힌다. 숫제 피를 토하고픈 심정이었다.

"없다! 고작 명나라 사신 하나를 이길 자가 없다!"

"전하, 아뢰옵기 황송하오나 현실이 그러하옵니다."

"황송, 황송! 이런 한심한 자들을 보았나! 꼴도 보기 싫으니 썩 물러가라!"

　신료들이 엉거주춤 일어나 물러난다.

　무한 일행은 한양에 들어섰다. 이미 해가 떨어진 뒤라 서둘러 객주에 들었다.

　열댓 명쯤 되는 선객들이 세 패로 나뉘어 술을 마시고 있었다.

　무한 일행은 시정했던 터라 식사에 열중했다. 그때 옆 자리에서 술을 마시고 있던 자들의 말소리가 들려왔다.

　"크크, 이놈아, 제주 목사 이필 대감이 바둑 귀신이라고?"

　"지미, 신경질 나서 죽겠는데 닥치고 그냥 마시면 안 되냐? 조선 최고 어쩌고 하는 말만 주워듣고 내기에 응한 내가 미친 놈이지."

　"햐, 공술이라 그런지 술맛 하나는 기가 차구나."

　내기에서 진 자가 얼굴을 일그러뜨렸다.

　"미친놈, 나라꼴이 개판인데 공술 처먹으니 좋기도 하겠다."

　"이놈아, 그건 그거고 이건 이거야. 크크, 자고로 공짜 술은 말이다, 지옥의 펄펄 끓는 용암 속에서 마셔도 꿀맛인 법이다."

　"미친놈, 흰소리는. 쯧, 그나저나 이제 이틀 남았나? 세자가 끌려가는 걸 봐야 한다니 씁쓸하군."

"이놈아, 끌려가긴 어딜 끌려가. 얌전히 모셔갔다가 허락 받고 돌려보내 준다잖아."

"그거야 봐야 알 일이고."

어디를 가나 사람들의 화제는 단연 사신과 세자에 대한 얘기뿐이었다.

조정은 이필이 패한 이후에도 무한의 행방을 뒤쫓는 한편, 실낱같은 기대를 걸고 각지에서 한가락 한다는 바둑꾼들을 소집했다. 전국 각지에서 내로라하는 고수들이 상경했다.

그러나 결과는 참담하기 이를 데 없었다.

우국충정(憂國衷情)이라는 네 글자를 가슴에 새기고 나섰던 기사들이 약속이라도 한 듯 반상 위에 돌이 반도 채워지기도 전에 여지없이 돌을 던졌다. 다들 넋이 반 이상 빠져나간 채였다. 원적의 수는 단순히 의욕만 가지고 꺾을 수 있는 바둑이 아니었던 것이다.

갑자기 객주가 조용해졌다. 세자가 무사히 돌아오네, 못 오네 중구난방 떠들던 이들이 약속이라도 한 듯 한순간에 입을 다물었다. 이상히 여긴 무한이 고개를 들어보니 제법 높은 직책으로 보이는 두 명의 무관이 안으로 들어서고 있었다.

그들을 본 무한은 흠칫 굳어졌다.

"술! 술을 가져와라!"

둘 중 젊은 무관이 들어오면서부터 고래고래 악을 쓴다. 주인이 술을 내오자마자 콸콸 따라서 벌컥벌컥 들이켰다. 한 사발을 게 눈 감추듯 비워내고 다시 한 사발 따라 마시려는데 나이 든 무관이 술잔을 붙잡는다.

"그만 마셔라."

"형님, 오늘은 말리지 마십시오."

"흐음, 술을 마신다고 해결되는 것이 아니지 않느냐."

젊은 무관이 술잔을 내동댕이치며 말했다.

"크윽, 참으로 빌어먹을 일이 아닙니까?"

"휴, 진정해라. 그 심정을 왜 모르겠느냐. 나 또한 그분을 모시면서 요즘처럼 내 자신이 초라하게 생각된 적이 없었다."

두 무관의 눈가에 뜨거운 눈물이 맺힌다. 그들을 살피던 무한은 덩달아 가슴이 뜨거워짐을 느꼈다. 두 무관은 다름 아닌 박환의 둘째 손자 박한과 셋째 박위 형제였던 것이다.

박한이 중얼거리듯 말했다.

"이럴 때 그 녀석이라도 있었다면……."

박위가 고개를 젓는다.

"그건 안 될 말씀입니다."

"왜, 녀석도 안 될 것 같아서?"

박위가 고개를 세차게 젓는다.

"되고 안 되고는 나중 문제지요. 나타나는 즉시 투옥되어 처형될 텐데."

박한이 끄덕인다.

"네 말이 맞다. 휴, 그나저나 형님과 그 녀석은 어디서 뭘 하고 있는지."

"글쎄 말입니다. 하지만 걱정하지 않습니다. 큰형님이나 그 녀석이라면 어디 있든 잘 있을 테니까요. 그보다 조정에서 큰형님을 찾고 있다는 소문이 돌던데, 사실입니까?"

박한이 씁쓸한 표정을 지으며 끄덕였다.

"사실인 것 같다. 사신의 호위를 상대할 마지막 검객으로 형님을 낙점한 모양이야."

박위가 부르르 떨며 말했다.

"이 죽일 놈들! 형님의 관직 길을 막을 때는 언제고!"

무한은 둘의 대화에서 박영이 관직 길이 막힌 후 어디론가 떠나서 소식이 끊겼음을 알 수 있었다.

"네 보기에 형님이 나선다면 어떨 것 같으냐?"

"놈은 괴물입니다. 큰형님의 검술을 낮춰 보는 건 아니지만 안 될 것 같습니다."

박한이 끄덕인다.

"너도 나와 같은 생각이구나. 휴, 형님이든 무한이든 누구도 꽁꽁 숨어서 나타나지 않았으면 좋겠다."

무한은 박한과 박위가 객주를 나가는 것을 보고 객주에 딸린 방에 들었다. 가슴이 맷돌을 올려놓은 듯 답답했다. 알아본 바로 조영규는 건재했다. 반면 청학무관은 쇠퇴 일로를 걷고 있었다.

잠시 고민하던 무한이 몸을 일으켰다. 때마침 만평이 문을 열고 들어왔다.

"다른 분들은?"

"한양 구경 좀 한다며 나갔소. 그보다 어딜 가는 거요?"

무한과 만평의 관계가 사숙과 사질로 그어지고 난 후 처음으로 나눈 대화였다.

"잠시 다녀올 곳이 있습니다."

나가려는 무한을 만평의 싸늘한 음성이 붙잡는다.

"그보다 이제 말해줄 때도 되지 않았소?"

만평은 평대도 그렇다고 존대도 아닌 어중간한 하오체로 일관했다. 만평이 나름대로 무한의 입장을 고려한 것인지는 몰라도 사부와 다름없는 사숙을 대하는 언사치고는 불손하기 짝이 없는 것이었다.

무한은 입맛이 썼다. 좀 더 정확히 말하자면 화가 났다.

사숙 대접을 기대한 것은 아니었다. 때문에 한참 연배인 나이를 감안해 저들에게 경어를 써왔다. 그런데 막상 자신의 배려에 대한 결과가 이렇게 돌아오니 기분이 좋을 턱이 없었다.

무한은 자신의 생각이 틀렸음을 깨달았다. 나이가 적든 많든 사숙은 사숙. 사문의 상하 관계를 포기한 순간 자신이 혜명의 제자라는 것을 부정하는 것이 된다. 칠 년 동안 열과 성을 다해 가르친 사부를 부정한다? 결코 있을 수 없는 일이었다.

무한은 이도저도 아닌 이런 관계를 정리하기로 결심을 굳
혔다.

"만평, 무엇이 알고 싶으냐?"

무한의 차가워진 음성에 만평이 흠칫 놀란다. 그것도 잠시,
얼굴을 와락 일그러뜨린다.

"흥, 사숙 노릇을 하고 싶다는 것이오?"

"말이 짧구나."

무한의 얼굴이 갈수록 딱딱해진다.

"사숙 노릇을 하기 이전에 밝혀야 할 것이 있다고 생각하
지 않소? 나는 지금 수십 명을 잔인하게 살해한 악인에 대해
묻는 것이오. 설마, 다른 사람이라고 말하고 싶소?"

소문이 사실이라면 무한을 사숙으로 인정할 수 없다는 식
이었다.

조영규와 얽힌 악연부터 차근히 풀자면 이해시키지 못할
바도 아니다. 하지만 무한은 그럴 마음이 없었다. 이건 무한
자신이 세간의 소문대로 살인마이고 아니고를 떠나서 한 유
파의 기강 문제였다.

"그림 속 인물은 내가 맞다. 그래서 뭐가 어쨌다는 것이
냐?"

무한은 말과 함께 은연중에 도선비기를 운용해 위압적인
기운을 흘렸다. 만평이 주춤 물러섰다. 만평이 자신도 모르게
뒷걸음친 사실에 어이없어하고 있을 때 무한이 도선비기를

가일층 끌어올리며 한 걸음 더 다가섰다.

우웅!

공기가 진동하며 대뜸 질식할 것 같은 압력이 가해졌다.

"헉!"

만평은 심장이 덜컹 내려앉은 느낌을 받고 다시 주춤 물러섰다.

"나는 너희들의 사숙이다."

말하며 다시 한 걸음 다가갔다. 만평은 무지막지한 압력에 내력을 끌어올려 대항했다. 그가 익힌 것 또한 무량수경(無量修經)이란 흔치 않은 심법. 하지만 이십 년 가까이 익혀온 내력을 몽땅 끌어올려도 역부족이었다.

"미, 믿을 수 없다!"

만평은 무한의 기세를 감당치 못했다. 식은땀을 줄줄 흘리는 것도 모자라 부들부들 떨었다.

"나는 너의 사숙이다. 그건 너나 나 둘 중 누군가가 사문을 등지기 전까지는 계속되는 관계다."

무한은 고양이 앞에 쥐처럼 얼어붙어 있는 만평의 손목을 틀어쥐었다. 그 느릿한 손동작을 만평은 피하지 못했다.

"흐윽!"

신음이 절로 터진다. 만평의 얼굴이 숫제 사색이 된다. 그냥도 죽을 맛인데 손목으로 차가운 기운까지 흘려 넣으니 버텨낼 재간이 없다.

"유감스럽게도 나는 사문을 등질 마음이 없다. 너는 어떠냐?"

만평의 얼굴이 힘줄이 툭툭 불거진다. 한계다. 여기서 더 버텼다가는 이십 년 동안 쌓은 내공이 전소될 판이다. 그것은 차라리 죽느니만 못했다.

자존심을 지키고 내공을 잃느냐, 내공을 지키고 자존심을 버리느냐. 선택의 기로에서 만평은 내공을 택했다.

"어, 크윽! 나, 나도 어… 없소."

무한은 여전히 요지부동이었다.

"이참에 내력을 버리고 산에 틀어박혀 경전 연구라도 하겠다는 거냐?"

주화입마의 문턱에 들어섰다.

"사, 사숙, 제… 제발!"

그 순간, 만평을 지배하고 있던 도선비기가 썰물처럼 빠져나갔다. 동시에 만평은 기절해 쓰러졌다.

무한은 정신을 잃은 만평을 두고 객주를 나섰다.

어둠에 스며들 듯 파묻힌 무한은 잠시 후 높다란 담이 빙 둘러쳐진 대갓집 앞에 나타났다. 사방을 쓱 훑어보고는 바람처럼 담을 넘어 연기처럼 내부로 잠입했다.

양녕대군은 기척도 없이 방 안에 들어와 있는 무한을 보고는 흠칫 굳어졌다. 하나 그것은 잠시뿐, 곧 신색을 회복하고

위엄 가득한 목소리로 말했다.

"누군가? 행색을 보니 불자(佛者) 같은데 어이해 야밤에 나를 찾아왔는가?"

무한은 갓을 벗어 들었다.

"결례를 용서하십시오. 저를 알아보시겠습니까?"

"내가 아는 사람이던가?"

"무한입니다. 신풍을 길들인 사람이라면 아시겠습니까?"

"무한! 박환 대감의 제자 무한?"

"예, 바로 제가 그 무한입니다."

"네가 여긴 어쩐 일……."

양녕대군은 말하다 말고 축 늘어졌다. 기가 막혔다. 정신을 또렷한데 기운이 쭉 빠지고 말이 나오지 않았다. 말은 고사하고 손가락 하나 옴짝달싹할 수가 없었다. 일련의 변화는 무한이 양녕대군의 어깨 위에 손을 올려놓는 것에서부터 시작된 것이었다.

양녕대군은 자신이 독에 당한 것이라 생각하고 분에 떨며 무한을 노려보았다.

"혈을 막아 일시적으로 기운을 잃으신 것뿐입니다. 놀라지 마십시오."

무한은 대군을 안심시켜 놓고 기나긴 이야기를 시작했다. 지하 투견 도박장과 기방에서 있었던 일 등을 하나도 빠짐없이 상세히 털어놓았다. 그리고 그런 일을 주도한 사람이 누구라는 것까지도.

이야기를 마친 무한은 인상을 찌푸렸다. 양녕대군은 전혀 놀라지 않고 있었다. 둘 중 하나다. 이미 알고 있었거나 자신의 말을 믿지 못하고 있거나.

무한은 제압했던 혈을 풀어주었다.

"이미 모든 사실을 알고 계셨군요."

양녕대군은 팔다리를 움직여 본다. 전혀 이상이 없음을 확인한 그가 대답했다.

"물론 알고 있었다."

무한은 화가 치밀었다.

"그런데 왜 아직도 그자가 멀쩡한 것입니까?"

"똑똑했던 것으로 기억하는데 영 멍청한 질문을 하는구나. 내가 왜 이 꼴이 되었을 것 같으냐?"

"설마!"

양녕대군이 쓴웃음을 지으며 말했다.

"그자를 찍어내려다 도리어 찍히고 말았다. 그자가 만반의 채비를 갖추고 있었다는 걸 간과한 것이 문제였지. 물론 그전에 나의 문란했던 생활도 한몫했고."

무한은 조영규의 힘을 새삼 실감했다. 아무리 왕의 눈 밖에 나 있었다지만 국본(國本)을 갈아버린다는 건 결코 쉬운 일이 아니었다.

"놀랄 것 없다. 내가 세자라는 자리에 미련이 있었다면 진작 되찾아도 찾았을 것이다.”

무한은 양녕대군의 말에서 그가 조영규의 약점을 찾았다는 걸 깨달았다.

그런데 어째서 가만히 있는 걸까. 세자 자리에 미련이 없다는 말도 믿기 어려웠지만, 조영규를 내버려 둔다는 것은 더더욱 이해할 수 없었다.

양녕대군은 무한이 품은 의문을 짐작하고 말했다.

“굳이 내가 나서지 않더라도 그자의 명은 길지 않다. 주상께서 나서신 일. 흉포한 늑대를 잡을 덫이 완성되었다.”

오랜만에 무한의 얼굴이 빛이 깃든다. 칼을 뽑으면 반드시 피를 보고야 마는 현 임금이라면 조영규의 몰락은 기정사실이었다.

“기뻐하기에는 이르다.”

“……?”

“조영규의 몰락이 박환 대감에게 해도 되지 않겠지만, 득도 되지 않을 것이란 얘기다.”

무한은 양녕대군의 말이 무슨 뜻인지 이해할 수가 없었다.

“그자의 죄상이 밝혀진다면 저에게 씌워진 살인 죄목과 관주께서 받고 있는 오명이 깨끗이 씻어질 것입니다. 그런데 왜 득이 아니라고 하시는 것입니까?”

“조영규의 죄상은 개성과 한양 두 곳의 도박장 운영, 그리고 일부 무리를 획책해 나라를 전복하려 했던 역모에 한정될

것이다. 과거 인주 투견 도박장 운영과 그와 관련된 일련의
살인 사건들은 논의에서 제외된다.”

무한의 얼굴이 심각하게 굳어졌다. 양녕대군의 말대로라
면 자신은 영원히 희대의 살인마로 남을 것이다. 관주가 받고
있는 오명 또한 그대로 유지될 수밖에 없었다.

청학무관은 칠 년 전부터 문을 닫은 상태였다. 현재 박한과
박위가 각각 종육품과 정칠품 관직에 머물러 있을 뿐, 지난날
의 성세는 찾아볼 수 없었다. 냉정히 말해 거의 몰락이나 진
배없었다.

무한은 분노를 억누르며 물었다.

“이유가 무엇입니까?”

“부왕께서 원하시는 일이다.”

“전하께서 무엇 때문에 그리하신단 말씀이십니까?”

“그분은 박환 대감에게 씌워진 오명을 벗겨줄 필요를 느끼
지 못하고 계신다. 아니, 지금의 상태를 유지하는 걸 원하고
계신다고 해야 옳겠지.”

무한은 진심으로 분개했다.

“그분은 충신입니다. 한데 어진 신하에 대한 대우가 고작
이런 것입니까? 대체 왜, 무엇 때문입니까?”

양녕대군의 입에서 뜻밖의 얘기가 나온다.

“부왕께서는 외척이 커지는 것을 원치 않으신다. 너도 내
외숙들과 외가가 어찌 됐는지는 알고 있겠지?”

물론 현 임금에 의해 자행된 무자비한 외척 제거 정책을 알고 있다. 하지만 그게 관주와 무슨 상관이란 말인가?

"청학무관은 왕실의 외척이 아니지 않습니까?"

"쯧쯧, 몰랐던 모양이구나. 청학무관은 왕실의 외척이다."

쿵!

심장이 덜컥 내려앉았다. 청학무관이 왕실의 외척이 되다니. 그렇게 될 경우는 단 하나밖에 없었다.

'연향 아씨가……!'

무한은 간신히 격동을 참아냈다.

"제가 명나라 사신이 몰고 온 이번 사태를 잠재우겠습니다. 대신 조건이 있습니다."

"해낼 수 있다고 자신하느냐?"

무한은 너무도 당연하단 듯 말했다.

"저의 바둑은 누구에게도 꺾이지 않습니다."

"허! 대단한 자신감이로구나. 하지만 바둑만 꺾어서는 일이 해결되지 않을 수도 있다. 어쩌면 그자의 호위를……."

무한이 말을 잘랐다.

"무예 또한 누구에게도 꺾이지 않습니다."

양녕대군이 말없이 무한을 응시했다. 한동안 바라보기만 하던 그가 끄덕이며 말했다.

"조건이 뭐냐?"

박위는 술을 마시지 않고는 견딜 수 없었다. 근무 시간이 끝나기도 전에 혼자서 객주를 찾았다. 그런데 웬 중이 허락도 없이 맞은편 의자에 털썩 주저앉는 것이 아닌가.

"이봐, 내가 지금 기분이 지랄 같은 상태거든? 다른 자리로 가주겠나?"

얼큰하게 술이 오른 박위는 막말을 서슴지 않았다.

"소승이 맘에 들지 않는 것은 시주이지 내가 아니질 않소?"

아니꼬우면 네가 가라는 소리다. 박위는 술을 마시다 말고 귀를 후볐다.

"이봐, 지금 뭐라고 했어?"

"시주가 다른 자리로 가시라 했소."

"이런 미친 돌중이?"

울컥 치솟는 짜증에 주먹을 휘두르려던 박위는 가까스로 마음을 다스리고 주저앉았다. 이런 날 주먹을 잘못 휘둘렀다가는 사람을 죽일 것만 같았다.

박위는 앞에 앉은 중에게서 신경을 끄기로 했다. 가슴속 울화를 잊어볼까 하고 마신 술인데 아무리 마셔도 취하지를 않는다. 취하지 않으니 술맛이 달아나 버렸다. 던지듯 엽전을 던져 두고 객주를 나섰다.

비척대는 걸음으로 처소로 향하는데 누군가가 뒤쫓는 느

낌이 들었다. 돌아보니 객주에서 보았던 삿갓 쓴 중이 몇 걸음 뒤에 서 있었다.

"이봐, 돌중."

중이 자신을 가리키며 묻는다.

"날 불렀소?"

"절에 가서 염불이나 욀 일이지 뭐 얻어먹을 거 있다고 따라오는 거냐?"

"염불을 하라? 남의 일 걱정할 것이 아니라 자기 자신부터 돌아봄이 어떤가?"

"뭐라?"

"쯧, 세자가 타국으로 끌려가게 된 판에 무관이란 작자가 대낮에 술이나 퍼 마시고 있으니 나라 꼴이 이 모양 아니냔 말이야."

눈썹이 꿈틀하나 싶더니 박위의 눈에 불길이 확하고 피어오른다.

으드득!

"너, 이 돌중, 오늘 내 손에 한번 죽어봐라."

박위가 중에게 득달같이 달려들었다. 중은 멀뚱히 서 있다가 뻗어오는 박위의 주먹을 파리 쫓듯 쳐낸다. 동시에 다른 손으로는 박위의 텅 빈 가슴을 밀어버렸다.

살짝 민 것 같은데 박위는 주르륵 밀려나 엉덩방아를 찧고 말았다. 박위의 얼굴이 분노와 수치심으로 벌겋게 달아올랐다.

튕겨지듯 일어나 성난 들소처럼 달려든다. 중은 박위의 주먹을 슬쩍 피해내고 시기적절하게 다리를 걸어 중심을 무너뜨렸다. 볼썽사납게 나동그라진 박위는 화가 머리 꼭대기까지 치솟았다.

"이런 미친! 죽인다!"

그러나 살기등등한 기세와는 달리 중의 간단한 손동작, 발동작에 이리 쿵, 저리 쿵 나가떨어지기에 바쁘다.

"헉헉!"

박위는 수차례 바닥을 기고서야 맨주먹으로는 중의 털끝 하나도 건드리기 힘들다는 걸 인정했다. 손끝이 검 손잡이에 닿는다. 그러나 선뜻 뽑지는 못했다. 그것은 마지막 자존심이었다.

"뽑아보지?"

박위는 중의 도발에 부르르 떨었다. 간신히 참아내고 있는데 중이 또 도발한다.

"주정뱅이가 검을 든다고 뭐가 달라질까."

챙!

참다못한 박위가 기어이 검을 뽑아 들었다.

"자초한 일! 후회없길 바란다."

중이 곁에 나뒹굴던 가느다란 나무막대를 집어 들어 까딱인다.

“와봐.”

“건방진!”

박위는 이를 악물고 달려들었다.

쉭! 쉭! 타탁!

검과 나무막대가 수차례 부딪쳤다가 떨어졌다. 박위는 등 덜미가 서늘해졌다. 나뭇가지를 꺾어버릴 심산이었는데, 강철 검과 부딪친 나무는 멀쩡하기만 했다. 모든 공격을 검날을 피해 면을 쳐서 막아낸 때문이었다.

검도의 고수가 아니고서야 쉽지 않은 일. 박위는 흥분을 가라앉히고 한층 신중한 자세로 싸움에 임했다.

“하아!”

기합과 동시에 맹공을 퍼부었다. 그런데,

딱! 딱! 빠각!

눈앞이 아득해지고 머리가 빙글 돈다. 잠깐 정신을 놓쳤다가 눈을 떠보니 청명한 하늘이 보였다. 욱신거리는 뒤통수를 부여잡았다. 중은 나뭇가지를 늘어뜨리고 말없이 서 있었다.

“끄응, 누구냐? 왜 내게 이러는 거지?”

중이 느릿한 동작으로 갓을 벗었다. 민대머리가 아니라 수염이 덥수룩한 젊은 사내가 모습을 드러냈다.

“중이… 아니다?”

“셋째 도련님.”

박위의 시선이 중의 맑은 눈동자에 꽂힌다. 그러나 많이 변한데다 수염까지 기른 무한을 쉽사리 알아보지 못했다.

"너는……?"

"접니다, 무한."

박위의 입이 함지박만 하게 벌어진다.

박한은 기분이 좋지 않았다. 말없이 사라진 박위 문제로 상관에게 싫은 소리를 들은 때문이었다. 그 상관이란 작자가 다름 아닌 조산이었으니 화가 나다 못해 아예 속이 부글부글 끓었다.

조산은 세자의 호위를 담당하는 세자익위사(世子翊衛司)의 정오품 관직 좌익위(左翊衛)였다. 반면 박한의 관직은 그보다 한참 밑인 종육품 우위수(右衛率)였고, 박위는 정칠품 우부수(右副率)였다. 그나마도 연향의 결단이 아니었으면 관직에 오를 수도 없었을 터이다.

셋은 비슷한 시기에 관직에 올랐다. 조산이 거의 매년 승진을 거듭한 반면, 박한과 박위의 승진은 더디기만 했다. 그렇지 않아도 견디기 힘든데 다른 부서에 배치되었던 조산이 상관으로 전직까지 해온 터라 참기 힘든 만큼 치욕스러운 나날을 보내고 있었다.

하지만 박한은 간도 쓸개도 없는 사람처럼 견디고 있었다. 그는 가문이 기울다 못해 거의 몰락 위기에 처한 지경에서 자신까지 관직을 떠나면 다시는 일어설 수가 없다는 걸 알고 있었다. 청학무관은 문을 닫은 지 오래였고, 다음 대를 책임질 박영은 종적이 묘연했다.

근무지에서 이탈한 박위의 일까지 처리하느라 종일 바쁜 시간을 보내고 늦은 시간에야 일을 끝마치고 궐을 나섰다. 그 순간 박위가 불쑥 나타나서 박한의 팔을 잡아끌었다.

박한은 동생에게서 확 풍겨오는 술 냄새에 인상을 구겼다.

"또 술을 마신 것이냐?"

"꾸중은 나중에 하시고 일단 저를 따라오십시오."

박위는 박한을 잡아끌다시피 궐에서 멀어졌다. 박한은 객주 앞에 이르러 박위의 손을 뿌리치며 꾸중했다.

"무슨 일인가 했더니, 또 술이나 마시자고 예까지 끌고 와?"

"형님도 참 너무하십니다. 누가 들으면 제가 노상 술이나 마시는 사람인 줄 알겠습니다."

"그럼 아니란 말이냐?"

"예. 오늘만은 아닙니다. 잠시 후면 제가 아니라 틀림없이 형님이 술을 마시자고 할 테니 두고 보십시오"

박한은 박위에게 떠밀려 객주에 딸린 방으로 들어갔다. 방에 들어선 박한은 흠칫 굳어졌다.

"가만있자, 어디서 많이 본……."

"그간 안녕하셨습니까?"

"너, 너는 혹시?"

"예, 무한입니다."

"너 이놈!"

박한이 상기된 표정으로 박위를 닦달했다.

"뭐 하고 있는 것이냐, 술부터 시키지 않고! 이 좋은 날 술이 빠져서야 되겠느냐?"

술이 얼큰하게 올랐을 때, 박위가 침통한 기색으로 말했다.

"조부님 소식은 들었느냐?"

"죄송합니다. 뭐라 드릴 말씀이 없습니다."

박위가 무한의 무거운 안색을 보며 말했다.

"자책할 것 없다. 너 때문이 아니라는 건 너도 잘 알지 않느냐. 그날……."

박위가 그간의 일을 찬찬히 풀어놓았다.

무한이 떠나던 날 들이닥쳤던 한성부 좌윤 허정은 청학무관을 수색했다. 그리고 장승일의 처소에서 투견 도박장 운영에 대한 비밀 장부를 찾아냈다. 졸지에 박환이 투견 도박장의 운영자 장승일의 배후로 지목된 순간이었다.

문제는 그뿐만이 아니었다. 투견 도박장 지하 석실에서 이루어진 일련의 살인 사건. 그것은 박환이 증거 인멸을 위해 무한을 시켜 도박장에 참가한 양반들을 처리한 것으로 둔갑되었다.

박위가 고개를 절레절레 저었다.

"지금 생각해 봐도 참으로 치가 떨리는 함정이었다."

친우의 위기를 듣고 달려온 무학과 이함, 평소 박환의 인물

됨을 존경하던 유림의 뜻있는 자들이 박환을 위해 발 벗고 나서기 시작했다. 당시 세자였던 양녕대군도 음지에서 박환을 위해 물심양면으로 애썼다. 그들의 노력으로 도박장 운영과 살인 교사에 대한 죄명은 벗을 수 있었다. 아니, 벗었다기보다는 일단 면했다는 표현이 옳았다.

무한의 실종과 장승일의 죽음. 사건의 열쇠를 쥔 둘의 부재로 인해 박환이 무죄임을 밝히지 못함과 동시에 박환이 죄인이라는 것 또한 증명하지 못하게 되었던 것이다.

박위가 말하며 한숨을 푹 쉬었다.

"최악은 피했다. 하지만 최상은 아니었지. 살인 사건과 투견 도박장에 연루된 너와 장승일이 청학무관의 식구였다는 책임만은 끝내 피할 수 없었다. 그것이 조부께서 강화도로 유배되실 수밖에 없었던 배경이다."

듣고 있던 박한이 한탄하며 말했다.

"괴로운 것은 아직도 조부께서 살인을 교사하고 도박장을 운영했다고 생각하는 사람이 있다는 것이다. 아직도 우리를 보는 눈초리가 곱지 않아."

"그분의 건강은 어떠십니까?"

박위의 음성에 짙은 슬픔이 배어 있다.

"전과는 비교할 수 없을 만큼 쇠약해지셨다. 연로한 탓도 있지만 너의 소식이 끊기면서 실망감이 크셨다. 널 보면 무척이나 기뻐하실 것이다. 손써볼 테니 은밀히 찾아뵙도록 해라."

무한은 박환을 생각하니 울컥한 심정을 금할 길이 없었다. 끝내 터지려는 눈물을 간신히 참아내며 고개를 저었다.

"아직은 아닙니다. 관주님을 뵙는 것은 저 스스로 세상에 당당히 서고 관주님께 씌워진 불명예를 말끔히 걷어낸 다음이 될 것입니다."

박위가 한숨을 쉬며 말했다.

"네 마음은 이해한다만 그럴 수 있는 처지가 아니다."

박한이 끄덕인다.

"그건 위의 말이 맞다. 조영규의 위세는 날이 갈수록 더해만 가고 있다. 너 하나의 힘으로는 어쩔 수 있는 자가 아니야."

잠시 침묵을 지키던 무한이 진지하게 입을 열었다.

"저를 궐 안으로 들여보내 주십시오."

무한의 말에 박한과 박위의 얼굴이 딱딱하게 굳어진다. 박한이 마시려던 술잔을 내려놓으며 말했다.

"연향의 소식을 들은 것이냐?"

"예, 들었습니다."

"설마 연향을 만나 어찌해 볼 생각인 것은 아니겠지?"

"그 때문이 아닙니다. 사신을 만나게 해주십시오."

"사신?"

"예. 우선 그의 바둑을 꺾어볼 참입니다."

第十章
명국(明國)의 사신(使臣)

명국(明國)의 사신(使臣) 1

　박위의 도움을 받아 세자익위사의 최하위 관직인 세마(洗馬)로 분장해 궐 안으로 들어왔다. 진짜 세마들은 술에 절어 주막에 뻗어 있었다.

　무한 등은 궐 안으로 들어오자마자 뜻밖의 소식을 접했다. 박영이 나타나 사신의 호위에게 대결을 신청했다는 소식이었다.

　근정전 앞 너른 뜰, 수백 명이 운집했다.

　"저기, 형님이다! 진짜였어."

　박위가 억눌린 음성으로 말했다. 과연 세자와 박영이 고관들과 함께 큰 걸음으로 걸어오고 있었다. 논란의 중심에 선

세자는 평범한 인상이었다. 하지만 눈만은 쉽게 보기 어려울 만큼 깊었다.

'현자(賢者)의 눈이다.'

무한은 저런 눈을 가진 사람치고 지혜롭지 않은 사람이 없음을 잘 알고 있었다. 왜 양녕대군이 세자 자리에 미련이 없다고 했는지 이제야 이해가 된다.

그리고 세자의 곁에 선 박영 또한 예사롭지 않았다. 잘 벼려진 칼 같은 느낌. 혹독한 수련을 했는지 얼굴이 까맣게 그을려 있었는데, 다듬지 않은 꺼칠한 수염이 강한 인상을 더했다.

놀랍게도 박영에게서는 내력을 쌓은 자의 흔적이 있었다.

세자가 착석하고 얼마 안 있어 사신 일행이 모습을 드러냈다.

"저기 맨 앞에 선 자가 원적이다."

박위가 맨 앞에 서서 걸어오는 사내를 가리켰다.

조선 바둑계를 초토화시킨 원적. 그가 호위를 거느리고 보무도 당당하게 걸어나오고 있었다. 나이는 사십대 중반쯤으로 보였는데 상상했던 것보다 인상은 좋았다.

원적을 좌우에서 호위하고 있는 자들이 눈에 들어왔다. 이십대 중반이나 됐을까 싶다. 둘을 번갈아 보던 무한이 고개를 갸웃했다.

"뭔가 이상하지?"

“닮았군요.”

“닮기만 해? 둘은 쌍둥이다.”

무한은 원적의 두 호위를 자세히 관찰했다. 박위의 말대로 둘은 쌍둥이였다. 다만 좌측에 있는 자의 이마에 붉은 사마귀가 나 있어서 구별은 어렵지 않았다.

둘 다 뼈마디가 얇다. 그 흔한 탄탄한 근육도 없다. 어딜 봐도 고수 같아 보이지 않는 풍모. 하지만 그들의 눈빛을 대한 순간 그 모든 평가들은 무의미해졌다. 맑다. 그리고 차갑다. 마치 한옥을 연상케 하는 시린 눈빛이었다.

부실해 보이는 몸도 사실은 본인들이 익힌 검법에 맞는 최적의 몸일 가능성이 컸다.

그때 박한이 사람들을 비집고 다가왔다. 박위가 지체없이 물었다.

“큰형님을 말려보셨습니까?”

“소용없었다. 형님은 이 대결을 강행하실 생각이다.”

“안 됩니다.”

안색이 흙빛이 돼서 쫓아 나가려는 박위를 박한이 붙든다.

“자신있다고 하셨으니 영이 형님을 한번 믿어보자.”

갑자기 웅성대던 사람들이 일제히 숨죽인다. 박위의 얼굴에 불안이 싹트는 가운데 박영과 청운이 중앙으로 걸어나왔다.

챙!

단숨에 검을 뽑아 든 박영. 그와는 달리 청운은 검을 뽑지 않았다. 검을 뽑기는커녕 팔짱을 끼고 고개를 까딱거리며 도발한다.

"선수를 너그러이 양보해 주겠다."

청운의 어눌한 조선말은 듣는 이로 하여금 울컥하게 만들었다. 아니나 다를까, 박영의 숱 많은 눈썹이 꿈틀댄다.

하지만 그뿐, 박영은 격동을 억눌렀다. 큰 동요 없이 오히려 정신을 집중하는 모습이었다. 검을 겨룸에 있어서도 바둑처럼 선수의 묘는 상당하다. 박영은 청운이 양보한 선제공격을 사양하지 않았다.

샤아앙!

찰나지간 휘황한 빛무리가 박영의 검에서 쏟아진다. 언제 뽑아 들었는지 청운이 검을 쥐고 박영의 공세에 맞선다.

박영의 검은 신속 쾌활하게 움직였다. 순간순간 청운의 급소를 위협해 아찔하게 만들었다. 대결을 지켜보던 이들은 박영이 청운을 일방적으로 밀어붙이는 모습에 주먹을 불끈 쥐었다.

챙! 채챙ㅡ!

쇠 긁는 소리로 귀가 먹먹해졌다. 박영의 매서운 검 앞에 청운은 당장이라도 쓰러질 것 같았다.

무한은 박영의 선전에도 불구하고 속으로 안타까운 탄성을 토했다. 소리만 요란했지 실제로 박영은 선수를 취했음에도 아무런 이득을 취하지 못하고 있었다. 모든 공격이 완벽히 차단되고 있었던 것이다.

맹공을 펼치던 박영이 펄쩍 뛰어 물러섰다. 그의 얼굴은 서리라도 내린 듯 차갑게 굳어 있었다. 반면 청운은 처음과 다름없는 모습이었다.

청운이 늘어뜨렸던 검을 가슴 높이로 치켜들며 말했다.

"꽤 하는군. 다른 아이들과는 달라. 내력을 쌓은 조선인이라니……."

박영은 칭찬인지 모욕인지 모를 소리에 입술을 지그시 씹었다.

"입으로 싸울 셈인가?"

청운이 입꼬리를 비틀었다.

"큭, 기고만장이로군. 두 눈 똑바로 뜨고 보아라."

청운의 한옥 같은 눈에 짙은 비웃음이 어린다. 박영은 공격이 임박했음을 느끼고 더없이 신중한 자세로 대비했다.

"핫!"

청운이 한 번의 도약으로 이 장을 훌쩍 날아 박영에게 덮쳐들었다. 그 기세가 마치 먹이를 노리는 매처럼 사납기 이를 데 없었다.

깡!

청운의 공세가 벼락처럼 떨어져 내렸다.

깡! 깡!

박영은 사나운 기세에 연신 뒷걸음질친다. 그러면서도 청운의 무지막지한 칼질을 일일이 막아내고 있었다.

"휴, 저 괴물의 공격을 모조리 막아내다니, 어쩌면 이길지도 모르겠다."

가슴을 쓸어내리는 박위와 박한이다. 반면 무한의 안색은 갈수록 어두워졌다.

다른 이들과는 달리 무한은 청운의 검에서 아지랑이처럼 피어오르는 기운을 똑똑히 볼 수 있었다. 박영의 검에도 언뜻언뜻 그러한 기운이 비친다. 그러나 청운의 그것에 비해 미미하기 짝이 없다.

칼이 부딪칠 때마다 박영의 기운이 점차 힘을 잃어가고 있었다. 그리고 어느 순간부터 검이 맞닿을 때마다 박영이 움찔움찔 떨었다.

박영은 고통스러웠다. 몸으로 침습하는 상대의 내력. 내기를 막아보려 했지만 역부족이었다. 아쉬웠다. 분했다.

'크윽! 그분을 조금만 더 일찍 만났더라면……!'

박환이 귀향을 떠나고 청학무관도 문을 닫았다. 그리고 조영규에 의해 관직에 오를 길마저 막혀 버렸다. 무한에게 당한 패배. 치욕을 씻어버리려 드높은 무학(武學)을 찾아 헤맸다. 발길이 닿는 대로 걸었다. 일 년, 이 년, 아무것도 얻은 것 없이 속절없이 세월만 흘렀다.

　정신을 차려보니 정처없는 발길이 꽤나 험준한 산자락에 이르러 있었다. 그곳이 지리산이었다는 건 후일 알게 된 일.

　산 중턱을 오르던 박영이 걸음을 멈추고 무심코 아래를 내려다보았다.

　저 아래에서 백발이 성성한 노인이 산을 오르고 있었다. 느릿하게 올라오는 듯 보였던 노인은 잠깐 만에 그를 스치고 지나갔다. 처음에는 헛것을 본 것이라 생각했다.

　전율이 일었다.

　눈을 비비고 살폈다. 그 짧은 순간에 이삼십 장이 넘는 곳을 지나고 있다. 뒷짐 지고 걷는 걸음이 깃털과도 같이 가볍다.

　노인을 사부로 모셨다. 이런 세상이 있었던가. 여태까지와는 궤를 달리하는 공부를 행했다. 노인이 보여준 무예는 완전히 다른 차원의 것이었다. 조선 곳곳에 사부와 같은 고인이 여럿 은거해 있다는 것도 알게 되었다.

　노인을 사부로 모신 지 육 년. 약초꾼들이 나누는 대화로 명나라 사신에 대한 소문을 들었다. 피가 끓어올랐다. 당장 무릎을 꿇고 하산을 청했다. 사부는 아직 부족하다고 했다. 설혹 부족함이 없다 해도 관여하지 말라 하였다.

　하지만 사부의 걱정과는 달리 박영은 자신있었다. 사흘 밤낮 사부를 설득해 기어이 세상으로 나왔다.

　그리고 지금 박영은 청운과 맞섰고, 자신의 부족함을 뼈저리게 느끼고 있었다. 그럴 수밖에 없었다. 육 년 중 삼 년은 내력을 쌓을 수 있는 몸을 만드느라 소비했다. 그가 내력을 본격적으로 연마한 것은 고작 삼 년에 불과했다.

사부를 조금만 더 일찍 만났어도…….

"크윽!"

박영의 앙다문 입술을 뚫고 피 한줄기가 주르륵 흘러내렸다.

세자와 조정 대신들의 얼굴이 하나같이 창백해졌다. 반면 곁에 앉은 원적은 느긋하게 수염을 쓸어내리며 세자를 자극했다.

"허허, 어찌 보십니까? 아무래도 세자께서는 나와 먼 길을 가셔야 할 것 같습니다만?"

우찬성 우명길이 악에 받쳐 소리쳤다.

"무슨 소리! 아직 싸움은 끝나지 않았소!"

"하하하!"

원적이 난데없이 통쾌한 웃음을 터뜨렸다.

"그 웃음의 의미는 뭐요? 설마, 지금 비웃는 거요?"

"그럴 리가 있소이까? 오해 마시오. 잠깐 한 가지 속담이 생각난 것뿐이니."

"……?"

"본국의 속담 중에 이런 말이 있소. 어리석은 자는 관을 보고서야 눈물을 흘린다는. 어떻소, 이 상황과 너무도 어울린다는 생각이 들지 않소?"

그러는 동안에도 박영과 청운의 검이 수차례 부딪쳤다. 그럴수록 박영의 입에서 흘러내리는 피의 양 또한 많아졌다.

박위가 그 모습을 보고 놀라서 말했다.

"저게 대체 무슨 일이야! 겉으로는 상처 하나 없는데 피를 토하다니!"

박영은 죽을 지경이었다. 점차 속이 울렁거리더니 비릿한 뭔가가 목구멍을 치받았다. 뜨듯한 피가 입술을 비집고 흘러내렸을 때에야 목구멍을 가득 채운 것이 피라는 걸 알 수 있었다. 역류하는 피를 간신히 씹어 삼키고 있었지만 얼마 버티지 못할 것 같았다.

더 이상 검을 부딪치는 것만은 자제해야 했다.

하지만 이미 상처가 깊어 걸음이 무뎌진 상태. 몸이 천근만근이다. 칼을 맞대지 않고는 청운의 검을 피할 여력이 없었다. 내리찍다시피 휘둘러 대는 청운의 검을 막지 않으면 당장 몸이 두 동강 날 처지라 검을 들이대는 수밖에 없었다.

굳건한 의지가 깃들었던 박영의 눈에서 점차 힘이 빠져나갔다.

깡!

털썩!

시커먼 피를 토하던 박영이 끝내 휘청 한쪽 무릎을 꿇었다. 그 위로 청운의 검이 내리꽂혔다.

깡! 쨍강!

검이 부러짐과 동시에 박영도 짚단처럼 허물어졌다. 이미 승패는 명확해졌다. 그런데 청운은 아직 끝낼 마음이 없는지 검을 높이 치켜들었다. 적어도 팔 하나는 요절낼 심산이다.

무한은 뛰쳐나가려는 박위와 박한의 소매를 붙잡았다.

"제가 갑니다."

무한은 급히 달려나갔다. 박영과 청운 사이를 점한 무한은 박영을 부축해 앉히고 등을 천천히 쓸어주었다.

"쿨럭쿨럭!"

박영이 기침을 할 때마다 응어리진 피가 한 뭉텅이씩 토해졌다.

청운은 앞을 가로막고 선 하급 무관을 노려보았다. 감히 겨룸이 끝나기도 전에 나서다니! 그것도 말단 무관 따위가!

"비켜라.!"

"이미 끝난 싸움이오."

"아니, 난 아직 끝나지 않았다. 비키지 않으면 너까지 벤다."

"할 수 있으면 그렇게 해보시오."

"건방진!"

청운이 검을 내치려 할 때였다.

"오라버니!"

뒤쪽에서 비명 소리 같은 여인의 음성이 들려왔다. 곧 관전하던 자들이 좌우로 갈라져 길을 만들었다. 담홍색 당의(唐

衣)를 곱게 차려입은 여인이 버선발로 달려왔다.

여인을 본 무한의 표정이 눈에 띄게 변한다.

'연향……?'

연향이었다. 연향은 완숙함까지 더해져 숭고하기까지 한 아름다움을 발산하고 있었다.

"마마, 이러시면 안 됩니다."

연향은 박영에게 도달하기 전에 박위와 박한에게 제지당했다. 박위가 연향을 제지하며 무한을 곁눈질한다. 그의 눈은 제발 조용히 있어달라는 간절한 뜻이 담겨 있었다.

"세자 저하, 부디 제 오라비를 살려주십시오."

연향의 울음 섞인 목소리에 세자가 자리에서 일어나 연향을 다독였다.

"양원, 걱정 말고 처소로 드시오. 내 어찌 그대의 오라비를 죽도록 내버려 두겠소."

연향을 넋을 잃고 바라보고 있던 무한은 퍼뜩 정신을 차렸다. 내명부 종삼품 양원 마마. 현재 연향의 신분이었다.

세자가 다시 박위와 박한에게 말했다.

"두 처남께서 양원을 처소로 모시도록 하십시오."

세자는 박한 형제에게 연향을 부탁한 후 원적을 바라보며 말했다.

"대인, 이미 승부는 정해졌소. 싸움을 그만 멈추도록 하시오."

"하하, 저하, 패배를 인정하는 것입니까?"

세자가 침중한 안색으로 끄덕인다. 원적이 득의만면한 표정으로 청운을 불러들였다.

"청운, 그만하면 되었다. 돌아오라."

청운이 무한을 한 번 노려보고 물러난다.

그사이 내의원들이 달려와 박영을 옮긴다. 사람들은 박영이 내의원으로 옮겨지는 모습을 넋 나간 표정으로 지켜보고 서 있었다. 기대를 걸었던 박영마저도 맥없이 패하자 장내는 완전히 초상집 분위기였다.

세자와 정쟁(政爭)을 일삼던 대신들도 침울한 얼굴로 쉽사리 자리를 뜨지 못하고 있었다.

무한의 시선은 멀어지는 연향의 등에 못 박혔다. 연향은 두 오라비에게 부축받으며 처소로 향하고 있었다. 연향의 등이 흐느낌으로 한 번씩 들썩일 때마다 무한은 가슴이 갈가리 찢기는 고통을 느꼈다.

"세자 저하, 그럼 내일 일찍 본국으로 출발하는 것으로 알겠습니다."

득의만면한 원적이 두 호위와 함께 등을 돌린다.

"명나라 사신 원적은 잠깐 서십시오."

객사로 걸음을 옮기던 원적이 인상을 쓰며 돌아섰다. 원적이 보니 박영의 피가 흥건히 고인 자리에 하급 위사 하나가 덩그러니 서 있었다. 아무리 살펴도 다른 자는 없었다.

“나를 부른 자가 너더냐?”

“그렇습니다.”

“감히 일게 말단 위사 따위가 대명국의 사신인 나를 불러 세웠다?”

“설마 검을 맞대는 데 지위 고하를 따지겠다는 말씀이십니까?”

“두 전하겠다?”

“그렇습니다.”

원적이 크게 비웃으며 말했다.

“하하하! 안 될 것 없지. 청운, 가서 지워라!”

“예, 대인.”

박위와 박한은 무한이 걱정되어 연향을 상궁들에게 인계하고 급히 돌아왔다. 걱정했던 대로 무한이 청운과 마주 서 있자 안색이 까맣게 변했다.

“이런! 녀석 기어이 일을 저지르고 말았구나.”

박한의 탄식에 박위가 주먹을 불끈 쥔다.

“어차피 이리된 것, 무한을 믿어보는 수밖에요.”

수백 쌍의 시선이 일제히 무한을 향했다. 사람들은 분기를 참지 못한 위사가 겁도 없이 뛰어들었다며 한탄했다. 그것은 세자와 고관들도 다르지 않았다.

영락없이 아까운 젊은이 하나가 맥없이 죽어나가는 분위기였다.

“마음껏 공격해 보아라.”

“사양하지 않겠소.”

“후-우우!”

무한은 심호흡과 함께 청운의 몸에 가상의 꽃잎을 새겼다. 대여섯 곳에 꽃잎이 새겨지자 선선한 가을바람 결을 어루만지며 꽃잎을 차례로 그었다.

너풀너풀 번개 같은 빠름도, 일격필살의 기운도 없다. 말 그대로 그냥 그런 몇 번의 칼질이 청운에게 다가들었다.

쉭, 쉬익―!

마음을 턱 놓고 있던 청운은 머리털이 쭈뼛 곤두섰다.

서걱!

시선을 내려다보니 매끈하게 잘린 소맷자락이 바람에 펄럭이고 있었다. 무한은 연격을 하지 않고 잠자코 서 있었다.

청운은 불의의 일격을 당한데다 무시까지 당하자 코 평수를 넓히며 엄중한 공격을 퍼부었다.

챙! 채챙!

무한은 단 일 검도 허용치 않고 장난처럼 막아낸다.

“차하!”

공중에 떠서 순식간에 칠 검을 가한 청운이 펄쩍 뛰어 물러섰다. 사람들은 하급 무관의 예상 밖의 선전에 눈이 휘둥그레졌다.

“아까 그 매화향 감도는 기운을 끌어내지 않으면 힘들 것이오.”

무한이 검을 가슴 어림에 멈춰두고 청운을 자극했다.

'내 매화천기(梅花天氣)를 알아봤다는 것인가?

청운의 눈빛에 세찬 파문이 인다.

청운은 가일층 신중한 자세를 취했다. 명치끝에 도사린 진기를 한가닥 풀어헤쳤다. 대번에 눈동자에 윤기가 돌고 팔뚝에 굵은 힘줄이 솟는다.

웅!

여간 집중해서는 들리지 않을 정도로 작은 소리. 청운의 검이 낮은 울음을 토한다. 청운의 검에 시선을 두고 있던 무한이 미미하게 끄덕인다.

“좋군.”

무한의 말에 청운의 안색이 푸르스름해진다.

“건방진! 네놈도 피를 토하고 바닥을 기게 해주마!”

“마음대로.”

청운이 더 이상 참지 못하고 매처럼 솟아올랐다. 그리고 박영에게 그랬던 것처럼 검을 도끼처럼 찍어왔다.

깡!

손목이 찌르르 울린다. 즉시 검을 타고 스산한 한기가 몸에 스민다. 하지만 그뿐. 도선비기는 몸에 침습한 낯선 기운을 한 끼 찬거리인 양 순식간에 집어삼킨다. 내상은커녕 한기가 스며들수록 뭉쳤던 근육이 녹신하게 풀리는 느낌이 들더니 싸우기 전보다 더 힘이 넘친다.

깡! 깡ㅡ!

청운은 수차례 검을 찍어 누른 후 공격을 멈추고 무한의 눈을 살폈다. 내상을 입으면 눈빛에 탁한 기가 생기기 마련. 그런데 무한의 눈은 여전히 생기가 넘친다.

"어찌 된 놈인지는 모르나 이로써 네놈에게는 더욱 안된 일이 되겠구나."

청운의 검이 진득한 기운을 품는다.

매화일검!

파라랏!

양광 아래 청운의 검이 부챗살처럼 퍼졌다. 돌연 허공에 눈부신 한 송이 매화가 그림같이 피어난다. 순간적으로 거센 압력이 몰아친다.

무한은 매화 주변에 수많은 가상의 꽃잎을 그린 후 그림이라도 그리듯 유유히 휘저었다.

쉭! 쉭ㅡ! 까가강!

꽃잎을 향해 실낱같은 빛줄기가 연이어 치닫는다.

퍽!

옹기 깨지는 소리와 함께 강철의 꽃 매화가 환상처럼 부서져 나간다.

"컥!"

청운이 튕겨져 나가듯 물러서며 검을 지팡이 삼아 의지하고 선다. 맑게 빛나던 눈은 잠깐 사이에 탁기가 어려 있었다. 입가에 흐르는 검은 피가 내상의 심각함을 알린다.

"내… 매화일검이……!"

도무지 믿을 수 없다는 표정으로 다리를 부들부들 떨던 청운이 피거품을 게워낸다. 결국 견디지 못하고 휘청 주저앉는다.

수백 명이 운집한 가운데 잠시 정적이 감돈다.

"이, 이겼다!"

누군가의 외침에 세자를 비롯한 고관들이 자리를 박차고 일어섰다. 다들 붉게 상기된 표정들. 누구도 어쩌지 못했던 자를 겨우 말단 위사 하나가 쓰러뜨리다니.

적운이 날듯이, 아니, 숫제 날아와서 축 늘어진 동생 청운을 안아 든다.

세자가 상기된 얼굴로 위사에게 명했다.

"호위를 내의원으로 안내해라."

무한을 찢어 죽일 듯 노려보던 적운이 위사를 따라 내의원으로 향했다. 그 모습을 고소한 눈빛으로 바라보던 우찬성 우명길이 똥 씹은 표정을 짓고 있는 원적을 자극했다.

"대인, 아무래도 가시는 길이 적적하실 듯싶소?"

원적이 전혀 모르겠다는 표정으로 묻는다.

"무슨 소리요? 적적하다니?"

"허허, 몰라서 하시는 말씀이오?"

"모르나마나 무슨 말씀인지 얘기를 해보시오."

"쯧, 우리 세자 저하께서 조선 땅에 남게 되었으니 하는 말이오."

"이런, 뭔가 크게 착각을 하신 것 같소이다?"

원적이 무슨 말이냐는 듯 벌떡 일어서기까지 한다.

승리에 들떠 있던 관리들은 흠칫 굳어진다. 뜻밖의 승리를 거둔 하급 위사를 치하하려 계단을 내려가던 세자도 걸음을 멈추고 돌아선다.

우명길이 마른침을 꿀꺽 삼키며 묻는다.

"지금 착각이라 하시었소?"

"착각이고말고요. 아직 본인의 바둑을 꺾은 자가 없었소. 그렇지 않소?"

우명길이 떨떠름한 표정을 지으며 인정했다.

"그야 그렇소만……."

"그런데 어찌 세자께서 조선 땅에 남을 거라 말씀하셨소?"

원적의 천연덕스러운 물음에 뭇 관료들이 어처구니없는 표정을 지었다.

"이보시오, 대인!"

"화만 내지 말고 말씀을 해보시오."

"바둑이든 호위의 검이든 둘 중 하나만 꺾으면 저하와의 동행을 철회하고 명국으로 돌아가서 황제께 세자 책봉에 대해 잘 말씀드린다고 하지 않으셨소?"

"이런? 뭔가 오해가 있었던 듯싶소?"

"오해요?"

"난 그런 뜻으로 말하지 않았소."

"그런 뜻이 아니면 대체 뭐란 말이오?"

"나는 내 바둑과 호위의 검을 모두 꺾어야 그리한다고 했소."

"그런 어처구니없는! 들은 사람이 몇인데 한순간에 말을 뒤집는단 말이오?"

대신들이 열을 올리자 원적의 얼굴에 찬 서리가 내린다.

"듣자 듣자 하니 참을 수가 없군! 지금 대명국의 사신인 나를 한낱 모리배로 내모는 것이오!"

"그런 뜻이 아니라 있는 사실을 얘기하는 것이 아닙니까? 대인이 분명 그리 말씀하셨소."

"맞소. 이 두 귀로 똑똑히 들었소이다."

여기저기서 자신도 들었다고 떠들어대자 원적이 조소했다.

"흥, 그대들은 모두 한통속인데 입을 맞추기가 어찌 어렵겠는가?"

"대인, 정말 그런 뜻으로 하신 말씀이 아니었단 말입니까?"

우명길이 숫제 사정조로 묻자 세자가 분개한 음성으로 질책했다.

“우찬성은 그만 하시오!”

따스한 볕이 근정전 뜰을 가득 채우고 있건만 분위기는 더욱 싸늘해졌다.

무한을 둘러싸고 좋아하던 사람들은 상황이 이상하게 돌아가자 의견을 교환하느라 웅성임이 커졌다.

무한은 그 틈에 사람 숲을 빠져나와 대신들이 있는 곳으로 걸어나오며 말했다.

“명 사신, 원 대인께 대국을 청합니다.”

너른 뜰에 난데없이 스산한 바람이 스친다.

『기검신협』 3권에 계속…

Golden Key

박이수 소설

황금열쇠

「달의 아이」, 「붉은 소금성」의 작가 박이수.
그가 또 하나의 기대작 「황금열쇠」로 나타났다.

우연한 만남이란 단어는 그들에겐 존재하지 않았다.
얽혀 있는 사람들… 그리고 피할 수 없는 운명의 굴레!

뒤틀려 버린 운명의 주인공 세이엔 가이스카 리베 폰 라시에…
한순간 인생이 뒤바뀐 불운의 주인공 듀이 델쾨!
그리고…유일하게 그녀를 기억하는 단 한 사람 이샤무딘!

이제 운명의 주사위는 던져졌다.
엇갈린 운명 속에 모든 사건은 하나로 연결된다!
황금열쇠를 차지하기 위한 그들의 위험한 모험이 지금 시작된다.

WWW. chungeoram.com

Book Publishing CHUNGEORAM

운룡쟁천

조돈형 新무협 판타지 소설

팔룡전설을 아는가?

북녘 하늘을 밝히는 별의 정기를 받고 태어난 여덟 명의 기재가
한 시대에 나타나리니, 그들의 눈은 삼라만상(森羅萬象)을 살피고
지혜는 하늘에 닿고 웅심은 천하를 덮을 것이다.
그들이 화합을 한다면 더없이 평온한 세상을 이룰 것이나,
만약 그렇지 않다면 피의 광풍이 온 천하를 휩쓸 것이다.

혼란의 시대!! 모략과 음모가 극에 다다른 혼돈의 강호무림!!

이때 하늘이 안배해 놓은 이가 있었으니, 그의 이름 도극성이라……!!
도극성!! 그가 무림에 다시 모습을 드러내는 날,
팔룡전설은 그로 인해 깨질 것이고 새로운 전설이 탄생할 것이다!!

유행이 아닌 자유추구 –
WWW.chungeoram.com
Book Publishing CHUNGEORAM

임희정 소설

죽음의 하울르지

그러던 어느 날, 그에게 그 '능력' 이 찾아왔다.
조금은, 아름답지 않은 모습으로.

신의 뜻, 그것 외엔 없었다.
신의 영역, 시대의 금기를 깨는 그들의 불꽃같은 삶!

막연히 의사가 되기 위한 삶을 살아왔던 세요 폰 어뷔니트.
인간을 살리기 위해 의사가 되어야만 했던 웨인 파예트.

잔혹한 과거, 어긋난 현재.
그리고 우연히 찾아온 신비로운 능력!
보통 사람들과 다른 존재가 아니라는 것에 대한 증명.